ÜBER DIESES BUCH

Diese acht Erzählungen entstanden in einem Zeitraum von nahezu 50 Jahren. Darin liegt neben dem Reiz des Erzählten die besondere Bedeutung dieses Sammelbandes. Es ist ein Querschnitt durch die Schaffens- und Entwicklungsperioden eines bedeutenden Schriftstellerlebens. Vier Erzählungen wurden in den zwanziger Jahren geschrieben, die letzte, ›Brief des Pharisäers‹, 1965. Dazwischen liegen die Erzählung ›Clemens‹, das einzige gerettete Kapitel aus dem 1937 geschriebenen gleichnamigen Roman, der 1940 von der Gestapo beschlagnahmt wurde und verlorenging, und die Erzählungen ›In der Gärtnerei‹ und ›Die Rabenschlacht‹, die 1959 geschrieben und dem noch unveröffentlichten Roman ›Frau Berta‹ entnommen wurden. Diese Auswahl zeigt die Kontinuität eines Werkes in seiner kraftvollen stilistischen Sicherheit von Anfang an, in seinem durchgehenden sozialkritischen, ja politischen Engagement, in der von Joseph Breitbach nie vernachlässigten Kunst, Menschen, ihre Wandlungen und Schicksale nicht durch Kommentare und Reflexionen darzustellen, sondern durch Handlung.

Diese Meistererzählungen des skeptischen Moralisten mit seinem Engagement für die kleinen Leute, die Geknechteten und Außenseiter der Gesellschaft gehören zum Bestand der Weltliteratur.

DER AUTOR

Joseph Breitbach stammt väterlicherseits aus einer lothringischen, mütterlicherseits aus einer tiroler Familie. Er wurde 1903 in Koblenz geboren und schreibt seine Werke in deutsch und französisch. Bald nach dem Ersten Weltkrieg übersiedelte er nach Paris. Erste Buchveröffentlichung 1928 in russischer Sprache in Moskau. 1929 aus der KP wegen deren Verbraucherfeindlichkeit ausgetreten. Neben bürgerlichem Beruf viele Jahre Mitarbeit am ›Figaro‹ und an der ›Zeit‹. Sein Hauptwerk ›Clemens‹, 1940 in Paris von der Gestapo beschlagnahmt, ging bis auf ein Kapitel verloren.
Seine wichtigsten Werke in deutscher Sprache: ›Rot gegen Rot‹, 1929; ›Die Wandlung der Susanne Dasseldorf‹, 1932; ›Bericht über Bruno‹, 1962 (Prix Combat 1965); ›Die Rabenschlacht‹, Erzählungen, 1973; Theaterstücke: ›Die Jubilarin. Genosse Veygond. Requiem für die Kirche‹, 1972. 1975 erhielt Joseph Breitbach die Goethemedaille und den Kunstpreis des Landes Rheinland-Pfalz.
Im Fischer Taschenbuch Verlag erschien außerdem: ›Bericht über Bruno‹ (Bd. 1752).

Joseph Breitbach

DIE RABENSCHLACHT

und andere Erzählungen

Fischer Taschenbuch Verlag

Fischer Taschenbuch Verlag
August 1977
Ungekürzte Ausgabe
Umschlagentwurf: Hannes Jähn
Fischer Taschenbuch Verlag GmbH, Frankfurt am Main
Lizenzausgabe mit freundlicher Genehmigung des
S. Fischer Verlages GmbH, Frankfurt am Main

Gesamtherstellung: Hanseatische Druckanstalt GmbH, Hamburg
Printed in Germany
1914-580-ISBN-3-436-02520-8

INHALT

IN DER GÄRTNEREI

Als ich erwachte, war Arthur nicht im Zimmer. Ich dachte, er habe, wie er es im Schulheim jeden Morgen getan, auch hier das Haus schon verlassen und sei, weil es bis zur nächsten Kirche weit sein mußte, noch früher als gewöhnlich zur Messe gegangen. Da entdeckte ich, daß sein Rucksack fehlte, und daß auf meinem zwei beschriebene Blätter lagen. Sogleich fiel mir ein, wie dämlich Arthur sich am vergangenen Abend gegen mich verhalten hatte. Ich sprang auf und überflog die Blätter. Sie waren mit großen Ziffern numeriert. Auf das erste hatte er geschrieben: als neuer Stipendiat könnte er es sich nicht leisten, zu spät im Seminar einzutreffen und von Anfang an auf den Direktor und die Lehrpriester einen schlechten Eindruck zu machen, zumal es eine Vergünstigung sei, daß er dort schon während der Osterferien wohnen dürfe. Deshalb wolle er mit dem Bus oder der Bahn weiterreisen und nicht mehr als Anhalter. Wie man von der Laune der Fahrer abhänge, das hätten wir ja erlebt . . . ! Auf dem zweiten Blatt aber stand: das erste sei nur für unsere Wirtin bestimmt, damit ich unter dem Vorwand, ihm nachreisen zu wollen, dieses gefährlich abgelegene Haus verlassen und meine mehr oder weniger schon beschlossene Abmachung rückgängig machen könne. Das rate er mir dringend. Die Frau sei die Falschheit in Person. Nur zu unserer Täuschung habe sie abends, als sie uns noch wach gewußt, ihr Zimmer aufgesucht. Gegen Mitternacht nämlich sei sie auf den Strümpfen ins Erdgeschoß zurückgeschlichen und später mit einem Kerl heraufgekommen. Es müsse dessen letzter Besuch gewesen sein; in unserem Zimmer habe man alles hören können, was die beiden gesagt und gemacht hätten. Eine Orgie! Schmutz und Hysterie! Drei Stunden lang! Für die Ferienzeit könne ich gewiß eine andere Arbeitsstelle finden. Hinter dem Angebot der Frau stecke höchstwahrscheinlich die hinterlistige Hoffnung, daß ich ihren abgereisten Kerl im Bett ersetzen könnte. Aber nicht nur durch ihre Geilheit sei sie gefährlich. Die Gärtnerei und die Hühnerzucht diene ihr in der Hauptsache wohl als Deckung vor der Polizei. Nicht aus Zufall liege ihr Besitz so versteckt hinter Mauern. Wenn ich mich in dem Haus umsähe, würde ich

begreifen, warum die Witwe sich vor jedem Einblick schütze. Drei der oberen Zimmer seien voll von höchst verdächtigen Sachen; ich solle mich selber überzeugen . . .
Das tat ich auf der Stelle. Im ersten Raum lagen Photoapparate auf dem Boden. Zu Dutzenden, alle neu. Allerdings, geheuer war das nicht. Im nächsten Zimmer, in das ich schlich, stand das Fenster offen. Vor der unbezogenen Matratze des Doppelbetts waren Laken und anderes gebrauchtes Weißzeug hingeworfen; Decken und nackte Kissen lagen über der Fensterbank. Auf der Kommode waren Teller, Gabeln, Messer abgestellt, alles fettbeschmiert. Und auf dem glatten Grund des einzigen Aschenbechers eine halbgerauchte Zigarre. In zwei Gläsern Reste eines gelben Weins, daneben die geleerte Flasche. Der Boden vor dem Tisch bestreut mit Krümeln. Erfunden hatte Arthur also nichts. Man hatte dort des Nachts sogar getafelt, und ich hatte nichts gehört.
In zwei anderen Zimmern fand ich wieder Photoapparate und Dutzende Kartons, gefüllt mit Mikroskopen, Operngläsern, Barometern und Lorgnetten. Gestohlene Sachen? Fort aus diesem Haus, das war mein einziger Gedanke. Ich verwünschte Arthur. Warum er, bevor er fortgelaufen war, nicht mit mir gesprochen hatte, war mir so unbegreiflich wie am vorangegangenen Abend seine Weigerung, mit mir im gleichen Bett zu schlafen.
Ich zog mich an, packte meine Sachen, ging nach unten, stellte meinen Rucksack im Hausflur ab und klopfte an der Küche.
»Schon wach! Gut geschlafen?« So begrüßte mich die Frau vom Spülstein her.
Wie mißtrauisch ich auch war, ihr freundlicher und heiterer Blick verwirrte mich. Ich stammelte Entschuldigungen wegen meines langen Schlafens.
Es sei schon recht. Ich hätte ja nichts Wichtiges versäumt. Und dann fragte sie: »War das Bett auch breit genug? Habt ihr euch vertragen?«
»Vertragen?« Ich suchte nach Worten, um meine Flucht zu begründen.
Da lachte sie. »Schwindle lieber nicht!« rief sie. Sie wisse doch, Arthur habe sich nicht einmal ausgezogen und, während ich geschlafen, im Haus herumgeschnüffelt und gelauscht und dann bis zur Dämmerung auf einem Stuhl gesessen. Sie öffnete die Tür zum Flur, wo mein Rucksack stand. »Hab ich mir's doch

gedacht!« Sie prüfte mich mit einem eher spöttischen als vorwurfsvollen Blick. Ich wolle also fort. Wie der unverschämte Sittenprediger. Die Watsche, die sie ihm verabreicht habe! Ja, ich solle mich nur schämen für den Kerl. Wenn wir auch erst frisch gebackene Abiturienten seien und im Schulheim weltfremd aufgewachsen, so verboten dumm wie wir beide dürfe niemand sein, so ohne Blick und Urteil! »Seh ich denn aus wie eine Diebin oder Hehlerin!« rief sie, klopfte mir recht unsanft mit den Fingerknöcheln auf die Stirn und stieß mich vor ein längliches, gerahmtes Bild, das neben der Tür hing. »Hier«, sagte sie, »nicht weil Diebesgut bei mir verwahrt wird! Schau hin, deshalb die hohen Mauern! Hier war früher die Gärtnerei eines aufgegebenen Zuchthauses. Als man es abriß, hat mein verstorbener Mann den Grund und das Haus mitsamt den Mauern, die das Ganze heute noch umgeben, für einen Apfel und ein Ei auf der Versteigerung gekauft. Niemand wollte bieten.« Dann wandte sie sich um, brachte Kaffee vom Herd, stellte Brot und Butter hin und wies mich an den Tisch.
Ich wollte mich nicht setzen. Ob man in einer Lage wie meiner essen könne? Mir bleibe nichts übrig, als mich zu schämen und zu gehen. Wenn Arthur sie beleidigt habe, dann auch ich. Mein Rucksack draußen!
»Beleidigt!« Sie zuckte spöttisch mit der Achsel, drückte mich auf einen Stuhl, schob die Tasse vor mich hin und setzte sich mir gegenüber. Ich solle essen.
Ohne daß ich zu fragen brauchte, erzählte sie: Weil der Hund bei Beginn der Dämmerung wütend angeschlagen und sich nicht beruhigt habe, sei sie aufgestanden, überzeugt, daß wieder einmal Diebe versuchten, über die Mauer an die Hühnerställe zu gelangen. Der Hund sei dann aber nicht auf die Hühnerwiese, sondern durch den vorderen Garten zum Tor gerannt. Gleich darauf habe man von dort her ängstlich gerufen, sie solle den Hund zurückpfeifen, er, Arthur, sei es, er schöpfe Luft im Garten, er könne nicht schlafen. Aber da Arthur ein paar Meter vor dem Tor von dem Hund gestellt, den Rucksack auf dem Buckel und den aus der Küche geholten Schlüssel in der Hand gehabt und seine Flucht nur unglaubhaft begründet habe, sei sie überzeugt gewesen, daß einige der teuren Photoapparate in seinem Rucksack steckten. Sie habe ihm gesagt, sie ließe ihn erst dann hinaus, wenn sie seine Sachen untersucht und mit mir gesprochen hätte; da sei er frech geworden: ihr Haus, nicht sein

Gepäck müsse man auf Gegenstände zweifelhafter Herkunft untersuchen. Und als er sich sogar herausgenommen habe, auch auf etwas anderes anzuspielen, habe sie ihn geohrfeigt und hinausgeworfen. »Und du«, so schloß sie, »hast alles geglaubt, was er auf seinen Blättern für dich hinterlassen hat.« Sie sei in meinem Zimmer gewesen, ich hätte aber noch fest geschlafen.

Ich verwünschte es, daß ich dieses Haus betreten hatte. Ich schob die Tasse und das Brot zurück, stand auf und sagte, ich würde sie sofort verlassen. Das sei das beste. Hinterher ihr zu versichern, daß ich sie nicht für eine Diebin oder Hehlerin hielte, mache nichts gut.

Sie hatte vom Tisch zu mir hinaufgestarrt, aber, wie es mir schien, ohne meine Worte zu hören. Plötzlich sagte sie: auch wenn ich den Verdacht, sie sei eine Hehlerin, genauso vorschnell aufgegeben hätte, wie ich ihn gefaßt, obwohl ich nach wie vor nicht wisse, wem die Photoapparate gehörten, dann bleibe immer noch das andere zwischen ihr und mir. Warum, wegen welchen Vorwurfs sie Arthur geohrfeigt habe, hätte ich doch wohl erraten.

Um loszukommen, sagte ich, bevor ich meiner Wege ginge, würde ich ihr das Holz noch fertig sägen.

»Also doch.« Es klang nicht bitter, sie schien auch nicht empört. Später, als sie vor den Geschworenen stand, ging mir auf, warum ihr damals daran lag, mich im Glauben zu lassen, sie sei es gewesen, die in jener Nacht den Besucher bei sich gehabt. »Also doch«, wiederholte sie ruhig, »der geile Schnüffler hat mehr Schneid als du. Er hat es mir ins Gesicht gesagt, was ich in seinen Augen bin.«

Daß sie so deutlich geworden war, machte mich verlegen. Es gehe mich nichts an, wer bei ihr verkehre, sagte ich.

»Hast du schon einmal geliebt?« fragte sie und fügte rasch hinzu: ob ein Mädchen oder einen Jungen, vielleicht Arthur, das sei gleich.

Mich mit Jungen abzugeben, hätte ich nicht nötig, versetzte ich.

Das könne sein. Es gebe Menschen, die brauchten niemanden, ihr Leben lang, kam es wie aus einem bösen Hinterhalt zurück.

Was sie meinte, war nur zu deutlich. Ich war gekränkt und sagte ihr in einigen klaren Worten, warum ich mich längst als Mann betrachtete.

In einem hämisch scharfen Ton, der mich abstieß, fragte sie darauf: »Seit zwei Jahren hast du also eine, die sich an dich wegwirft, oder . . .?«
Nach diesem scharfen ›oder?‹ war es nicht mehr möglich, auszuweichen. Ich erklärte ihr: hätte Arthur das, womit er sie offenbar am Tor beleidigt habe, meiner Freundin hingeworfen, dann hätte diese ihn gleichfalls ins Gesicht geschlagen und mit Recht.
»Und mit Recht.« Ich sei also doch natürlicher und reifer als dieser künftige Pfaffe. Dann dürfe ich auch wissen, was mit jenen Photoapparaten sei. Sie verwahre die für einen ausgebombten Optiker . . .
»Ich will keine Einzelheiten wissen.« Mit diesen flegelhaften Worten unterbrach ich sie, ging hinaus und machte mich im Schuppen an den Rest des Holzes, der noch zu sägen war. Um quitt mit ihr zu sein, wollte ich das Abendessen und die Übernachtung nicht einmal abverdienen, auch für Arthur. Den verwünschte ich, weil er mich gezwungen hatte, einer Alten, der das weiße Haar schon ausfiel, einzuräumen, daß sie so gut wie meine Monika ein Recht auf Liebe habe. Nichts an der Beschämung durch die Frau wurmte mich so tief wie dieses Zugeständnis, das sie mir mit einer Logik abgezwungen hatte, gegen die sich hinterher mein Gefühl immer stärker sträubte.
Ich hatte schon eine gute Stunde hinter dem Sägebock gestanden, da erschien sie im Schuppen. Ob ich ihr helfen wolle, einen Korb Hühnermist aus dem Stall zum Garten zu tragen?
Der hohe und sehr breite Korb war bis zum Rand gefüllt. Als ich ihn, um das Gewicht zu prüfen, von einer Seite heben wollte, staunte ich, wie schwer die Hühnerkringel waren. Ich fragte, wer ihr denn sonst, wenn sie allein sei, helfe?
Dann nehme sie einen kleinen, einhenkeligen Korb und mache den Weg vom Hühnerstall zum Garten eben öfter.
Wir packten an, jeder an einem Henkel. Aus der schmalen Hintertür des Stalls mußte ich voraus auf eine noch engere Treppe gehen, die in den Garten hinabführte. Bei meinem dritten Schritt, als das Gewicht des Korbs nach unten drückend weniger auf ihr als auf mir lastete, stolperte sie oben vor der zweiten Stufe, ließ dabei den Henkel los, der hochgefüllte Korb kippte, warf mich um und klatschte mir ein gutes Viertel seiner schmierigen Last auf Hemd und Hose. Als ich mich erhob, fühlte ich auch auf meiner Brust den widerwärtig stinkenden Dung.

Wo das Hemd offenstand, waren mir die Exkremente auf die bloße Haut gefallen.
Die Frau stand oben vor der Stalltür und schaute schweigend zu, wie ich mir das, was mir auch ins Gesicht gespritzt war, von der Backe wischte.
»Wie konnten Sie den Henkel fahrenlassen!« rief ich gereizt zu ihr hinauf.
Da ergriff sie einen Stab, der an der Stalltür lehnte, kam herunter und schlug, das Gesicht wie im höchsten Zorn verzerrt, auf den Korb und rief dabei: »Du Flegel, du ganz elender, verfluchter! Den jungen Herrn so zu beschmutzen! Mach, entschuldige dich wenigstens, und etwas schneller!«
Ich verstand. Daß ich sie seit dem Frühstück noch immer nicht für die ihr von mir und Arthur zugefügte Kränkung um Entschuldigung gebeten hatte, das war es, woran ich erinnert werden sollte. Ich ging fort . . . noch nur beschämt. Im Schuppen setzte ich mich auf das Holz; bald fragte ich mich nicht mehr, ob sie ungewollt gestolpert war oder ob mit Absicht. Die Lehre, die sie mir verabreicht hatte und obendrein in einer Sprache und mit Gesten, als sei ich noch ein Kind, zu demütigend schien es mir und auch zu hart in ihren Folgen. Wie sahen meine Kleider aus, wie stanken sie! Unmöglich, sich damit zu zeigen. Keinem Fahrer war es zuzumuten, mich in ihnen mitzunehmen. War das Hemd, wenn ich es wegwarf, zu verschmerzen – ich besaß drei andere –, so besaß ich keine dritte Hose. Für die Weiterreise blieb zwar die des guten Anzugs, doch die beschmutzte wollte ich nicht opfern, dafür war sie noch zu neu und ich zu arm. Wenn die Hose mir die Wäsche und die anderen Sachen, überhaupt den ganzen Rucksack nicht verpesten sollte, mußte ich sie waschen. Aber wo? Vor allem hätte ich gern gebadet. Nur wo, an diesem kalten Märztag.
Zum erstenmal erfaßte ich, daß man als Waise überall nur geduldet ist, aber auf keinen Platz ein Recht hat, und daß ich ohne Geld, ohne Aussicht auf Verlängerung der Stipendien auf der Straße lag, seit vierundzwanzig Stunden, seit dem Abschiedsfest der Abiturienten. Nicht zu wissen, wo ich, mit gutem Recht, mich und meine Kleider waschen konnte, dieses, selbst bei meinem so gebieterischen Sauberkeitsbedürfnis, schließlich doch nur winzige Problem, stach mir den Star: Abhängigkeit von anderen, das war meine wahre Lage, deren ich mir als versorgter Stipendiat im Schulheim nie genug bewußt gewesen

war. Kleinlaut ging ich in den Garten, um mit der Frau zu sprechen. Sie düngte die Beete; den Mist hatte sie ohne meine Hilfe dorthin gebracht. Sie sah mir kühl entgegen. Es kostete mich Überwindung, mit der Bitte um Entschuldigung für meine Flegelei die Bitte um Wasser und Seife einzuleiten. Als ich erklärte, ich sähe ein, woran ich es ihr gegenüber hatte fehlen lassen, unterbrach sie mich sogleich, ich solle keine großen Bogen um die Dinge reden, sie wisse, was ich brauche.
Sie schickte mich ins Haus. Die Kammer vor der Küche sei ein Baderaum. Mit gutem Feuer in dem Ofen hätte ich in einer halben Stunde warmes Wasser in der Wanne. Um die Kleider solle ich mir keine Sorgen machen, sie werde sie waschen und auch bügeln. Weil meine Sachen Zeit zum Trocknen brauchten, trug ich meinen Rucksack wieder auf mein Zimmer. Und um mir Geld für das erste Universitätssemester zu verdienen, arbeitete ich schließlich bei der Frau, die einige Monate später der Staatsanwalt die kälteste Mörderin nannte, die er je gesehen habe.

1959

BRIEF DES PHARISÄERS

Für Wolfgang Koeppen

»Jedesmal wenn ich an dem Bauplatz vorbeikomme, pfeifen die Maurer so frech hinter mir her und schnalzen unanständig mit der Zunge.«
»Du dumme Pute, was wärst Du denn, wenn sie nicht hinter Dir herschnalzten.«

Eine Mutter zu ihrer 15jährigen Tochter

Das »Du«, das ich gebrauche, soll Dir das Zeichen meines Abscheus sein.
Kurz vor seinem plötzlichen Tod hat mich einer Deiner früheren Kameraden, der nach dem Krieg in Frankreich eine deutsche Firma vertrat, ohne es zu wollen auf Deine Spur gebracht. Bei einem Gespräch über den Einfluß des Weins, der manchem die Zunge zu hinterher bereuten und abgeleugneten Geständnissen löse, erzählte er mir einen solchen Fall, in dessen Mittelpunkt ein Mann stand, und dieser Mann kann kein anderer sein als Du. Er schilderte mir, wie Dich in einer mit ihm durchzechten Nacht der Drang überkam, ihm Jämmerlichkeiten Deiner Jugend- und Militärjahre zu beichten, und wie Du ihn am nächsten Tag beschworen hast, kein Wort zu glauben, der Wein mache Dich zum Selbstankläger für Schlimmes, das Du nie begangen habest . . . das Du aber sehr wohl begangen hast, wenigstens in einem Fall, zu dessen vollständiger Klärung mir einige Jahre lang der letzte Schlüssel gefehlt hatte, bis zu jenem Gespräch.
Auf Fragen, die ich Deinem ehemaligen Kameraden wie beiläufig stellte, als interessiere mich nicht Deine Person, sondern nur der Fall, erfuhr ich, daß Du heute eine hohe Stellung bei der Eisenbahn hast, daß Du für einen Schuft, der Du doch bist, gut aussiehst, und daß die Frauen Dir noch immer das Wichtigste im Leben sind, obwohl Du nun bald in Dein sechsundvierzigstes Jahr trittst. Seit diesem Gespräch weiß ich auch, daß es Dir nicht unbekannt ist, was mit jener häßlichen Frau nach dem Abend in Paris geschehen ist, den ich Dir in Erinnerung rufen will, bevor

ich den Wunsch ausspreche, den ich gegen Dich in mir trage, seitdem ich erfahren habe, daß Du den Krieg heil überstanden hast, und daß Deine niederträchtige Tat ungesühnt bleiben wird. Denn nach Deinem Namen hatte ich mich bei jenem Gespräch zunächst nicht erkundigen wollen. Ich kannte Deinen ehemaligen Kameraden noch zu wenig und fragte mich, ob er bereit wäre, das was er mir erzählt hatte, vor Gericht aufrecht zu erhalten. Zu Deinem Glück sah ich ihn nicht mehr, er verunglückte mit dem Auto.

Du warst noch nicht acht Tage in Paris, da hattest Du als frühgeeichter Schürzenjäger schon herausgefunden, daß der obere Teil des Luxembourg-Gartens abends erst spät geschlossen wird, und daß man dort Mädchen ansprechen kann, die sich unter den hohen Kastanienbäumen der beiden Alleen in gespielter Harmlosigkeit ergehen, zwischen braven Familien, meist Bewohnern des stickigen Viertels um das Val de Grâce, die in den Sommernächten vor dem Schafengehen in dem nahen Park ein wenig frische Luft genießen wollen. Es war Dir auch bekannt, daß Dirnen sich dorthin so wenig verirren, wie in die Umgebung der Sorbonne, wo die Straßen und Cafés der studentischen Jugend gehören. Du wußtest sogar, daß es einer der wenigen Orte ist, den, selbst nach dem Einfall der Nacht, die Lehrerinnen der vielen um den Park herum liegenden Schulen allein aufsuchen. Durch einen Deiner Kameraden, der, schon kurz nach Eurem Sieg über uns, einer Einheit der Besatzung angehört hatte, wußtest Du gleichfalls, daß französische Mädchen sich am Tage nicht von Euch Soldaten ansprechen ließen, daß dies aber, wenn Ihr es geschickt und taktvoll anpacktet, in der Dunkelheit durchaus möglich war.

Du warst kein Neuling. Nicht nur in Deiner Heimat, auch auf den Tramp-Fahrten, die Du vor dem Kriege seit Deinem achtzehnten Lebensjahr jeden Sommer in andere Länder gemacht hast, waren Dir allerlei Erfahrungen mit Mädchen und Frauen zugewachsen, und Du wußtest, wie leicht man sie haben kann, versteht man es nur, sie richtig anzusprechen.

Daß Du früh an die Frauen gekommen bist, hättest Du, bei der Schwäche Deines Charakters und dem unausgesetzten, verzehrenden Drang, unter dem Du standest, mit mehr Dankbarkeit als ein besonderes Glück, ja als Deine Rettung empfinden müssen, denn die ersten Jahre nach dem Erwachen Deiner Sinne waren überaus traurig für Dich gewesen. Und wie unrühmlich! Das gerade, das Unrühmliche, hattest Du nicht das Recht zu vergessen: All das Heimliche, das Dich zu jener Zeit in den Nächten peinigte! Die Hände immer unter der Decke, selbst dann, wenn Du einige Stunden zuvor gebeichtet hattest und am nächsten Morgen unbefleckten Herzens zur Kommunionbank gehen solltest. Deine Ängste, wenn die strengen Eltern von den Ringen unter Deinen Augen, wenn sie von Deinen Sünden gegen das sechste Gebot sprachen, auf denen die Strafe ewiger Hölle stehe. Noch weniger hattest Du an jenem Abend in Paris das Recht, einen anderen Abend zu vergessen – auch ein sommerlicher, schwüler – jener entsetzliche Abend, als Dein Vater Dir mit Hilfe seines Bruders zum ersten Mal die Hände an den Bettpfosten band, weil er Dich vor der Zerrüttung Deines Körpers durch Dich selber glaubte schützen zu müssen. Deine Wut, Deine Verzweiflung und später immer wieder Deine Ohnmacht, wenn sie wiederkamen und Dich fesselten, so sehr Du um Dich schlugst und gelobtest, Dich zu beherrschen, Deine Unfähigkeit dazu, gerade die, wie hattest Du sie nur so gründlich vergessen können, als das arme Weib im Luxembourg-Garten sich Dir aufdrängte! Vergessen waren auch jene Nächte, die Du in den verrufenen Gassen Deiner Vaterstadt vor den geschlossenen Fenstern der Bordelle bei Regen und Schnee verwartet hattest, vergessen, wie niederdrückend die Heimkehr jedesmal gewesen war, wenn Du Deine Unterkleidung heimlich im Badezimmer wuschest und auf der Heizung trocknen ließest, weil Du wußtest, wie genau die fromme Mutter Deine abgelegte Wäsche auf Spuren von Sündigem prüfte. Das Freudlose, das so unendlich Miese jener Jahre, als Du Dich täglich, weil Du Deiner Sinnlichkeit nicht Herr wurdest, gedemütigt fühltest, wie konntest Du diese Zeit der ununterbrochenen Niederlagen nur vergessen, als die »stark parfümierte Person«, wie Du auf der Kommandantur angabst, im Dunkel der Allee zuerst an Dir vorbeigegangen, umkehrte und – sehr zu Deiner Freude – sich neben Dich auf die Bank setzte und Dir in ihrem korrekten, aber fremdartig klingenden Deutsch ohne Umschweife sagte, sie liebe die Gesellschaft der Soldaten, und dabei Deine Stiefel streichelte.

Saßest Du denn nicht auf dieser Bank mit den gleichen Erwartungen, die das arme Ding dorthin getrieben hatten? Warum denn hast Du, der Du sonst so wenig galant bist, ihr sofort eine Zigarette angeboten? Weil es dunkel, und weil wegen des Krieges jede Beleuchtung untersagt war, sollte Dir das rasch

angezündete Streichholz zeigen, wer sich – endlich! – neben Dich gesetzt hatte. Erst in dem Augenblick, da Du diese furchtbare Nase in dem schon genügend häßlichen Gesicht erblicktest und sahst, daß die Person obendrein fast eine Zwergin war, in diesem Augenblick erst erwachte in Dir die Empörung, und Du sagtest ihr, deutsche Mädchen seien nicht so unsittlich, Männern Anträge zu machen, deutsche Mädchen warteten, bis man sie anspreche, und niemals würde ein deutsches Mädchen die Stiefel eines Soldaten streicheln.
Und als sie Dir dann sagte, sie sei eben kein deutsches Mädchen, ihre Eltern seien nach dem Ersten Weltkrieg vor den Türken aus Smyrna nach Frankreich geflohen, warum es denn nicht der Frau erlaubt sein solle, einem Mann zu sagen, daß sie ihn begehre, denn das habe sie Dir ja zu verstehen geben wollen, sie sei keine Käufliche, im Gegenteil, nichts mache ihr mehr Freude als einen Mann zu beschenken, besonders aber einen Soldaten, der im Dunkel des Parks doch gewiß auf nichts anderes warte, als auf Liebe, die nichts kostet; sie stenografiere in fünf Sprachen und verdiene gut, Du sollest einmal fühlen, wie fein die Seide ihrer Bluse sei, da brachtest Du es wahrhaftig fertig, der armen Person zu entgegnen, gewiß, eine Hure sei sie nicht, sie sei etwas viel Verächtlicheres, sie werfe sich Dir ja an den Hals. Und als sie dann, immer noch nicht entmutigt, lachte und Dir sagte, nichts werde sie lieber tun, als sich Dir an den Hals zu werfen, und es dann auch tat, packtest Du sie mit einem Fluch und schütteltest sie so brutal von Dir ab und auf den Kies, daß sie vor Schmerz einen Schrei ausstieß, der die Leute von den nächsten Bänken aufstörte. Das Verhängnis wollte es, daß auch zwei von Eurer Flak herbeigelaufen kamen, wohl weil sie Dich plötzlich so laut in deutscher Sprache hatten fluchen hören, und daß der jüngere der beiden seine Taschenlampe auf das Gesicht der am Boden Liegenden richtete, und daß ihm dann das Dir unerträgliche Wort entfahren war: »Mensch, Du stehst aber auf Häßliches!«
Da begingst Du die Infamie, denen zu sagen: »Die wollte was ganz anderes.« Und schon nahm das Unheil seinen Lauf, erinnerst Du Dich? Mit den Fragen: was sie denn gewollt habe, und was das überhaupt für eine Person sei, diese gebogene Nase, die schwülstigen Lippen, der bräunliche Teint, doch wohl eine Jüdin, wieso die keinen gelben Stern trage, und was die überhaupt zu dieser Stunde im Park tue, und wieso ausgerechnet

neben Dich auf die Bank gekommen, da müsse doch die Feldgendarmerie Klarheit schaffen.
Und eine halbe Stunde später gabst Du seelenruhig in einem Büro der Kommandantur zu Protokoll, die freche Armenierin habe Dich nach Militärischem ausgefragt, nach dem Standort Deines Regiments. Unbedacht habest Du, aus Zorn über ihr Winken mit Geld, zu früh der Sache ein Ende bereitet und der Abwehr damit wohl einen schlechten Dienst erwiesen, man möge es Dir nachsehen, daß Du voreilig gehandelt habest.
Seelenruhig, ja, das warst Du, seelenruhig logst Du sie zu Tode! Jeder Soldat weiß, was mit Spionen geschieht. Und hinterher redetest Du Dir noch ein, daß ihr Recht geschehen war, der unverschämten, schamlosen Person: häßlich, sogar verwachsen, und einem gut aussehenden jungen Mann wie Dir nachzustellen!
Und als man Dich vierzehn Tage später zu Deinem Schrecken ein zweites Mal über sie verhörte und Dir dabei sagte, Deine Aussagen über sie seien bezweifelbar, da logst Du von neuem, statt die Wahrheit über den Anlaß Eurer nächtlichen Bekanntschaft zu gestehen und zu versuchen, ihr das Leben zu retten. Sie habe Dich, versichertest Du, nach dem Standort Deines Regiments gefragt, Du seist darüber zornig geworden, zu früh, müssest Du fürchten; die Fragen, die Du ihr die Zeit gelassen habest zu stellen, genügten wohl nicht, um sie der Spionage zu überführen.
Ja, mangels an Beweisen habe man sie nicht erschießen können, sagte man Dir, aber Spionin oder nicht, auf jeden Fall verdanke man Dir die Entlarvung einer raffinierten Jüdin, die weder Türkin sei noch Armenierin, nur der Geburtsort Smyrna stimme. Sie sei schon abtransportiert, in ein Arbeitslager.
Und mit einem Lächeln, aus dem Du schließen mußtest, daß Du durchschaut warst, daß man Dir aber wohlwollte, empfahl man Dir, in Zukunft nur auf Blondinen Dein Auge zu werfen, es sei zu schwer für Euch Jungens, unter diesen Dunkeläugigen und Schwarzhaarigen zu unterscheiden, ob sie arisch seien oder nicht.
Was mit ihr geschehen sein mußte, konntest Du, wenn Du es nicht wußtest, ahnen. Dein Dienst brachte es mit sich. Du sahst sie nämlich, die Züge, die man mit Männern, Frauen und Kindern füllte, alle den gelben Stern auf der Brust, und Du

konntest es den Begleitpapieren entnehmen, daß sie nach Deutschland fuhren, und wohin dann von dort, weiter nach Osten, auch das mußt Du geahnt haben, wurde doch genug unter Euch, den Eisenbahnern der Armee, darüber geflüstert.
Das Häufchen Asche, das ich Dir heute schicke, dieses Häufchen war damals, 1942 in Paris, meine Sekretärin. Nimm wenigstens an, daß es ihre Asche sein könnte. Du hast sie um ihr Leben gebracht, an dem ihr so viel lag wie Dir an Deinem! Und mich hast Du um die unvergeßlichen Dienste gebracht, die sie mir noch viele Jahre hätte leisten können, war sie doch eine Königin in ihrem Fach, eine Fee an Tüchtigkeit. Ein polnischer Freund, der die Pariser Filiale der Presseagentur seines Landes leitete, hatte sie mir vermacht, als er kurz vor dem Ausbruch des Krieges nach Warschau zurückberufen wurde. Ich höre ihn noch bei seinem Abschiedsbesuch mich daran erinnern, daß ich ihm bei einer erzürnten Behörde behilflich gewesen war, und mir sagen: »Zum Dank dafür biete ich Ihnen das Beste, das ich zu verschenken habe, an: meine Sekretärin! Zwar unklarer Herkunft, Kleinasien, wo sich Völker und Rassen mischen! Dafür spricht und schreibt sie fehlerlos fünf Sprachen, und sie stenografiert schneller als Sie denken können. Aber es hat ein Häkchen mit ihr . . .«
Das Häkchen! Du, ihr Mörder, müßtest erraten, was für ein Häkchen das war. Und denke nicht, die Schwierigkeit, die man mit ihr hatte, sei mir gleichgültig gewesen. Mit der Offenheit, die Du ja auf der Bank im Luxembourg-Garten an ihr kennengelernt hast, erklärte sie, als sie sich bei mir vorstellte: »Ich bin nicht nur häßlich und zu klein geraten, Sie werden sich auch schwer, vielleicht nie, an meinen Anblick gewöhnen und, wie mein früherer Chef, werden Sie obendrein Unannehmlichkeiten durch mich haben, nämlich mit den Bewohnern des Hauses.«
Als sie mir andeutete, welcher Art diese Unannehmlichkeiten sein würden, lachte ich: Sie werde bei mir, durch drei Stockwerke von meiner Wohnung getrennt, in der Mansarden-Etage ein abgeschlossenes Atelier haben. Dort sei sie in ihrer freien Zeit ungestört und könne bei niemandem Anstoß erregen.
In Wirklichkeit aber dachte ich: wer schon wird sich von einem so schlecht weggekommenen Ding dorthinauf mitnehmen lassen.
Doch ich hatte mich getäuscht. Sie war noch nicht eine Woche in meinen Diensten – wie begeistert war ich von denen! –, da kam

die Concierge, ein Engel von Hauswart, sehr verlegen zu mir und sagte, ich wisse doch, wie großzügig, wie nachsichtig sie, eingedenk ihrer eigenen Jugend, mit den armen Zimmermädchen und Köchinnen sei, wenn diese ihre traurigen Mansarden nächtlich mit Männlichem möblierten. Drücke sie dann nicht dreidutzend Paar Augen immer zu und gebe sie nicht der Sittenpolizei die besten Auskünfte selbst über die losesten Mädchen! Aber meine Sekretärin, das gehe nicht, das gehe absolut nicht. Wenn diese ihren Kerl mitbringe, auch wenn es allabendlich, ja auch, wenn es jedesmal ein anderer wäre, nie würde sie mich mit der Sache belästigt haben. Aber diese Seltsamkeit von Weib führe zuweilen zwei, ja, drei Männer in der gleichen Nacht hinauf, und merkwürdigerweise seien es immer solche, die Stiefel trügen. In der vergangenen Nacht sei ein Artillerist der Erste gewesen. Er sei eine Stunde später mit ihr herunter gekommen, eine halbe Stunde darauf sei der Zweite, an den über die Knie gehenden Stiefeln als Kanalreiniger zu erkennen, noch im Ölanzug und die Laterne in der Hand, an der Reihe gewesen. Mit dem habe es ähnlich kurz gedauert wie mit dem Ersten, und nachdem die Unersättliche ihn auf die Straße zurückbegleitet habe, sei sie bald mit einem Dritten die Treppe hinaufgegangen und habe den bis zum Morgengrauen oben behalten.
Als meine Concierge müsse sie deshalb mit mir darüber sprechen, weil eine Schweizerin, Köchin der Herrschaften im ersten Stock, sich nicht nur bei ihr über den Skandal aufgehalten, sondern auch alle in den Mansarden hausenden Zimmermädchen und Köchinnen gegen diese wechselsüchtige Nachbarin aufgehetzt habe. Die Neue sei obendrein hochmütig und bilde sich gewiß etwas darauf ein, daß sie nicht mit dem Staubsauger oder am Herd, sondern mit ihren rotgefärbten Fingernägeln in den »Schriften« arbeite, die Eule.
Ich hatte keine Lust, eine Sekretärin von so seltenem Können zu verlieren, versprach der Concierge, auf Mäßigung der nächtlichen Empfänge zu dringen, und hatte die Freude, die gute Frau mir sagen zu hören: »Einer pro Nacht sollte für meine Gefühle reichen!«
Beim nächsten Diktat hatte ich aber nicht den Mut, von der Sache zu sprechen. Wie ich es befürchtet hatte, klagte schon eine Woche später die Concierge wiederum bei mir, ließ sich aber durch einen Geldschein beschwichtigen, den ich, um der von neuem zugesagten Nachsicht einen legalen Anstrich zu geben,

versprach, zu einer monatlichen Rente zu erheben.
Bald regnete es anonyme Briefe. Sie kamen immer aus den Mansarden. Da die Concierge von allen Hausbewohnern schriftliche Vollmachten für den Empfang der Post besaß, war es leicht festzustellen, von welcher der Köchin oder Zimmermädchen die Briefe stammten. Ich schickte sie den Absendern mit dem Vermerk zurück, wenn das, was sie beobachteten, sie ärgere, genüge es, die Beobachtungen einzustellen.
Ich freute mich bereits, die Schwierigkeiten überwunden zu haben, da rief mich eines Tages das Hauptquartier unserer Militärpolizei an. Man bat mich, in den nächsten Tagen, wenn mich meine Wege ohnedies in das Stadtviertel führten, vorzusprechen. Der Ton war so freundlich, daß ich mir nicht denken konnte, es handle sich um etwas Wichtiges.
Doch als ich dann den Offizieren gegenüber saß, und diese mir eine Fotografie meiner Sekretärin vorlegten, fiel mir sofort ein, daß dem Freund, der sie mir vermacht hatte, von unserem Auswärtigen Amt vorgeworfen worden war, seiner Regierung geheime Nachrichtendienste zu leisten, für die ein ausländischer, offiziell beglaubigter Korrespondent sich nicht hergeben darf, selbst nicht in gerade noch vertretbaren Grenzen. Immerhin hatte ich damals ein Wort für ihn einlegen können, sonst wäre er fristlos ausgewiesen worden, ohne seine Rückberufung abwarten zu dürfen, die ihm das Gesicht bewahrte.
Ich starrte auf die Fotografie, dieses Bild der häßlichsten Frau, mit der ich je zu tun gehabt hatte. Nein, sagte ich mir nach dem ersten Schrecken: Für Nachrichtendienste wählt man, wenn nicht schönere, so doch wenigstens Frauen von normaler, weniger auffallender Gestalt.
Ich konnte nur noch lachen und fragte die Offiziere, es sei wohl das erste Mal, daß eine Zwergin unter Soldaten gewütet habe.
Ich sah sogleich auf ihren Gesichtern ein Lächeln, das zwischen Erleichterung und Enttäuschung schwankte. Enttäuschung, weil sie sich um das Schauspiel meiner Bestürzung gebracht sahen, an der sie sich gewiß hatten weiden wollen, wenn ich den Enthüllungen über meine Sekretärin, die mir versetzt werden sollten, nicht zuvorgekommen wäre.
Doch als ich anfing, ihnen die Schilderungen meiner Concierge wiederzugeben, verwandelte sich ihre zu Beginn so fühlbar gewesene Zurückhaltung schnell in die hellste Heiterkeit. Am Schluß sagten sie mir, diese Großschwächerin der Rekruten sei

ihnen schon seit langem bekannt. Sie treibe sich oft in der Nähe einer Kaserne umher, immer derselben, einer, wo die einzige Einheit schwerer Artillerie liege, die im Armeebezirk Paris stationiert sei. Warum sie gerade die Umgebung dieser Kaserne bevorzuge, um Soldaten in der Dunkelheit anzusprechen, die sie anderswo unauffälliger treffen könne, dieses Rätsel habe sich erst kürzlich Dank dem Umstand gelöst, daß sie einem Soldaten, der sich des Geldes wegen regelmäßig mit ihr abgab, einmal die Belohnung verweigerte, weil er nicht in den hohen Stiefeln der Artillerie zu dem Stelldichein gekommen war. Diese Einzelheit habe der unrühmliche Bursche bei einem Verhör, nicht ahnend, daß er damit den Schlüssel zur Aufklärung lieferte, preisgegeben. Sie hätten also bereits seit einiger Zeit gewußt, daß man es nicht mit einer Spionin zu tun habe, sondern mit einer etwas sonderbar ausgefallenen Frau. Von mir müßten sie zu ihrer endgültigen Beruhigung nur wissen, wie viel meine Sekretärin verdiene, denn welche Summen sie in einem bestimmten Monat an Soldaten gegeben habe, das sei ihnen ungefähr bekannt.
Auch in diesem Punkt konnte ich den Offizieren, als ich ihnen die Zahlen nannte, das Ergebnis ihrer Nachforschung als richtig bestätigen.
Damals, bei jener Untersuchung, konnte ich mit den Offizieren, die allerlei Gepfeffertes über die ungewollte Entdeckung einer neuen Messalina sagten, noch scherzen über meine Sekretärin, die während der nächsten Monate, bis zu unserer Niederlage im Sommer 1940, nicht ahnte, was ich so genau über sie wußte.
Sie selber war es, die mich zwang, ernst mit ihr zu sprechen. Es war in der Woche, als die deutschen Truppen nach ihrem Sieg über uns die Champs Elysées hinab in Paris eingezogen waren, da unterbrach sie mich einmal morgens im Diktat, sie hätte nie gedacht, daß die Deutschen so gut aussehende Männer seien, so stramme Burschen, und alle blond, jeder zweite ein Siegfried. Und wie es ihr gefalle, daß die meisten Stiefel trügen.
Ich erschrak. Aber an dem Tag sagte ich ihr noch nichts. Doch als sie in der Woche darauf, wieder einmal beim Diktat, plötzlich unaufmerksam wurde, und ich nicht übersehen konnte, daß sie durch das offene Fenster wie verklärt zur Straße hinlauschte, woher der Marschtritt von Hitlers Soldaten heraufdrang, beschloß ich, sie zu warnen.
Ich sagte ihr, sie wisse doch, daß der Herrscher Deutschlands seine Nation, besonders deren Jugend, schon als er nur ein

Demagoge ohne Amt gewesen war, gegen die Rassen, die er nicht für hochwertig halte, aufgehetzt hatte, und daß diese Verhetzung, seitdem er Deutschland regierte, auch in den Schulen gefördert worden war, daß also diese jungen deutschen Soldaten für jeden, der nicht als Arier gelte, gefährlich sein könnten. Ich wolle ihr das nur gesagt haben, weil ich den Eindruck hätte, sie könne einmal eine Unvorsichtigkeit begehen.

Was antwortete sie mir!

Sie habe bereits drei Bekanntschaften gemacht.

»Aber doch nicht mit ins Haus gebracht!« entfuhr es mir, wirklich gegen meinen Willen.

Dafür habe sie zu viel Angst vor der Concierge, sagte sie, die hasse ja die Deutschen.

Ich faßte mir ein Herz und brachte ihr schonend bei, daß niemand sie für eine Arierin halten könne, sie solle vorsichtig sein.

Da sie den Kopf senkte, und ich Tränen über ihre Wangen laufen sah, war es mir zu peinlich, die Frage, die ich ihr unverblümt hätte stellen sollen, auszusprechen. Denn wenn sie mir damals gesagt hätte, daß sie Jüdin war, hätte ich es gewiß nicht bei der Warnung belassen, sondern sie gezwungen, sich auf dem Lande bei Verwandten von mir zu verstecken.

Erst als man sie längst in einem Lager totgeschlagen hatte, erfuhr ich, daß die Ahnung, die ich zuweilen gehabt, richtig gewesen, daß sie in der Tat Jüdin war und nicht Armenierin, wie sie mich immer, ohne es allerdings ausdrücklich zu sagen, hatte glauben lassen, indem sie von Zeit zu Zeit im Gespräch wie unabsichtlich ihre Geburtsstadt Smyrna erwähnte.

Das Häufchen Asche, das ich Dir schicke, habe ich mir für Dich durch einen jüdischen Freund mitbringen lassen, der nach Deutschland gepilgert ist, um den Ort zu sehen, wo man seine Schwester getötet und ihre Leiche verbrannt hat. Es war das gleiche Lager, wo sie meine Sekretärin umgebracht haben.

Nun setz Dir keine neue Maske auf! Jene, hinter der Du Dich im Luxembourg-Garten als Verteidiger der Moral aufgeplustert hast, ohne das geringste Recht auf diesen Hochmut zu haben, hat genug Unheil angerichtet, endgültiges Unheil, das weder rückgängig noch gutzumachen ist. Und versuche nicht, um Dein Gewissen zu beschwichtigen, die Tote herabzusetzen, sage nicht, sie könne nicht viel getaugt haben, es sei ungeheuerlich, daß eine Jüdin sich einem Deutschen an den Hals warf, zu einer Zeit, als es den Deutschen befohlen war, die Juden zu hassen. Ja, daran mag, wer schnell den Stein auf andere wirft, sich stoßen, aber der einzige, der nicht das Recht dazu hat, der bist Du. Denn als Du sie mit Deiner ersten Lüge den Deutschen ausliefertest, glaubtest Du, sie sei Armenierin, und wußtest nicht, daß sie eine Jüdin war. Du gabst sie ihren Todfeinden ja nur deshalb in die Hand, weil Deine Eitelkeit es nicht ertrug, von zwei Altersgenossen in der Gesellschaft einer so häßlichen Frau gesehen worden zu sein. Aber das Begehren – daran will ich Dich noch einmal erinnern –, das Dich den nächtlichen Garten hat betreten lassen, war das gleiche, das die Frau dorthin getrieben hatte. Daß Du, selber ein Sklave jener Triebe, ihr das Recht auf diese bestritten hast, in dem Augenblick, als Du ihre Häßlichkeit entdecktest, also erst dann, aber wie prompt, dies und Deine Feigheit vor der Meinung Deiner Kameraden haben Dich zum Mörder gemacht. Und davon kann Dich nichts freisprechen.

Zweimal also hättest Du, zweimal hast Du . . . welche Strafe wohl? – verdient, schon seit mehr als zwanzig Jahren! Doch wünsche ich Dir ein langes Leben in Freiheit, daß der Tod sich Deiner erst spät, sehr spät erbarme, und daß Dein Jahr für Jahr mit Gewißheit zerfallender Körper bis zu Deinem letzten Röcheln von einer nie nachlassenden Begierde des Fleisches gepeinigt und von den Frauen, denen Du nachstellst, immer schonungsloser abgelehnt werde, und daß sie Dir immer schroffer und immer höhnischer sagen: »Wer so alt ist wie Du sollte sich schämen, an Lieben überhaupt noch zu denken.« 1965

AUS DEN ZWANZIGER JAHREN

Rot gegen Rot
Das Radieschen
Der Schuß im Tiergarten
Education sentimentale

ROT GEGEN ROT

Meinen Geschwistern

1.

Es war im ganzen Hause bekannt, daß der Liftjunge Karl ein »Politiker« war. Alle Verkäuferinnen wandten sich an ihn, hatten sie Verdruß mit ihrem Rayonchef oder mit dem Direktor, mit der Versicherung oder mit der Krankenkasse.
Karl wußte immer Rat. Er kannte die Verpflichtungen der Versicherung, konnte sagen wieviel die Krankenkasse zu leisten hatte, die Arbeitsgesetze waren ihm so geläufig wie anderen die Texte der Tanzschlager, und aus seiner Rocktasche guckten stets ein paar Zeitungen. Er war genau so flink wie der Lift, den er von früh bis spät durch das Warenhaus fuhr. Wegen seiner Freundlichkeit und seines Mutterwitzes hatten alle ihn gern. Nie war er um das richtige Wort verlegen, und doch sollte er es eines Tages nicht finden . . . als die kleine Lene darauf wartete.

Wie war das gekommen?

Lene war die jüngst-eingetretene Verkäuferin auf Damenkonfektion im ersten Stock. Dutzendmal am Tag wurde sie mit Kleidern, die geändert werden sollten, in den fünften Stock geschickt. Dort war das Nähatelier. So kam sie mit Karl häufig im Lift zusammen. Sie gefiel ihm, er imponierte ihr. In der ersten Zeit neckte er sie: »Du brichst mir noch eines Tages unter den Lumpen zusammen«, sagte er, wenn sie so überbeladen in den Lift stieg, daß ihr Gesicht hinter den Kleidern versteckt blieb.
Oben half er ihr oft die Last über den langen Korridor tragen, selbst wenn die Kundschaft aus allen Stockwerken ungeduldig nach dem Lift klingelte. Das kümmerte Karl wenig. Es freute ihn, daß das Personal seinen Aufzug als einzigen mitbenutzen durfte und daß der zweite Lift ausnahmslos der Kundschaft vorbehalten war.

Sie wurden vertrauter. Manchmal, wenn kein Kunde mitfuhr, kniff er sie in den Arm, einmal so stark, daß sie die Kleider fallen ließ. Als sie sich bückte um sie aufzuheben, gab er ihr den ersten Kuß. Sie erwiderte ihn nicht und tat sehr böse.
Als sie das nächste Mal wieder mit einem Kleid zum Nähatelier hinauf mußte, wollte in der zweiten Etage eine Kundin in den Aufzug steigen, er hielt aber nicht an und raste bis zum fünften Stock durch. »Soll die Gnädige sich den Hals heiser schimpfen«, sagte er. Lene drohte ihm scherzend mit dem Finger. Da wollte er sie auf den Mund küssen. Sie ließ es nicht zu, wehrte sich aber nicht, als er sie auf die Wange küßte.

Ihm war die Welt einfach und klar. Es gab gute und böse Tage, Menschen, mit denen sich etwas anfangen ließ, patente Kerle, und solche, die zu nichts zu gebrauchen waren, es gab vor allem Arbeitnehmer und Arbeitgeber. Er stand mit beiden Füßen auf dem Boden, er hatte seine Partei und feste Ansichten über die Ordnung der Welt. Mit der war er nicht zufrieden. Seine politische Überzeugung war unerschütterlich, er opferte der Partei fast seine ganze freie Zeit. Er war der Rührigste seiner Zelle und wußte, daß er als sehr zuverlässig galt.
Seine Arbeit liebte er nicht gerade, aber die Lifttür auf- und zuzuknallen, ganz wie es ihm paßte, und das Geschwätz der Damen, die sich höflich mit den Titeln ihrer Männer ansprachen und Paketchen in den Händen hielten, wenn er sie durch das Warenhaus fuhr, das war noch annehmbar.
Er war diesen Damen nie böse, obwohl ihn oft die Wut überkam, dachte er darüber nach, wie sie ihren Tag mit überflüssigen Einkäufen verplemperten. Da er sich ihnen sehr überlegen fühlte, geistig und moralisch, fiel es ihm nur selten schwer, im Lift höflich mit diesen Gattinnen der Ausbeuter zu sein. Aber wenn Lene zum Nähatelier hinauffuhr, wollte er mit ihr wenigstens zwischen dem vierten und fünften Stock allein sein. Die Kunden sollten nur warten auf den Lift . . . Lene hatte Vorrang.

Bald trafen sie sich auch nach Geschäftsschluß, aber immer mußte Lene nach dem Kino sofort auf die Tram. Ihre Mutter sei streng und warte zu Hause.
An der Haltestelle reichte meistens die Zeit nicht, den Film, den er fast jedesmal verlogen fand, ideologisch zu zerpflücken.

Einmal unterbrach sie ihn zornig: »Was kritisierst du nur immer alles? Vermies mir doch nicht jeden Film. Du redest wie unser Franz.«
So erfuhr er, daß sie einen Bruder hatte. Es fiel ihm auf, wie widerstrebend sie von diesem sprach. Der schaffe immer auswärts, seit einem halben Jahr in den Alpen, am Bau eines Staudammes oder Wasserwerkes, so genau könne sie das nicht sagen.
Als er wissen wollte, ob der Bruder organisiert sei, politisch oder gewerkschaftlich, wich sie aus, das könne schon sein, sie vertrage sich nicht mit ihm, auch ihr Vater nicht. Aber das seien Familienangelegenheiten: »Was interessieren die dich!«

In der Tat, ihn interessierte nur Lene. Wann würde sie einmal abends nicht ins Kino gehen wollen oder Sonntagnachmittags mit ihren Eltern bei Verwandten bis zum späten Abend bei Kaffee und Kuchen hocken müssen. Ein großer Ärger.

Endlich aber, an einem Sonntag, fuhren sie das erstemal mittags mit der Tram aus der Stadt. Sie wollten in den Wald gehen. Er hatte bis fünf Uhr Zeit. Um sechs Uhr mußte er in einer Versammlung der Partei Flugblätter verteilen.

Beide hatten sich feingemacht. Er trug seinen blauen Anzug und Lene ihr bestes Sommerkleid.
Als sie über eine Wiese dem Wald zuschritten, tat Lene einen so tiefen Seufzer, daß Karl stutzte und stehenblieb. Doch da lachte sie ihm ins Gesicht und zog ihn weiter. Karl merkte aber deutlich, daß sie sich selber Mut machte. Er wußte, was zu tun war. Er zog Lene an sich und küßte sie. Sie erwiderte seine Küsse leidenschaftlich. Es waren die ersten richtigen, die er ihr gab. Nun war er seiner Sache sicher. Wir werden uns verstehen, sagte er sich und schritt wieder tüchtig mit ihr aus.

Die Mädchen hatten ihm nie Kopfzerbrechen gemacht. Noch immer war eine dagewesen, der er und die ihm gefiel. Seit seinem fünfzehnten Lebensjahr. Er hatte keine zu hohe Meinung von ihnen, aber auch keine schlechte, wie hätte er . . . als Marxist! Die Mädchen wollen dasselbe, was wir wollen, dessen war er sicher, und so ging er mit Lene tief in den Wald hinein, als sei alles klar und abgesprochen.

Mit einem Mädchen in den Büschen zu liegen, ist immer ein Vergnügen. Karl hatte das schon oft gemacht und dabei jedesmal rasch zugepackt. Doch mit Lene . . . hatte sie wieder Angst vor dem, was sie doch selber erwartete? Ihre Zärtlichkeiten waren so zaghaft, ja, lau. Dafür redete und redete sie. Und worüber! Das Geschäft, die Kollegen, die Vorgesetzten, die Kunden, das Auskommen mit dem Lohn und daß man Wäsche, Kleider, Krawatten und Strümpfe nur während der Ausverkäufe anschaffen soll, die letzten Filme, all das war ein unerschöpfliches Thema für sie. Nicht für ihn! Oder nur dann, wenn sie kritischer angegangen werden, solche Themen. Hatte sie wirklich nichts anderes im Kopf als Klatsch und sonstwie Belangloses? Daß sie politisch ungeschult war, das hatte er freilich jedesmal bemerkt, wenn er sie nach dem Kino heimbrachte. Doch, daß sie es in einem so empörenden Maße war, wie konnte das nur sein, war ihr Vater nicht Arbeiter in einer Spinnerei! Aber sollte er ihr ausgerechnet jetzt, da sie endlich neben ihm lag, eine richtige Einstellung zu ihrer Umwelt beibringen, die sie kritiklos wie etwas ein für allemal Gegebenes hinnahm?
Schließlich legte er seine Hand energisch auf ihre Brust und zog sie fester und fester an sich, bis sie ihn so küßte und sich so an ihn drängte, wie er es haben wollte. Nun war er gewiß: sie wird ihm nichts verweigern. Es war ja noch immer so.

. . . aber es war nicht so wie immer.

Er war für Lene der »Erste«. Das hätte er nie gedacht.
Als sie nachher weinte, war er noch einmal äußerst überrascht und fand nur Worte der Vernunft für sie, Worte, bei denen Lene von neuem schluchzte. Er nahm sie auf den Schoß: »Ist das so arg, Lenchen?« und wischte ihr behutsam die Tränen weg. Sie schloß die Augen, und als er ihre zerzausten Haare zurückstrich, begann sie von neuem zu weinen.
»Schau, Lenchen, ich mag dich doch«. Das war alles, was er ihr sagen konnte. Nie war er so verlegen um Worte gewesen.
Ratlos zog er die abgelegte Armbanduhr aus der Tasche. Schon fünf Uhr. In der Stadt würden die Genossen bald auf ihn warten. Er sollte Flugblätter verteilen, es war eine wichtige Versammlung. Und hier saß ein Mädchen auf seinem Schoß und wollte über etwas getröstet werden, das ihm nicht ganz begreiflich war. Aber mußte er sie nicht an die Zeit mahnen? Der Zellenleiter, der

Ortsvorsitzende, alle rechneten auf ihn. »Man wird schon Ersatz für mich haben, es sind genug junge Genossen da, die mich vertreten können«, redete er sich ein. Doch da sagte eine andere Stimme: »Du hast noch nie dein Wort gebrochen. Noch nie! Ein paar schöner Stunden wegen willst du die große Sache im Stich lassen? Eines Mädchens wegen? Was ist wichtiger?«
Karl weiß, was wichtiger ist, aber hier, das Mädchen ist ja außer sich. Er ist doch kein Rohling, soll er sie von seinem Schoß stoßen und allein in die Stadt zurückkehren?
Schließlich sagte er ihr sanft: »Lenchen, wir müssen gehen. Wir müssen.« Er zog seine Armbanduhr noch einmal aus der Jacke, hielt sie ihr vors Gesicht, steckte sie wieder zurück und nahm wieder ihre Hände: »Wir müssen gehen.«
»Müssen«, wiederholte sie, ohne ihn anzublicken und versuchte, ihre Hände von seinen zu lösen. Er hielt sie fest, aber sie erwiderten seinen Druck nicht.
»Soll man sich nicht mehr auf mein Wort verlassen können?«, sagte er, »versprochen ist versprochen, ich habe meinem Zellenleiter fest zugesagt.«
»Und ich! Ich zähle nicht? Wie du jetzt nur an diese verfluchte Versammlung denken kannst, als wenn die nicht ohne dich fertig würden!« stieß sie aus.
Karl zwang sich, ruhig zu bleiben.
»Ich habe dir in der Elektrischen gesagt, daß ich um diese Zeit zurückfahren muß, oder nicht?«
»Ja, ja, du hast recht, du hast es gesagt, du hast ja . . .«
Sie stieß Karl von sich und rutschte von seinem Schoß auf den Boden. »Dieser verdammte Parteikram! Ich zähle auf einmal nicht mehr. So seid ihr Roten, und ihr wollt die Welt schöner machen . . .!«
Hemmungslos schimpfte sie auf ihn ein und schüttelte sich, wenn er, der sie besänftigen wollte, sie nur anfaßte. Als er sie wieder auf seinen Schoß ziehen wollte, wehrte sie sich.
»Das, was eben zwischen uns war, das ist bei euch anders als bei uns Männern, Lenchen, das kann ich schon nachfühlen«, sagte er, »aber da ist noch meine Pflicht. Und ich gehe doch auch für dich zu der Versammlung.«
»Was geht dich heute die Versammlung an«, – ihre Stimme überschlug sich – »bin ich denn ein Nichts! Jetzt hast du alles bei mir erreicht, und schon pfeifst du auf mich und gehst deiner Wege, ›deiner Pflicht‹, den großen Tönen nach. Hierher gehörst

du, zu mir, an einem solchen Tag! Wenn du ein anständiger Kerl wärst, wüßtest du das. Sein Vergnügen und dann fortlaufen! Die haben also recht, die mich vor dir gewarnt haben.«
Das war zu viel. Das hatte er nicht verdient. Karl wollte die Uhr wieder anlegen, aber da war Lene schon aufgesprungen, ihm die Uhr entreißen, zu Boden knallen und zertreten, das war eins. Karl starrte in ihr verzerrtes Gesicht, verbot ihr jedes weitere Wort.
Lene zeterte, er wolle die Wahrheit nicht hören, das sei eine billige Manier, sich herauszuziehen. Bis Karl sie anschrie: »Schweig, sonst passiert etwas. Wir gehen jetzt sofort.«

In der Tram blieb Karl draußen auf der Plattform. Lene schickte er ins Innere des Wagens. Das Schrecklichste ist, sagte er sich, daß sie ja auch ein wenig Recht hat mit ihrem Kummer. Aber dann dachte er mit Verbitterung daran, wie rücksichtsvoll er zum Aufbruch gemahnt, und daß sie ihm die Uhr zerbrochen hatte.

Lene hatte sich mit dem Rücken zur Plattform gesetzt. Sie wollte während der Fahrt von Karl nicht beobachtet werden. Jeden hatte sie bis jetzt abgewiesen, und der erste mußte sie derart enttäuschen. Wenn er sie liebte, wie sie ihn, müßte ihm dann die Versammlung nicht gleichgültig sein? Wenn ich doch nur nicht so verliebt in ihn wäre, sagte sie sich, was soll das werden!
Als sie ausstiegen, nahm Karl sie bei der Hand. Er machte ihr keine Vorwürfe, verabschiedete sich aber mit einem kühlen: »Morgen abend, dann reden wir über alles.«

Lenes Augen blieben trocken, bis sie zu Hause war. Sie ging sofort in ihr Zimmer hinauf. Die Mutter sollte nicht sehen, wie sie weinte. ›Morgen reden wir über alles.‹ Das hatte er ihr gesagt.

Obwohl er an der Haltestelle der Tram in ein Taxi umgestiegen war, kam Karl zu spät an der Volkshalle an. Vor dem Portal verteilte ein junger Bursche aus seiner Zelle, der wegen seines mürrischen Wesens bei allen unbeliebt war, die Flugblätter. Der sagte ihm, er komme zu spät, der Redner spreche bereits. Im Saal setzte er sich auf den erstbesten Platz und schaute sich nur verstohlen nach Freunden und Bekannten um. Aber niemand hatte sein Kommen bemerkt, alle Blicke galten dem Redner.

Die Versammlung dauerte drei Stunden. Beim Schlußwort schlich er sich hinaus. Ja, er war nicht zur Stelle gewesen. Ausgerechnet an dem Abend, als ein Mitglied des Z. K. aus der Hauptstadt gekommen war. Lene hatte Recht behalten. Man war ohne ihn fertig geworden, wenn auch der Muffel, der vor der Volkshalle die Flugblätter verteilt hatte, dafür nicht so geeignet war wie er. Das war kein Trost.
In einiger Entfernung des Ausgangs wartete er bis die Leute herausgeströmt waren. Nun hatte er sich seit Wochen darauf gefreut, den großen Mann vom Z. K. kennenzulernen. Jetzt, in wenigen Minuten würden die Genossen den in ihre Stammkneipe führen zu einer gemütlichen Becherei und er durfte nicht dabei sein.
Das Portal der Volkshalle war bereits geschlossen worden, da stand er noch immer draußen im Dunkeln. Der Vorstand und die Jungen, die den Saal- und Ordnungsdienst versehen hatten, waren noch nicht herausgekommen. Vielleicht sucht man mich doch noch, sagte er sich. Aber als die Genossen vom Vorstand, die Zellenleiter, die Führer der Jugendgruppen mit dem Redner des Abends herauskamen, wartete er vergebens auf den gewohnten Pfiff, mit dem seine Kameraden ihn zu Hause abholten oder beim Gedränge nach großen Veranstaltungen ein Zeichen gaben. Sie gingen an ihm vorbei die Straße hinunter. Sie sprachen begeistert von dem Erfolg der Versammlung. Karl folgte in kleinem Abstand. Jedes Wort, das sie sprachen, wurmte ihn, auch wenn er nur ungenau hören konnte. Daß ihn sogar der Leiter seiner Zelle nicht vermißte! Nicht einmal der!
Eine schwache Hoffnung blieb ihm. Er rannte nach Hause, aber dort hatte niemand nach ihm gefragt. Er ging sofort zu Bett. Was für ein Tag war das gewesen! Durch wessen Schuld? Und daß er sich bei einem Mädchen so verschätzt hatte!

Am anderen Morgen sah er mehrere Male Lene zum Atelier über die Treppen hinaufgehen. Sie mied ihn also. Er bemerkte es mit Ärger und mit Erleichterung zugleich. Jedesmal, wenn er am ersten Stockwerk vorbeifuhr, fragte er sich: ist sie nur gekränkt oder schämt sie sich?
Er hätte das gerne gewußt und von ihr selbst erfahren, um einen Grund zu haben, ihr zu sagen, was sie ihm eingebrockt hatte. Kurz vor der Mittagspause war er entschlossen, zu ihr auf die Abteilung zu gehen. Er hatte die Lifttür schon aufgeschoben und

sah sie. Sie bürstete ein Kleid zehn Schritte von ihm entfernt, doch da trat gerade die Rayonchefin zu ihr, und er machte die Tür des Aufzuges leise wieder zu.

An diesem Mittag schmeckte ihm das Essen schlecht. Die Mutter schalt ihn und die Schwester zog ihn auf, er werde doch wohl keinen Liebeskummer haben.
Als er seine Mütze aufsetzte und aus der Küche trat, um wieder ins Geschäft zu fahren, kam ein Junge die Treppe herauf. Er solle abends ins Parteihaus kommen, zum Ortsvorsitzenden.
Also doch! Man hatte ihn vermißt. Den Rüffel, der ihm blühte, wollte er ohne Widerspruch einstecken und nicht beschönigen, warum er zu spät zur Versammlung gekommen war.

Nachmittags stauchte ein Rayonchef ihn zusammen. Er solle die Lifttüren gefälligst weniger wüst zuknallen. Eine Dame beschwerte sich, daß er sie zweimal, obwohl der Lift leer war, im dritten Stock hatte warten lassen und durchgefahren war. Ein anderer Rayonchef, der von Schuhwaren, der mit der Dame eingestiegen war, pfiff ihn hübsch an, sobald die Dame den Aufzug verlassen hatte.
Als ihm aber ein Lehrmädchen der Konfektionsabteilung einen Zettel von Lene brachte, erreichte sein Mißmut den Höhepunkt. Lene bat ihn, abends am Tor auf sie zu warten. Er wollte ihr nicht sagen lassen, daß er ins Parteibüro bestellt war.
Nach einer Stunde schrieb er auf ein Stück Packpapier: »HEUTE ABEND UNMÖGLICH. MORGEN.« Einem anderen Lehrmädchen der Konfektion, das zur Expedition ins Souterrain fuhr, gab er den Zettel mit. »Laß ihn aber niemanden lesen und gib ihn Lene ohne daß es jemand sieht«, schärfte er der Kleinen ein. Als sie wieder mit ihm hinauffuhr, ließ er sich den Zettel noch einmal geben und schrieb seinen Namen unter die vier Worte.
Etwas später kam das Mädchen an den Lift. Es sei gut so, richtete sie von »Fräulein Lene« aus.

2.

Von dem Vorsitzenden erhielt Karl abends den Auftrag, einen Genossen in dem zwölf Kilometer entfernten Städtchen B. am nächsten Abend zwischen neun und halbzehn Uhr in eine bestimmte Wirtschaft zu bestellen. Karl hatte schon ein paar Mal für den Ortsvorsitzenden Genossen der anliegenden Orte in dieses Gasthaus bestellt. Es war berühmt wegen seiner zahlreichen Kegelbahnen und er wußte, daß diese gewissen Besprechungen, die der Polizei nicht auffallen sollten, eine gute Tarnung boten.

Karl blieb vor dem Schreibtisch stehen, drehte mit Unbehagen die Mütze in der Hand und wartete auf den Vorwurf: »Aber gefälligst nicht so unpünktlich wie gestern, Freundchen.«

Doch nichts dergleichen. Der Genosse bot ihm sogar eine Zigarette an. Das war zu ungemütlich.

Schließlich faßte er sich ein Herz. »Daß ich gestern nicht pünktlich war, war keine Bummelei. Da war schon ein wirklicher Grund, daß ich zu spät kam.«

Der Vorsitzende schaute ihn erstaunt an. »So, was war denn?« fragte er, wartete aber die Antwort gar nicht ab und sagte: »Was hast du zu tun gehabt? Saaldienst?«

Karl starrte ihn an. Der Genosse wußte nicht einmal, welche Funktion ihm zugeteilt war.

»Propaganda«, antwortete er gekränkt.

»Nicht so schlimm«, sagte der Vorsitzende, »der war ganz gut, der die Flugblätter verteilt hat. Aber jetzt habe ich zu tun, gute Nacht denn. Und wenn du morgen abend von B. zurück bist, komm bei mir vorbei.«

Als Karl aufs Rad stieg, hatte er einen Haß gegen den Genossen. Dieses Gefühl wurde er auch auf dem Heimweg nicht los.

In seiner Straße begegnete er einem Pärchen. Der Mann hatte seinen Arm um das Mädchen gelegt. Karl blickte den beiden nach. Es war erst neun Uhr. Sicher war Lene noch auf. Er fuhr wieder zurück. Sie wohnte weit draußen, am Stadtrand. Auf einmal war ihm gut zumute. Lenes Eltern hatten ein kleines Häuschen der neuen Arbeiterkolonie der Spinnerei zur Miete. Ihr Vater machte, auf eigenen Wunsch, nur Nachtschicht, hatte sie ihm einmal erzählt.

Karl klopfte an den Fensterladen der Küche. Frau Kempt kam an die Tür. Er wußte, daß sie ihn mochte.

Er fragte sofort nach Lene.

Sie sei mit ihrer Freundin fortgegangen. Wahrscheinlich wieder ins Kino, »das Mädel kann keinen Abend daheim bleiben«, jammerte die Frau, »kaum daß sie etwas ißt, macht sie sich fertig

und fort ist sie. Mir läßt sie die Spül'. Sie kann froh sein, daß ihr Vater abends auf der Arbeit ist, sonst hätt' es schon manchmal was gesetzt.«
Karl ließ sie ausreden. Er kannte das. Wenn Frau Kempt ins Geschäft kam und Lene das häufig vergessene Vesperbrot nachbrachte, erging sie sich in solchen Klagen. Er hatte die altmodische Frau, die das Kino nur vom Hörensagen kannte und sich jedesmal, wenn sie, das Vesperbrot eingewickelt in der Hand, in den Lift stieg, umschaute, ob auch die Aufsichtsdame nicht in der Nähe sei, oft belächelt. Jetzt gab er ihr im stillen recht. Lene hätte zu Hause sein sollen.
Er wollte wieder gehen.
Ob er auf Lene warten wolle, fragte ihn Frau Kempt, »die kommt nach dem Kino immer gleich heim, sonst gibt es was, das weiß sie«.
»Ich kam zufällig hier vorbei und wollte nur mal so zu euch hereinschauen«, sagte er und war schon wieder auf der Straße.
Er war enttäuscht und verärgert: Was machte Lene jetzt? Sie hat nachmittags meinen Bescheid bekommen, gewiß. War sie deswegen böse? Nein. Das Lehrmädchen hatte von ihr ausgerichtet, es sei gut so. Daraufhin hatte sie sich wohl mit ihrer Freundin verabredet.
Einen Augenblick dachte er daran, vor dem Kino zu warten. Dann fiel ihm aber ein, daß die Freundin dabei sei. Es war eine Verkäuferin von der Handschuhabteilung, die er gut leiden konnte.
Jetzt mochte er sie nicht mehr. War sie nicht schuld, daß er Lene nicht abholen konnte? Er fuhr langsam heim.
Als er in sein Bett stieg, hatte er eine Zehnerpackung Zigaretten geraucht, und seine Stimmung war noch immer miserabel. Niemand anderes als ihre Mutter hatte es ihm ja gesagt: Lene war also auch früher abends oft ausgegangen. Mit wem? Nie hatte sie ihm das erzählt. Warum?
Er hatte vergessen, das Licht auszudrehen und mußte wieder aufstehen. Als er zum Schalter ging, fiel sein Blick auf das große Bild Lenins, das über seinem Tisch hing. Da schämte er sich seines gar zu privaten Kummers und machte schnell dunkel.

Der nächste Morgen ließ sich gleich hübsch an. Im Warenhaus sind alle Angestellten, die mit der Kundschaft in Berührung kommen, abergläubisch. Der erste Kunde entscheidet, ob der

Tag ein guter oder schlechter wird. Ist der erste Verkauf ein kleiner Posten, so wird der Unglücksbetrag mit Erbitterung auf den Kassenzettel notiert. Wenn der Kunde dazu noch barsch oder sonstwie unsympathisch auftritt, ist der Tag schon zu Beginn erledigt.

Karl war soeben aus der Garderobe gekommen, wo er die Hausuniform angelegt hatte, und schloß den Lift, den »Kasten«, auf, da steuerte ein Unglück schon auf ihn zu: in der Person des Reffs, der Aufsichtsdame des Hauses.

Es war erwiesen, daß das Reff als erster Fahrgast Unglück brachte. Karls Dienst begann jeden Morgen mit diesem Kampf um eine bessere Fracht.

Das Reff und er waren erklärte Feinde; sie grüßten sich nicht.

Das Reff spielte im Hause die Rolle des Hechts im Karpfenteich. Man stelle sich eine Lehrerin, eine Möchtegern-Dame und einen Polizisten in einer Person vor, dann hat man das Reff. Das Reff trug breite und lange Röcke, noch nie sah man an ihrem Fuß einen Halbschuh, und die Stehborte, die sich Sommer und Winter um ihren Hals zog, hatte sie stadtbekannt gemacht. Ihr Alter war so unbestimmbar wie die ehemalige Farbe ihres Haares. Sie sprach in allen Tonarten, je nachdem mit wem, als Lehrerin, »Dame« oder Polizist. Und seit legendären Zeiten hieß sie »das Reff«. Neueingestelltes Personal hatte Mühe, ihren richtigen Namen – Fräulein Meinert – zu erfahren. Wo sie auftauchte, stoben schwatzende Verkäuferinnen auseinander, flitzten die Lehrmädchen hinter die Ladentische, und sogar die Alten bedienten die Kunden freundlicher als gewöhnlich.

Auch Karl beeilte sich, als er sie erblickte. Hastig schaltete er den Strom ein, riß die Tür des Lifts zu, drückte auf den Hebel und stellte sich, als sähe er sie nicht kommen.

Aber da rief sie schon: »Lift, Lift!«

Und Karl, der bereits einen halben Meter gefahren war, mußte halten, schalten und wieder abwärts fahren.

Das Reff fuhr zu ihrer ersten Amtshandlung in den fünften Stock. Dort befanden sich außer den Nähateliers die Buchhaltung, die kleinen Büros der Rayonchefs, das der Aufsichtsdame und das größte Büro, mit einem Vorzimmer, das sogenannte Privatkontor des Direktors.

Jeden Morgen holte das Reff aus dem Schreibtisch ihres Büros den Bleistift und das Notizbuch, die sie abends dort einschloß, das Werkzeug, mit dem sie seit vielen Jahren das Personal marterte.

Der Tag fängt schlecht an, dachte Karl, als er in das grämliche Gesicht des Reffs blickte.

Sie waren gerade am ersten Stock vorbeigefahren, da hielt sie ihm ihren rechten Zeigefinger unter die Nase.

»Sie haben wieder gepfuscht, hier, ist das abgestaubt?« begann sie und fuhr dann mit dem linken Zeigefinger über irgendeine der Liftwände und hielt ihm auch diesen hin.

Karl ließ den Aufzug mit einem heftigen Ruck halten. »Wo, bitte?« fragte er höflich.

»Halten Sie doch nicht so brutal!« schrie sie.

Sofort schaltete Karl ebenso plötzlich, wie er gebremst hatte, wieder ein, und fragte zum zweitenmal: »Wo, bitte?«

Das Reff hatte bei dem neuen, überraschenden Ruck einen kleinen Schrei ausgestoßen und war auf die Polsterbank gefallen. Sie hielt die Finger gespreizt vor sich und schrie: »Sie abscheulicher Mensch, das tun Sie absichtlich, weil Sie wissen, daß ich es nicht vertragen kann . . .«

Sie waren oben. Karl schmiß die Tür so heftig auf, daß das kleine Gefährt in allen Fugen zitterte. Mit einem freundlichen »Bitte« ließ er das Reff an sich vorbei hinaus.

Vom sicheren Boden des Korridors aus fauchte sie ihn an: »Warum stauben Sie nicht besser ab, es klebt alles vor Dreck.«

»Bitte, wann soll ich abgestaubt haben?« erwiderte Karl, »wenn Sie den Aufzug schon so früh benutzen, kann ich nicht gleichzeitig reinigen. – Sie haben sich schmutzig gemacht.« Und ehe sie es verhindern konnte, hatte er sich gebückt und klopfte ihren Rock, als säße dort fingerdick der Staub, an der Sitzfläche ab.

Sollte sie sich über diese zudringliche Geste empören, an seinem undurchdringlich-freundlichen Gesicht würde sie nichts aussetzen können.

Vor soviel Höflichkeit und dienstfertigem Eifer mußte sie die Waffen strecken, und »der abscheuliche Mensch, der es auf ihren Herzfehler abgesehen hatte«, wie sie oft klagte, fand wieder einmal einen glimpflichen Abgang.

Kaum war Karl ins Parterre gekommen, da klingelte es vom fünften Stock nach dem Lift. Das Reff wartete oben, als er anlangte.

Sie gab ihm einen Anweisungszettel für die Abteilung »Haus-

haltswaren«: »Sie dürfen sich ein neues Staubtuch belasten lassen.«
»Wie soll ich Ihnen für so viel Liebenswürdigkeit nur danken«, sagte Karl, »Sie stiften das Tuch keinem Undankbaren. Geruhen Sie mit mir hinunterzufahren?«
»Sie Lümmel«, kam es zurück, »gehen Sie mir aus den Augen.«
»Ich entschwebe schon«, rief er und warf die Tür des Lifts zu.
Das Reff trug seinen Namen als ersten des Tages in ihr Notizbuch ein und brachte später im Privatkontor das Gespräch auf die Sauberkeit im Hause, die manches zu wünschen übrig lasse. Der Direktor hielt große Stücke auf Fräulein Meinert. Sie unterrichtete ihn so zuverlässig wie sonst niemand über die Stimmung der Kundschaft und über den guten oder schlechten Geist des Verkaufspersonals.
»Hat sich jemand beschwert?« fragte der Direktor.
»Glücklicherweise noch nicht«, antwortete sie, »aber ich bemerke allenthalben, daß nicht gründlich geputzt wird. Gesäubert wird schon, das wäre ja noch schöner, aber nicht gründlich genug. Gestern sah ich aber etwas so Skandalöses, daß man einschreiten muß. Eine Dame, die ein weißes Kleid trug, lehnte sich, wie gesagt gestern, an die Wand des Lifts; als sie ausstieg, sah ich, daß sie auf dem Rücken graue Staubflecken hatte. Das geht doch nicht . . .«
»Wer hat den Lift in Ordnung zu halten?« unterbrach der Chef.
»Meines Wissens die Frau, die den ersten und zweiten Stock putzt«, sagte Fräulein Meinert.
Der Direktor notierte es sich, er werde es dem Personalchef melden.
Das Reff klatschte nicht. Der Personalchef sollte selbst daraufkommen, daß der abscheuliche Mensch, dieser Liebling aller Leute, nichts taugte.
Ihre Lüge war wohldurchdacht.

Der Personalchef hatte die Putzfrau, als sie in sein Büro trat, ohne weiteres wegen des Staubs im Lift angepfiffen, bis sich herausstellte, daß er an der falschen Stelle tobte und seine Zeit vergeudete. So gab er sich einem befreienden Gebrüll hin, als endlich der Schuldige vor ihm stand.
Der Zorn des Personalchefs machte auf Karl nicht den geringsten

Eindruck. Nur hätte er gerne gewußt, was es mit dem weißen Kleid auf sich hatte. Das Reff trug doch nur braune und schwarze. Er zog es jedoch vor, nicht danach zu fragen, und verließ das Büro ohne Groll gegen den Chef.
Jedoch schwor er sich, dem Reff, dieser katzigen Spinne, jede Fahrt im Lift zu einer gepfefferten Vergnügungstour zu machen.
Sie hatte sicher gelogen. Ihm war von einem weißen Kleid nichts bekannt.
Karl ging schändlich mit dem Lift um. Die Tür krachte und rasselte bei jedem Halt und verkündete dem ganzen Hause Karls bittere Wut, und wer sah, wie er den Stromhebel riß und stieß, schüttelte den Kopf.
Der Lift prallte plötzlich im Parterre auf. Karl hatte vergessen, den Strom zu dämmen. Der heftige Stoß brachte ihn zur Besinnung.
»Na, na, na«, sagte jemand.
Es war Frau Kempt. Sie brachte Lene das wieder einmal vergessene Vesperbrot.
»Man könnte Angst vor Ihnen haben. Was machen Sie für ein Gesicht«, sagte sie und lachte, als sie, nicht ohne sich zuvor nach allen Seiten umzublicken, einstieg.
»Sie haben leicht reden, Frau Kempt.«
Und damit waren sie an der Abteilung Damenkonfektion angelangt. Die Frau stieg nicht aus.
»Erster Stock«, sagte Karl.
»Fahren Sie mich noch ein bißchen, Karl, dahinten steht das Aufsichtsfräulein«, erklärte Frau Kempt, »die kann es nicht leiden, wenn Besuch zu den Mädchen kommt. Es ist ja auch verboten.«
Das Reff stand bei der Leiterin der Konfektionsabteilung. Während sie weiterfuhren, betrachtete Karl Lenes Mutter und machte sich seine Gedanken um die Angst, die sie vor den Vorgesetzten ihres Kindes hatte.
Sie waren viermal auf und ab gefahren, und das Reff sprach noch immer mit der Abteilungsleiterin. Frau Kempt konnte nicht länger warten. Sie gab Karl das Brot. »Aber vergessen Sie nicht, es ihr zu geben, und stecken Sie es nicht in die Tasche, sonst schmilzt die Butter bei der Hitze«, sagte sie, bevor sie fortging.
Karl versprach, es Lene zu geben, sobald die Luft rein sei, und sah der kleinen Frau einen Augenblick nach.

So verschüchtert, dachte er und schloß die Tür manierlich. Er fuhr noch oft an Lenes Abteilung vorbei, aber immer noch schwatzte dort das Reff mit der Abteilungsleiterin. Das Brot hatte er gedankenlos in die Tasche gesteckt. Auf einmal fiel ihm ein, daß er es in der Hand halten sollte. Da gab er es einer Verkäuferin der Abteilung, die mit ihm vom Souterrain hinauffuhr, es sei von Lenes Mutter.

3.

»Sie wollen ja schon wieder zu Fuß aufs Atelier! Sonderbar, Fräulein Kempt! Da, da haben wir die Bescherung«, rief das Reff in Richtung der Treppe und schoß von der Tür des Lifts auf Lene zu, die sich bemühte, einen Berg Kleider auf den Armen zu halten, ohne sie über den Boden zu schleifen. Auf der ersten Stufe der Treppe war ihr aber ein Kleid entglitten und in dem Augenblick zu Boden gefallen, als das Reff den Aufzug hatte nehmen wollen.

Es war Karl nur recht, daß sie ihm, bevor sie auf Lene losfuhr, zugerufen hatte: »Warten Sie, Lift!« Nun konnte er in voller Legalität den Auftritt, den sie Lene machen würde, beobachten.

Das Reff hatte, noch bevor Lene, beladen wie sie war, sich danach hätte bücken können, das Kleid vom Boden aufgehoben und strich es glatt: »Warum wollen Sie partout über die Treppe zum Atelier hinauf. Mit wem treffen Sie sich auf dem Weg? Alles schon dagewesen. Sie sind viel zu neu im Hause. Einem jungen Ding wie Ihnen komme ich schnell hinter die Schliche. Nun?«

Lene schwieg.

»Wird's bald, Fräulein Kempt! Warum die Treppe?«

»Im Aufzug wird es mir schlecht, der ruckt so«, hörte Karl sie sagen.

»Das wollen wir sehen, ob er nicht ruhig fahren kann. Marsch in den Lift.« Schon kam sie, Lene vorangehend, zum Aufzug.

»Wohin bitte?« fragte Karl.

Das Reff würdigte ihn keiner Antwort. »Fünfter Stock«, sagte Lene ohne ihn anzublicken. Karl suchte nicht ihre Augen. Was war das gewesen? Lene verpetzte ihn, und ausgerechnet bei der!

Oben ließ das Reff Lene aussteigen und fuhr wieder mit ihm hinunter.
»So«, begann sie, »nun haben ja auch Sie es wohl gehört. Kein Mensch kann mit Ihnen fahren. Von Rechts wegen müßten Sie das Kleid bezahlen. Es war feinster Crêpe de Chine.«
»War? *Ist's* doch wohl noch.«
»Aber durch Ihre Schuld verdorben.«
»Das möchte ich sehen«, erwiderte Karl.
»Wenn zehnmal nichts an das Kleid gekommen ist, bleibt es ein Skandal, daß die Mädchen sich über die Treppen zum Atelier hinauf abschleppen müssen, weil Sie Flegel Schabernack mit dem Lift treiben.«
Die Mädchen, die . . ., dachte Karl bei sich, wenn du wüßtest . . .
Das Reff zeterte weiter: »Wenn das noch einmal vorkommt, werde ich es dem Personalchef melden.«
»Wenn es Sie danach juckt, tun Sie es doch gleich. Parterre bitte.«
»Ihnen wird er einmal vergehen, der Übermut«, warf sie ihm beim Aussteigen mit einem giftigen Blick hin.

Er und Übermut! War der ihm nicht eben restlos vergangen? Er sah auf die Uhr. Es war Zeit für die kleine Frühstückspause. Die Hälfte des Personals ging ins Souterrain zur Kantine, wo man zehn Minuten lang zum Butterbrot etwas trinken durfte, was in den Geschäftsräumen streng verboten war. Als er Lene die Treppe herunterkommen sah – sie hielt das Butterbrot, das er so lange bei sich gehabt hatte, in der Hand – machte er sich an der Lifttür zu schaffen und wandte ihr den Rücken zu. Der zweite Liftführer wunderte sich, daß Karl nicht in die Kantine ging.
Er habe keine Lust, erklärte er, knipste das Deckenlicht des Aufzugs aus und setzte sich auf die Bank. Dann aß er im Dunkeln sein Frühstücksbrot.
Plötzlich tauchte das Reff vor dem unbeleuchteten Lift auf und erinnerte ihn mit kreischender Stimme daran, daß es dem Personal verboten war, in den Geschäftsräumen zu essen und zu trinken. Ihr Gezeter nahm er nicht einmal wahr. Lenes Verhalten, an nichts anderes konnte er denken. Der Verdacht ging ihm nicht aus dem Kopf, es sei kein Zufall und keine plötzliche Eingebung der Angst oder Verwirrung gewesen, daß Lene dem Reff gesagt hatte: »Im Aufzug wird es mir schlecht, der ruckt

so.« Warum hatte sie gerade das gesagt?
Er legte das Brot beiseite. War es denkbar, daß sie das Reff absichtlich auf ihn gehetzt hatte? Er riß an seinem Kragen und knöpfte die Jacke seiner Uniform auf.
Kannte er sie gut genug? Nein, er war ihrer nicht mehr so sicher, wie selbst noch am Sonntag, nach der traurigen Rückkehr aus dem Wald. Und am vergangenen Abend, war es überhaupt die Kollegin von der Handschuhabteilung, mit der sie ausgegangen war? Hätte er doch nur bei Frau Kempt gewartet, dann hätte er wenigstens gesehen, wann sie heimgekommen war, ob begleitet, und wenn ja, von wem.
Am liebsten hätte er den Lift zertrümmert.
Als er Lene aus der Kantine zurückkommen sah, floh er, in einer Expreßfahrt, zum vierten Stock hinauf.

Abends war er der erste Angestellte, der das Geschäft verließ. Fünf Minuten vor dem Schlußzeichen. Der Portier, Genosse und Mitglied des Betriebsrats, drückte ein Auge zu. Gewöhnlich waren die beiden Liftführer unter den letzten. Fast täglich trafen kurz vor Schluß jene besonders beliebten Kunden ein, die »nur noch schnell« dieses oder jenes kaufen wollen und die dann eine Ewigkeit bleiben.
Er wartete draußen in der Gasse, vor der rückwärtigen Einfahrt zum Hof der weitverzweigten Gebäude, wo sich in dem der Gasse zu gelegenen Anbau der Schalter des Portiers befand. An diesem Schalter mußten die Angestellten und alle die vorbei, die das Warenhaus nur über den Hof und durch das daran liegende, rückwärtige Tor des Hauptgebäudes betreten oder verlassen durften.
Vom Hof her kamen bald die Verkäuferinnen und defilierten an den Stechuhren vorbei, vor dem Portier und dessen Gehilfen und hielten diesen ihre Handtaschen geöffnet hin.
Diese Kontrolle, ihm sonst ein Dorn im Auge, obwohl er wußte, daß das Personal viel stahl oder durch Komplizen stehlen ließ, erschien Karl auf einmal weniger aufreizend. Dank ihr konnten die Verkäuferinnen nicht als unübersehbarer Haufen herauskommen, sondern immer nur zwei zu gleicher Zeit. Er würde Lene nicht verfehlen.
Um halb acht war sie immer noch nicht erschienen. Arbeitete man auf Damenkonfektion wieder einmal nach?
Der zweite Liftführer, der erst sehr spät hatte gehen können,

konnte es ihm nicht sagen, warnte ihn aber: »Du bist aufgefallen. Das Reff hat ein Mordstheater gemacht, sie hat gesehen, wie früh dein Kasten geschlossen war, verdufte, sie hat schon ihren Hut aufgesetzt.«
Karl stellte sofort sein Rad ab und verschwand in die Portiersloge.
Gleich darauf ging er mit einer Kanne Maschinenöl über den Hof. Es klappte. Er begegnete dem Reff vor den Stechuhren, wo sie jeden Abend wartete, bis die letzte Verkäuferin gegangen war. »Ich muß noch den Aufzug ölen«, sagte er kühl.
»Unsinn, das können Sie morgen früh tun.« »Ich denke, es wird nachgearbeitet auf Damenkonfektion«, erwiderte er, »dann bleiben Sie doch sowieso noch hier, auf Wache. Aber wie sie befehlen.«
»Niemand arbeitet nach«, erklärte sie patzig.
Er wartete draußen, bis das Reff gegangen war, dann bat er den Portier, ihn die Ausgangsscheine der Verkäuferinnen durchsehen zu lassen, die vor Geschäftsschluß das Haus verlassen hatten.
Der Portier verweigerte ihm nie etwas, beobachteten sie beide doch die Firma und meldeten dem Ortsvorsitzenden alles, was ihnen für die Partei wissenswert erschien.
Der Ausgangsschein war schnell gefunden. Lene hatte das Geschäft schon vor zwei Stunden verlassen, wegen »Anprobe bei Kundin«.
Dann konnte er sie ja, wenn auch spät, noch zu Hause besuchen.

4.

Nach dem Abendbrot, lustlos heruntergeschlungen, schwang er sich aufs Rad. Es war höchste Zeit. Er hatte die geheime Nachricht für den Genossen in B. schleunigst zu überbringen. Auf dem Rückweg würde er, wenn es in B. nicht einen unvorhersehbaren Aufenthalt gäbe, bei Lene hereinschauen.
Zunächst fuhr er durch die reichen Geschäftsviertel, wo elegante Spaziergänger, an den Schaufenstern der feinen Geschäfte vorbeischlendernd oder auf den Terrassen der teuren Cafés, den milden Abend genossen. Er fuhr, an manchem Polizisten vorbei, mitten durch den Feind. Ihm gegenüber

fühlte er sich als der geheime, der Bourgeoisie gefährliche Vertreter eines anderen, noch unterdrückten Volkes, zu dessen Befreiungskampf auch diese Fahrt gehörte. Und Lene war auf einmal vergessen. Seine Augen schweiften, aber ohne Zorn, über die sorglos flanierenden Feinde seiner Klasse, er fuhr beschwingt, seinen Auftrag fertig auf der Zunge, durch das hellerleuchtete Viertel und dachte: Eure Stunde schlägt noch. Ihr entkommt uns nicht. Er sah sogar wohlwollend auf seine Feinde herab, so stolz war er auf seinen Auftrag und so erfüllt von dem Gedanken: er trug Verantwortung für das Glück seiner Klassenbrüder.

In jenen, ihm wie fernste Vergangenheit dünkenden Jahren, als er kaum aus der Schule entlassen war und noch nicht einmal wußte, daß Karl Marx gelebt hatte, war er oft, sobald es dunkel war, mit Kameraden in den Stadtpark hinausgefahren, um »Liebespaarschreck« zu spielen. Sie gingen grausam dabei vor. Entdeckten sie ein Pärchen, so stiegen sie ab und stellten sich gerade vor die Bank, auf der es saß, zu einem längeren, lauten Gespräch hin und ließen die Lampen ihrer Räder, oft waren sie zu viert oder zu fünft, den erschreckten Pärchen ins Gesicht leuchten.

Als er in den Stadtpark einbog, um schneller auf die nach B. führende Landstraße zu kommen, mußte er, bei der Erinnerung an jene Kinderei, lächeln. Plötzlich . . . dort, auf der dritten Bank! Er hat doch keine Gespenster gesehen, so schnell er auch an den beiden vorbeigefahren ist, er hat sich nicht getäuscht. Das blonde Haar, das kleine Näschen, das gestreifte Kleid, das sie am Sonntag getragen hatte. Sie war es. Untrüglich. Lene! In den Armen eines Mannes!

Kann man verlangen, daß Karl die Augen abwende, voller Verachtung und Schmerz weiterfahre, als Kämpfer für die gute Sache seine Pflicht erfülle und seinen Auftrag ausführe?

Karl legte sachte das Rad hin, ging leise ein Stück Weg zurück und kroch dann, auf Händen und Knien, vorsichtig hinter die Bank.

Er macht keine Szene, er lauscht und wartet.

Der Nebenbuhler ist der junge Mann aus der Expedition. Mit einem aus dem Geschäft betrügt sie ihn, denkt er bitter und ist zugleich erleichtert, daß der kein Genosse ist. So wird die Abrechnung einfacher, zumal mit diesem da, der nicht einmal

organisiert ist, den er nicht dazu bekam, der Partei beizutreten, der es mit denen von oben hält.
Karl lauschte.
». . . Ihr seid ja einer wie der andere«, hörte er Lene sagen, »wenn ihr etwas ganz Bestimmtes erreicht habt, fangt ihr an, grob zu werden, wenn ihr vorher auch noch soviel den Kavalier gespielt habt. Sie brauchen nicht zu lachen, das ist wahr.«
Daß Lene den anderen noch mit »Sie« anredete, beruhigte Karl, ärgerte ihn aber auch. Er hätte sie lieber bei einer Vertraulichkeit erwischt, die ihn berechtigte, Lene schwere Vorwürfe zu machen.
»Nanu! Du scheinst schlechte Erfahrungen gemacht zu haben«, sagte der Expedient zu Lene.
Lene stieß einen hellen Seufzer aus: »Was man so Erfahrungen nennt, ich bin nicht von gestern. Ich weiß Bescheid. Was ist denn ein Mädel in euren Augen, Ihr braucht uns, aber wir kommen hinten an. Samstags und sonntags, da geht ihr meistens ohne uns zum Fußball, zum Boxen oder zu Schwimmveranstaltungen und wir können schon von Glück reden, wenn wir überhaupt neben euch sitzen dürfen, aber mit wem diskutiert ihr das Fußballspiel, nachher, in der Kneipe, doch nicht mit uns, das geht ja nur euch Männer etwas an.«
»Ich glaube, da hast du etwas vergessen«, kam es, wieder spöttisch, zurück, »ich darf doch du zu dir sagen.«
»Mein Gott, da gibt es noch viel aufzuzählen, aber wozu?«
»Ja, wozu? Damit kriegst du deinen Karl nicht aus dem Parteikram heraus.«
Beinahe wäre Karl zugleich mit Lene aufgesprungen, er hielt sich mit Mühe ruhig, während sie sich vor dem Expedienten, der sitzenblieb, aufpflanzte: »So, was wissen Sie denn? Was wollen Sie, Sie feiner Herr, denn *davon* wissen?«
»Oh, immerhin soviel«, sagte der Expedient näselnd, »daß du deinen Schatz nicht festhalten kannst. Oder? Wer hat dich denn gestern abend so gründlich versetzt? Ich doch nicht. Ihr müßt vorsichtiger sein, Kinder, einem Lehrmädchen gibt man solche Zettel nicht in die Hand. Aber spring jetzt nicht da vor mir herum und setz dich her.«
»Erstens«, erwiderte sie, »bin ich für Sie eine Sie, Sie wollen gebildet sein und kennen nicht den einfachsten Anstand, und dann, wie kommen Sie an den Zettel, und wie kommen Sie erst recht dazu, den zu lesen, Sie wollen sonst ein so feiner Herr sein?

Und überhaupt, was geht das alles Sie an. Eine fremde Person!«
Der Expedient lachte: »Fremde Person ist gut. So fremd, daß die Dame mit mir in den Stadtpark geht, nachts, wohl um hier den Rosenkranz zu beten, oder wie hat man sich das gedacht?«
Er war dabei aufgestanden und faßte nach ihr: »Komm, sei vernünftig, wir wollen kein Theater aufführen.«
Karl sah aus seinem Versteck, wie Lene sich ihm schroff entzog.
»Nun, denn nicht.« Der Expedient setzte sich wieder hin.
»Geben Sie mir meine Tasche«, forderte Lene.
»Ich denke, wir haben noch Zeit«, antwortete er und lehnte sich bequem zurück. Karl wußte, wie sehr der Expedient von seiner Unwiderstehlichkeit überzeugt war und wie gern er sich montags seiner Erfolge brüstete. Auf den Vorortbällen erschien er samstags und sonntags seit kurzem in dem Smoking, den er auf Herrenkonfektion noch abstotterte, und in der Buchabteilung hatte er sich ein Anstandsbuch gekauft. In der Kantine war darüber gelacht worden. Nur Lene hatte das imponiert ... daran erinnerte er sich plötzlich. Das Kino der Bürgerlichen hat sie verdorben, wie oft hatte er das festgestellt.
Lene verlangte zum zweitenmal die Tasche.
Der Expedient gab sie nicht her. Er öffnete sie, kramte darin und zog ihr Taschentuch heraus: »Kein Parfum, nicht einmal Eau de Cologne? Dein kleiner Lenin hat das wohl verboten?«
Sie blieb stumm.
Lässig fuhr der Expedient fort: »Du weißt doch, daß er überall der kleine Lenin oder Lenin in der Aktentasche heißt, *er*, ja, *dein* Karl, der alle Angestellten der Firma für zurückgebliebene Kleinbürger hält. Der Junge ist – entschuldige – vollkommen verrückt, dazu eingebildet, und kein Mensch weiß, auf was er sich so dick tut. Weil ich ein Monatsgehalt beziehe und weiße Kragen trage, hat er mir wahrhaftig vorgeworfen, ich hätte kein Klassenbewußtsein, ich sei aber ein Proletarier wie jeder andere Lohnempfänger, das hat er mir vorgehalten, mir! Große Töne kann er anschlagen und hochgestochen. Mit der Ehrlichkeit hat er es. Als der erste Verkäufer von Herrenmoden vor Gericht kam, wegen ein paar Krawatten, die er hatte mitgehen lassen, hat der Karl kein Wort für den armen Kerl übrig gehabt. ›Die Firma bestiehlt mich zwar um den Mehrwert meiner Arbeit, aber ich bestehle nicht meinen Ausbeuter. Unseren Laden zu beklauen,

das wäre nicht marxistisch gehandelt.‹ Hat man Worte? Das hat er in der Kantine verkündet. Mich grüßt er nicht mehr, weil ich seinem roten Verein nicht beigetreten bin. Was liegt mir schon daran . . .«

»Sie sind neidisch auf ihn, das ist alles«, erwiderte Lene heftig.

Der Expedient lachte: »Ich, neidisch auf *den*! Kind, was du dir einbildest. Karl, der hängt bei mir *so*«, und er machte eine verächtliche Bewegung mit der Hand. »Du hast ja keine Ahnung vom Leben. Was bietet er dir denn? Spaziergänge in den Wald, wo es nichts kostet, bald mußt du jede Versammlung seines Tugendvereins besuchen und die rote Braut spielen und darfst Sonntagsmorgens vor den Kirchen Flugblätter gegen die Religion verteilen. Hat er dich je zum Tanzen mitgenommen?«

»Karl macht sich nichts aus dem Geschwofe.«

»Da siehst du es. Diese Brüder kenne ich. Und mit *dem* gehst du und hast nichts von deiner Jugend und wirst nie etwas vom Leben haben und ewig hinter dem Ladentisch stehen, denn eine Rote kann nie Rayonchefin werden, ja, nicht einmal erste Verkäuferin. So dumm ist doch keine Firma, sich rote Läuse in den Pelz zu setzen. Das alles wirst du dem Karl zu verdanken haben.«

»Jedenfalls ist er zehnmal anständiger als sie«, schrie Lene, »und außerdem weiß ich, mit wem ich gehe. Sie sind ja gelb vor Neid, weil er eine Rolle in der Politik spielt, er hat im kleinen Finger mehr Grütze als Sie im Gehirn. Geben Sie mir meine Tasche, ich gehe nach Hause.«

Der Expedient stand auf: »Ja, gehen wir. Aber, bitte, ich möchte wissen, warum er nur als Liftführer arbeitet, wenn er so gescheit ist. Ist das eine Stellung für jemanden, der eine Rolle in der Politik spielt? Das glaubst du doch selber nicht. Ich möchte sehen, ob er einem Posten wie meinem zum Beispiel gewachsen wäre . . .«

»Sie haben mich nicht zu duzen . . .«

Das war das letzte, was Karl noch verstehen konnte, ihre Stimmen verloren sich. Zunächst rührte er sich nicht. War es zu glauben? Lene und der Halunke aus der Expedition. Lene mit einem anderen, und mit *dem*. Sie hat sich also beschwätzen lassen. War es das erstemal? Vielleicht war der Expedient die Freundin, mit der sie im Kino gewesen sein wollte. Wie hing das nur zusammen?

Er suchte sein Rad und stieg auf. Er mußte sehen, wie das

ausging, das war sein einziger Gedanke.
Als er den Rand des Parks erreichte, hatte er die beiden noch nicht gefunden. Er fuhr wieder zurück und suchte sie, auch auf den schmalen Gehwegen, die für Radfahrer verboten waren. Die beiden konnten den Park nicht so schnell verlassen haben, sie mußten sich also noch irgendwo aufhalten. Überall leuchtete er in die Büsche hinein. Vergebens.
Schließlich fuhr er zu Lenes Wohnung. In der Küche brannte noch Licht. Er schlich sich an das Fenster und äugte hinein. Frau Kempt saß allein am Tisch. Den Kopf auf den Armen, die platt auf dem Tisch lagen. Sie war eingeschlafen. Wartete sie auf Lenes Heimkommen?
Karl stellte sich in den Eingang des gegenüberliegenden Hauses. Dort hörte er, wenn jemand die Straße heraufkam. Nahten Schritte, klopfte ihm das Herz schneller, aber nie war es Lene, die kam.
Plötzlich sah er sie, aber sie stand schon vor ihrer Haustür. Sie mußte durch die Seitengasse, die drüben, zwei Häuser weiter unten, in die Straße mündete, gekommen sein.
Karl war so überrascht, daß er sich erst rührte, als Lene bereits die Tür aufgeschlossen hatte und ins Haus verschwunden war.
Dort gab es offenbar ein mächtiges Gezänk. Schon als er über die Straße wieder an das Fenster der Küche ging, hörte er Frau Kempt im Hause Lene schelten. Als er hineinblickte, sah er gerade noch, wie Lene die Tür, die zum Obergeschoß führte, öffnete und hinter sich zuschlug.
Er hatte das Rad auf der anderen Seite der Straße stehen lassen. Als er aufstieg und noch einmal zu dem Haus hinüberschaute, ging in Lenes Zimmer das Licht zweimal hintereinander an und aus. Ein Zeichen? Dem?
Sofort ging er über die Straße zurück. Frau Kempt brasselte noch in der Küche. Er klopfte ans Fenster. Sie öffnete es.
»Ihr habt ja noch Licht«, sagte er, »geht ihr so spät schlafen?«
»Lene ist schon oben«, versetzte sie, doch sie forderte ihn auf, noch hereinzukommen, und als sie ihn eingelassen hatte, rief sie hinauf: »Lene, der Karl!«
Lene begrüßte ihn freundlich und so unbefangen, daß er vollends ratlos wurde.
Jetzt erst dachte er daran, daß er sie im Beisein ihrer Mutter nichts fragen konnte. Aber schon sagte Lene, ohne daß er gefragt

hatte: »Du, ich war heute abend in einem wunderbaren Film, den mußt du dir ansehen. Im Zentralpalast, meine Freundin hatte Freikarten von der Kassiererin, die ist Kundin bei uns.«
Sie begann von dem Film zu erzählen, doch Frau Kempt unterbrach sie bald, es sei spät, Zeit, schlafen zu gehen.
Offensichtlich froh darüber, nicht weiter lügen zu müssen, sagte Lene: »Ich kann ja morgen zu Ende erzählen.«
Er verabschiedete sich sogleich. Im Hinausgehen warf er Lene hin: »Auch ich habe einen wunderbaren Film gesehen, Lene. Den erzähle ich dir auch morgen.«
Er fuhr sofort nach Hause und ging ins Bett. Daß Lene so scheinheilig lügen konnte. Nie hätte er das für möglich gehalten.

5.

Am nächsten Morgen wartete Karl ungeduldig in der Nähe ihrer Wohnung. Bei gutem Wetter verließ Lene gern lang vor Geschäftsbeginn das Haus und ging zu Fuß von der Wohnkolonie zur Stadt; bei schlechtem Wetter nahm sie die Tram. Die schon gleißende Sonne verhieß einen schönen Tag. Karl wollte den Weg mit ihr machen, er mußte Klarheit haben, bevor er dem Expedienten im Geschäft begegnen würde.
Endlich kam sie. Er begrüßte sie finster. Das Rad, das er an der Lenkstange führte, war zwischen ihnen. »Ich habe mit dir zu reden.«
»Habe ich mir gedacht«, sagte sie, »aber nicht in *dem* Ton, bitte. Bei mir gibt es auch etwas zu erzählen.«
»Von dem Film wohl.«
»Unsinn, ich war überhaupt nicht im Kino gestern, auch nicht mit meiner Freundin aus. Aber wenn du weiter dieses Gesicht machst, sage ich gar nichts.«
»Und du, wenn du etwas gutmachen willst«, sagte er, »aus Mitleid, oder weil dich sonstwie der Schuh drückt, dann pump dich nicht auf. Ich bin nicht auf dich angewiesen.«
Lene lächelte: »Hast du gewußt, daß ich um sechs Uhr zu einer Gnädigen fahren, und daß ich zwei volle Stunden anprobieren und Modell spielen mußte? Sonst weißt du doch immer alles.«
»Jetzt gib aber acht«, erwiderte er spöttisch, »daß du dich nicht versprichst.«
»Du bist ein Ekel, Karl, du verdirbst alles.«

»Als wenn da noch etwas zu verderben wäre.«
»Wenn du so weitermachst, kannst du allein gehen.«
Sie setzten sich auf eine Bank. Doch beide schwiegen trotzig. In den Alleebäumen über ihnen zwitscherten die Spatzen.
»Es hat halb geschlagen«, sagte Karl auf einmal, »ich gehe jetzt, oder mach endlich den Mund auf.«
Lene blickte starr vor sich hin: »Ich weiß seit gestern, wie gern ich dich habe«, sagte sie, über und über rot geworden. »Ich habe zum ersten Mal gefühlt, daß du jeden anderen bei mir ausstichst.«
Karl sprang auf: »Mich so anzulügen! Und die Lichtzeichen aus deinem Zimmer, gestern Nacht? Für welchen feinen Pinkel waren die?«
Sie lachte ihm ins Gesicht.
»So künstlich lachen, das macht dir keine so schnell nach, aber damit kannst du mir nicht imponieren.«
»Hab ich gar nicht nötig.« Sie klopfte ihm mit dem Zeigefinger auf die Stirn. »Da«, sagte sie, »du Dickkopf, wie dumm so ein Mannsbild sein kann.«
»Du wirst nicht abstreiten wollen, daß du dem Kerl aus der Expedition ein Lichtzeichen gegeben hast.«
»Wenn du es weißt, warum davon reden? Ach, bist du ein schwieriger Mensch, Karl.«
»Lene, das ist keine Antwort.«
»Ich habe nichts zu verschweigen«, sie nimmt seine Hand und lächelte ihn zärtlich an, »du hast recht, es war der Expedient. Komm – laß mir deine Hand – schon seit langem ist er hinter mir her. Dabei habe ich immer nur ein paar Worte mit ihm gewechselt. Aber seit einiger Zeit will er sich manchmal etwas herausnehmen.«
»Manchmal? Du triffst ihn also.«
»Wenn ich in die Expedition hinunterkomme. Karl, Karl, ich muß doch so oft Kleider für die auswärtige Kundschaft dahin bringen zum Verschicken.«
»Dunkle Winkel gibt's ja genug im Souterrain.«
»Karl, das darfst du nicht sagen. Ich huste dem doch was. So wie mit dir, bin ich noch mit keinem gegangen. Das weißt du.«
»Aber gestern abend warst du mit ihm verabredet.«
»Nein, er hat mich abgepaßt. Vor dem Haus der Kundin.«
»Das konnte er nur dann, wenn du ihm gesagt hast, wann und wo er dich finden könnte.«

»Du glaubst mir nicht, dann hat es keinen Zweck, daß wir weiterreden. Aber wenn du ein wenig nachdenkst, wirst du nicht abstreiten, daß der Expedient alle Sendungen, die aus dem Geschäft gehen, kontrolliert, auch die, die den Kunden zur Ansicht gebracht werden. Er hatte ja selber den Begleitzettel geschrieben, auf dem die Adresse der Kundin vermerkt war. Nachher stand er vor dem Haus, in dem ich anprobiert hatte.«
»Ja, und dann habt ihr bis tief in die Nacht vor dem Haus gestanden.«
»Du brauchst mich nicht gleich aufzufressen, wenn wir etwas lange gesprochen haben. Es war schließlich wichtig für ihn. Und von dir kam den ganzen Tag kein Bescheid. Warum gleich so gehässig, nur weil ich etwas spät heimkam. Sei froh, jetzt sind wir ihn für immer los.«
Karl widerspricht nicht, schweigt zunächst und wartet. Schließlich sagt er: »Und ich habe mir die Füße vor einem anderen Haus in den Bauch gestanden, vor euerem, das heißt, nur in der Nähe, nicht vor der Tür. Aber drei Stunden, das war schon lang.« Wie gut diese Lüge ihm tut! Nun kämpft er mit den gleichen Waffen wie sie. »Und dann mußte ich obendrein sehen, wie du das Lichtzeichen gabst«, fährt er fort.
»Das ist noch eine Geschichte für sich.«
»Es sah aber so aus, als ob jemand darauf gewartet hätte. Das war doch verabredet, oder?«
»Meinetwegen! Soll er darauf gewartet haben, was ist dabei«, schreit sie, »was kann ich dafür! Aber daß du spitzelst, das wußte ich noch nicht.«
Er, ein Spitzel! Kein erfolgreicher. Er wußte ja nicht einmal, ob im Park nicht doch noch das Schlimmste zwischen den beiden vorgefallen war. Er würde das schon noch herausbekommen, wenn auch nicht heute. Das Wichtigste war jetzt, Lene wieder zu versöhnen. Er zog sie an sich und sagte ihr all das leise ins Ohr, was er ihr am Sonntag im Wald nicht gesagt hatte.
Lene gestand ihm, seine Eifersucht auf den Expedienten überzeuge sie nun »endgültig« davon, daß er sie so liebe wie sie geliebt sein wolle.
Er hatte gehofft, sie würde ihm endlich wenigstens gestehen, wo, in Wirklichkeit, sie mit dem Expedienten gesprochen hatte. Weil sie ihm das offenbar verschweigen wollte, würde er ihr verschweigen, daß er sie im Stadtpark belauert hatte, und ihr nicht sagen, wann erst er an ihr Haus gekommen war. Daß sie so

schön lügen konnte! Aber wann hatte eine andere ihm je so gefallen wie Lene.
Schließlich mahnte er zum Aufbruch. Sie kämen ohnedies schon zu spät ins Geschäft. Dennoch zog er Lene unterwegs an einem offenen Hoftor in die Einfahrt und küßte sie noch einmal lange. Er kehrte sich nicht daran, daß gerade drei Männer geleerte Mülltonnen, an ihnen vorbei, in den Hof zurückrollen ließen, und daß die Zunge, mit der Lene ihm beim Küssen jetzt so unbezweifelbare Beweise ihrer Leidenschaft gab, so perfekt lügen konnte.

Lene passierte einige Minuten vor Karl die Portiersloge. Dort gleichzeitig verspätet zusammen zu erscheinen, hatte Karl für unklug gehalten. Sie hatte Glück. Der Portier war gerade damit beschäftigt, die Listen der Fehlenden und die der Zuspätgekommenen, die er, eine Stunde nach Geschäftsbeginn, ins Personalbüro hinaufzuschicken hatte, zusammenzustellen. Es gelang ihr, unbemerkt an seinem Fenster vorbeizuhuschen. In der Mittagspause würde sie ihm vorjammern, sie habe vergessen die Uhr zu stechen. Fehlen durfte man zur Not, aber nicht zu spät kommen.
Der Rayonchefin erklärt sie: »Die Kundin, der ich gestern abend das Kleid ein letztes Mal anprobieren mußte, hat mich zwei Stunden lang schikaniert. Also eine Stunde über Geschäftsschluß hinaus. Jetzt weiß ich, warum keine andere Verkäuferin zu der gehen wollte.«
Die Chefin lachte. Diese Dame sei in der Tat etwas schwierig. Niemand bediene sie gern, aber das sei kein Grund, sich ohne weiteres eine Stunde Freizeit zu nehmen. Ein anderes Mal sollte sie vorher fragen. Sie sei immerhin die jüngste der Abteilung.

Karl hatte, nachdem Lene ihm vorausgegangen war, in der Nähe des Personaleingangs noch ein wenig gewartet. Dann erschien er hinkend vor der Portiersloge und sagte mit einem Augenzwinkern: »Habe ich mir doch wahrhaftig den Fuß verstaucht.«
»Bei einer Blonden?« Der Portier lachte und zeigte ihm eine der Kontrollscheiben der Stechuhren. »Das Reff hat schon nach dir gefragt. Ich konnte nichts machen. Nun hinke mal tüchtig.«
Als Karl seinen Aufzug öffnete, erschien von der Abteilung

Parfümerie her das Reff. Kein Zweifel, sie hatte dort, wo ihr sein Hereinkommen nicht entgehen konnte, auf ihn gelauert. »Lift, eine volle Stunde Verspätung.«
Karl zeigte wortlos auf seinen Fuß, schob gemächlich die Türe zu, lächelte und fuhr leer nach oben.
Sie starrte dem Aufzug nach, wartete und schellte schließlich. Der Aufzug rührte sich nicht. Am Lichtzeichen sah sie, daß er im fünften Stock hing. Was tat der Mensch nur so lange dort oben? Sie drückte wieder auf den Klingelknopf und ließ den Finger darauf. Die Verkäuferinnen sahen ihr von ihren Ständen aus zu und kicherten. Die Kunden, die den zweiten Fahrstuhl nahmen, schüttelten den Kopf über die eigensinnige Dame, die nicht mit einsteigen wollte und die so hartnäckig darauf bestand, mit dem anderen Lift zu fahren.
Endlich kam auch dieser wieder herunter.
Das Reff riß die Augen auf. War der Liftführer plötzlich um einen halben Meter kleiner geworden?
Als die Tür aufging, was mußte sie sehen: der Fahrstuhlführer saß vorne, wo der Schalthebel war, auf einem Klappstühlchen. Das Reff kreischte auf: »Lift! Sind Sie *ganz* verrückt? Auf der Stelle entfernen Sie das Ding da. Sie haben Ihren Dienst stehend zu verrichten. Das hat man Ihnen gesagt, als Sie sich um diese Stelle bewarben.« Sie fuchtelt mit den Armen. Das hat sie noch nicht erlebt. Schon zieht sie den Bleistift aus ihrer hochgetürmten Frisur, doch wo ist nur das Notizbuch, und der Kerl grinst noch dabei. Ohrfeigen sollte man diesen unverschämten Menschen.
Es gibt einen kleinen Auflauf, die Leute lachen. Das bringt sie zur Besinnung.
»Sie fahren sofort mit mir hinauf«, kommandiert sie.
»Wie Sie wünschen«, erwidert er diensteifrig, bleibt aber sitzen. Er zieht den Schalthebel an und blickt ihr fest in die Augen, während der Aufzug hochfährt.
»Was nehmen Sie sich heraus, sind Sie ganz von Gott verlassen?« schreit sie, »Sie haben zu stehen, dieses Sitzen ist eine Flegelei gegenüber der Kundschaft.«
»Ich habe mir den Fuß verstaucht und kann nicht stehen«, erwidert er ruhig.
»Zum fünften Stock, und halten Sie dort gefälligst ohne Ruck.«
Sie steigt aus.

Karl sieht, sie geht zum Privatkontor. Soll sie. »Muß ich warten?« ruft er ihr nach.
»Was sonst!«
Zwei Minuten darauf erscheint sie wieder. Puterrot im Gesicht: »Hätten Sie das nicht gleich sagen können?« Er wartet bis er sie im Aufzug hat, dann fragt er mit gespielter Anteilnahme: »Ist Ihnen eine Perle aus der Krone gefallen, nur weil der Herr Direktor mir das Stühlchen zugebilligt hat?«
»Halten Sie auf der nächsten Etage . . .« Mehr sagt sie nicht. Sie steigt aus. Karl weiß, daß nun alle Verkäuferinnen des vierten Stocks zum Blitzableiter für ihre Wut werden.
Von diesem Augenblick an fährt Karl, sobald er keine Kunden hat, singend und pfeifend durch das Haus auf und ab. Sein Arbeitsplatz gefiel ihm nie so gut wie heute morgen. Wie hell ist das Haus, wie freundlich scheint die Sonne auf die Schränke, Laden- und Packtische, wie glitzert und funkelt es in den Vitrinen der Kristallabteilung. Kam aus dem Erfrischungsraum je so zarte Grammophonmusik, und hat das Fräulein in der Musikalienabteilung je ihren Kunden so flott die Schlager vorgespielt? Und der träge Verkäufer der Bücherabteilung! Man traut seinen Augen kaum, er bedient einen Kunden wahrhaftig mit Eifer.
Karl ist im Einverständnis mit der ganzen Welt. Steht nicht alles für ihn zum Besten? Vor Freude möchte er mit den Füßen strampeln und mit den Fäusten gegen die Scheiben des Aufzugs trommeln.
Man könnte vergessen, daß oben im fünften Stock ein Direktor sitzt, von dem man abhängt, auch wenn er nicht der Schlimmste ist. Daß man doch noch immer kuschen muß vor diesen Unternehmern, aber wozu heute an die denken und sich den Tag damit vergällen. Der soll ganz Lene gehören. Nie hätte er es für möglich gehalten, daß es so viel Glück geben kann.

6.

»Was ist denn mit dir los? Du bist ja so ausgelassen«, bemerkte seine Schwester beim Mittagessen. Sie war Karls Liebling in der Familie, obwohl sie es nicht verdiente. Sie war das gnädige Fräulein, das Bedienung und Rücksicht beanspruchte. Aber sie verstand seine politischen Ideen halbwegs und war stolz auf ihn.

Ihr nahm er es nicht übel, wenn sie ihn den kleinen Lenin nannte. Sie hatte sich bei der Stadtverwaltung zur Sekretärin hochgearbeitet und verdiente ziemlich gut; sie war es, die ihm die meisten Bücher und Broschüren, die er besaß, bezahlt hatte.

Karl rollte nur vielsagend die Augen, schnitt Grimassen und gab komische Tierlaute von sich. Aber den Grund seiner guten Laune verriet er nicht. Als sie nach dem Essen wie immer vor ihm aufbrach, sagte sie noch: »Ich habe dir im Lokalanzeiger etwas angestrichen.«

Er griff nach der Zeitung und gleich stieß er auf die unterstrichene Stelle. Mehr als die Überschrift brauchte er nicht zu lesen: ›Kommunist in B. verhaftet‹.

Karl fährt sofort zum Ortsvorsitzenden. Der habe plötzlich verreisen müssen, sagt man ihm.

Er kennt diese plötzlichen Reisen.

»Hat noch jemand sich davonmachen müssen?« fragt er.

»Noch fünf Genossen.«

Nur weil er unzuverlässig gewesen war, hatten sechs flüchten müssen, und ist einer verhaftet worden.

Lene, warum hast du dich mit dem Expedienten eingelassen? Jetzt bin ich untreu geworden, weil du nicht treu warst. Ich sollte dem Genossen Instruktionen bringen, da hast du mich nicht gehen lassen, und der Genosse ist jetzt verhaftet. Mädchen, siehst du, was du angerichtet hast?

Als er nach Stunden des Umherirrens die Schuld nicht mehr bei Lene suchte und sich zu der Erkenntnis durchgerungen hatte, daß es nichts anderes als seine Eifersucht, dieser private Egoismus, war, der den Genossen und der Sache der Partei so viel Schaden zugefügt hatte, riß er sich das kleine, rote Abzeichen von der Jacke und schickte es von einem Postamt aus dem Leiter seiner Zelle zurück, ohne ein Wort der Rechtfertigung.

Dann wollte er nach Hause gehen, seine Sachen holen. Doch bevor er in seine Straße einbog, blieb er plötzlich stehen. Nein, nichts nimmt er mit. Und keinen Abschied. Von niemandem. Nur fort aus dieser Stadt, wo er keinem Genossen mehr in die Augen sehen könnte.

Wo auch immer er in den nächsten Jahren arbeitet, nirgends bleibt er lange, nie schließt er sich jemandem an. Nicht einmal einem Mädchen. Dann und wann nimmt er eine von der Straße

mit. Aber jedesmal reut ihn hinterher das Geld. Das braucht er für Bücher. Die muß er jetzt selbst kaufen.
So hockt er abends in Mansarden oder Zimmerchen über Büchern und Zeitungen, ein höflicher, aber ungesprächiger Mieter, der den zur Monatsrechnung verlangten Aufschlag für den großen Lichtverbrauch ohne zu murren zahlt. Denn an dem Tag, wenn er darum bitten wird, wieder in die Partei aufgenommen zu werden, an dem Tag will er etwas mitbringen: Wissen.
Was wußte er, der naseweise Liftführer denn, als er glaubte, die Lehre Lenins zu kennen! Ein paar Schlagwörter für die Diskussionen im Betrieb, ungenügend, ungenügend! Er weiß es und wundert sich selbst darüber, daß er das auf einmal weiß. Je mehr er die Theorie studiert, um so bescheidener wird er, je mehr er lernt, um so deutlicher sieht er, was er noch zu lernen hat. Ja, an dem Tag, da die Partei die Macht erobert haben wird, will er gerüstet und mit seinem Wissen dem neuen Staat, dem des Volkes, nützlich sein. Vorher aber gilt es, seine Schuld abzutragen. Wie das geschehen muß, das weiß er, davon träumt er, im Schlafe und oft auch im Wachen, besonders dann, wenn er, von der Schwierigkeit der Texte entmutigt, sich von der Phantasie verlocken läßt und einen anderen Text vor sich sieht, den, der eines Tages in allen Zeitungen stehen wird, stehen muß: »Bei den Kämpfen in der Hauptstadt tat sich ein jüngerer Mann hervor, er riß durch seinen Mut alle mit. Zum Gelingen der Eroberung des Regierungsviertels hat er in hohem Maße beigetragen. Obwohl schwer verwundet, hielt er bei den Kämpfenden aus, bis der Sieg gesichert war . . .«
Karl sieht das alles deutlich vor seinen Augen. Er wird wieder in die Partei aufgenommen. Der Ortsvorsitzende hat ihm verziehen und steckt ihm das Abzeichen wieder an, und dann darf er auch wieder an Lene denken.
Es ist sein größter Wunsch, daß es nicht zu weit sei bis dahin, bis zur nächsten

REVOLUTION

1924

DAS RADIESCHEN

Für Wolfgang Mettmann

1.

»Marie, stell dich ein bißchen vorne hin und gib acht.«
Lene Kempt, die junge Verkäuferin, schickt das Lehrmädchen auf Wache. Marie soll sie rufen, wenn »Fufzig« in die Nähe kommt. »Fufzig«, das ist der Direktor Grisar. Von Abteilung zu Abteilung wird er so angekündigt, wenn er seinen Rundgang durch die Etagen macht.
Es ist zwölf Uhr. Um diese Zeit nimmt die Zahl der Kunden schnell ab, und neue kommen selten herein. Es lohnt sich kaum mehr. In einer halben Stunde wird das Warenhaus geschlossen. Dann beginnt die Mittagspause der Angestellten. Das weiß man in der Stadt.
Lene will den Brief, den sie ihrem Bruder noch schnell schreiben will, auf dem Heimweg in den Kasten werfen.
Hinter einem rechtwinkligen Kleiderregal steht, vor den Blicken der Kunden versteckt, das kleine Schreibpult der Chefin des Rayons. Lene setzt sich daran.
Die Chefin, Fräulein Bertram, und alle anderen Verkäuferinnen der Abteilung sind mit den Lehrmädchen im fünften Stock. Dort, im Lager, zeichnen sie frisch eingetroffene Kleider aus. Dank diesem Umstand kann Lene den Brief ausnahmsweise im Geschäft schreiben: Gewonnene Zeit auf Kosten der Firma, wenigstens das.
»Lieber Franz! Die Wäsche geht heute an Dich ab. Mutter hat ein Hemd zurückbehalten, das rosagestreifte, weil es am Arm ausgefranst ist. Es liegt auch ein Kuchen im Paket. Mutter hat für die Maifeier zwei gebacken, einen für Dich, den anderen nehme ich mit. Nach dem Umzug ist draußen auf dem früheren Exerzierplatz ein Mailager, so wie letztes Jahr, mit Sprechchor, Spielen und Liedern. In der Partei ist nicht viel los augenblicklich, aber unsere Zeitung erscheint jetzt in Großformat wie die bürgerlichen Blätter. In meinem Betrieb ist es noch immer mies. Ich muß mich schämen, wenn man mich fragt, ob ich endlich noch einmal

versucht habe, eine Zelle bei uns auf Damenkonfektion zu bilden. Gelänge mir das, dann wäre Dein Fräulein Schwester Leiterin einer Roten Zelle von fast dreißig Weibern, die Alten vom Nähatelier und die Lehrmädchen eingerechnet. Wäre!
Bei mir auf der Abteilung ist eine neue Kollegin. Die muß ich noch beriechen. Betty Neuburger heißt sie. Heute abend nehme ich sie mal mit in die Volkshalle. Aber Du weißt ja, wie hochgestochen die Mädels bei uns sind, nur weil sie bei der Arbeit keine dreckigen Hände kriegen. Die Neue ist obendrein bildhübsch, das muß der Neid ihr lassen, aber politisch ist es ja meistens nicht gut, wenn eine zu schön ist.«
Marie hat sie unterbrochen: »Fräulein Kempt! Fufzig kommt. Drüben steht er schon, auf Putz. Bei den Trauerhüten.«
Lene springt auf und nimmt einen Sommermantel aus dem Kleiderregal. Den Brief hat sie schnell in die Bluse geschoben. Sie legt Marie den Mantel auf den Arm: »Halt ihn. Den reinigen wir jetzt.«
Sie stellt sich dabei so, daß sie den Direktor beobachten kann, greift nach einer kleinen Flasche Benzin und einem Wattebausch, die in der Schublade eines der Ladentische verwahrt werden, und beginnt eifrig, den Mantel an irgendeiner Stelle mit einem Stück Watte zu reiben. Sie sieht dabei, wie Grisar sich langsam nähert. Er geht auf Kreppsohlen. Man hört ihn nie kommen. Sie reibt absichtlich weiter, als er bereits neben ihr steht, und tut erstaunt und ein wenig erschreckt, als Grisar sie anspricht: »War ruhig heute, was?«
»Och, es geht. Früh am Morgen war es ganz gut.«
»Nun, was haben Sie auf dem Block?« Grisars Blicke gehen über die Kassenblocks der Verkäuferinnen, die auf den Ladentischen der Abteilung liegen. Er schaut in den einen oder anderen hinein und wirft sie dann, offensichtlich jedesmal enttäuscht, auf den Tisch zurück: »Und Ihrer, wo ist der? Wie ist denn Ihre Losung?« fragt er. »Wenn Sie allein hier sind, müssen Sie doch mindestens Tausend gemacht haben.«
Lene weiß, die scherzhafte Frage ist ihm halber Ernst.
»Tausend Mark, da muß ich mindestens sechzig Kunden haben, bei den niedrigen Preisen heute!«
»So. Mit anderen Worten, wir sind zu billig. Ich werde es der Kalkulation mitteilen.« Er scheint guter Laune zu sein. »Was ist da an dem Mantel? Verträgt der Stoff denn dieses Reiben?«
»Da war nur ein kleiner Flecken.«

»Ein Flecken! Was für ein Flecken? Habt ihr wieder nicht aufgepaßt und mit fettigen Fingern die Sachen angelangt?«
»Herr Direktor, wir waschen uns immer die Hände, wenn wir unser Frühstücksbrot gegessen haben, noch unten in der Kantine. Nein, der Mantel war zur Auswahl weggeschickt. Es gibt ja so gemeine Kundschaft! Die behandelt selbst den feinsten Stoff wie einen Putzlappen.«
Grisar beugt sich über den Mantel: »Geht der Fleck wenigstens weg?«
»Hier, da war er«, versetzte Lene. »Man sieht nichts mehr davon.«

Der Direktor setzt seinen Rundgang fort. Marie hängt den Mantel lachend zurück ins Regal. »Der hat nicht einmal bemerkt, daß das Benzinfläschchen überhaupt nicht geöffnet war.«
Jetzt kann Lene den Brief zu Ende schreiben. »Eben mußte ich unterbrechen; Fufzig kam und schnüffelte mal wieder. Da kann man die Platze kriegen, wenn er so angeschlichen kommt mit seinem dicken Bauch und seiner Glatze. Immer will er wissen, wieviel man auf dem Block hat. Ich hab' ihm meinen nicht gezeigt. Die falschen Augen müßtest Du mal sehen, wenn er so fragt. Dabei tut er so freundlich, als ob wir auf du und du mit ihm ständen. Dieser Handlanger der Ausbeuter. Von Karl hat man immer noch nichts gehört. Bald ist es ein Jahr, daß er verschwunden ist. Manchmal fragen die Mädels noch nach ihm, aber nur, um mich zu ärgern. Der Expedient hat damals ja im ganzen Haus über Karl und mich geredet. Der unverschämte Kerl sagt doch neulich zu mir: ›Na, wie geht's Ihnen, Genossin Krupskaja? Ist der kleine Lenin noch immer auf Reisen?‹ Ich bin über so etwas erhaben, aber eine Gemeinheit ist es doch von diesem Stehkragenproletarier.
Schreib mir endlich mal wieder. Aber das tust Du ja doch nicht. Es grüßt Dich Lene.«
Durch Grisars Erscheinen war der Brief kürzer ausgefallen als beabsichtigt. Jeden Augenblick mußte es zur Mittagspause schellen. Als das Zeichen ertönte und das Personal von allen Seiten nach den Treppen strömte, telefonierte eine Kollegin vom fünften Stock, sie solle zum Lager heraufkommen. Da die Fahrstuhlführer schon fortgegangen waren, mußte sie zu Fuß hinaufsteigen.

Man konnte sich kaum bewegen in dem Lager, so vollgestopft war der Raum mit neuen, eben ausgepackten Kleidern für den Sommer, die so schnell wie möglich mit Preiszetteln versehen und zur Abteilung hinuntergeschafft werden mußten.
»Wir sind noch nicht ganz fertig mit dem Auszeichnen der Ware, Fräulein Kempt«, so empfing die Chefin sie. »Sie gehen inzwischen mit Fräulein Neuburger in die Schaufenster hinunter und nehmen die Auslage heraus. Ein Dekorateur soll Ihnen helfen.«
»Es hat schon geschellt«, wandte Lene ruhig ein.
»Sie werden nicht verhungern, wenn Sie eine halbe Stunde später nach Hause kommen«, kam es zurück.
»Andere Warenhäuser geben in ihrer Kantine Mittagessen aus. In unserer gibt es nicht einmal was Warmes, außer Kaffee.«
»Dafür gibt es bei uns gratis Champagner und Sekt«, versetzte die Chefin.
Die Kolleginnen kicherten.
»Vorwärts, vorwärts«, mahnte die Chefin, »die Dekoration wartet, wir müssen noch vor dem Nachmittag die neuen Fenster machen.«
Als Lene mit Betty Neuburger hinuntergehen wollte, lud die Chefin jeder einen Armvoll Kleider auf. »Nehmen sie die schon mit ins Erdgeschoß, die sind für die neuen Auslagen.«
»Und wann kann ich essen gehen?« fragte Lene.
»Ich bin die ganze Nacht gereist, vom Bahnhof direkt ins Geschäft und gleich hier oben hin«, versetzte die Chefin heftig, »ich habe noch nicht einmal gefrühstückt, was soll *ich* denn erst sagen!«

Auf der Treppe stieß Lene Betty an: »Glaubst du das mit dem Frühstück?«
»Warum soll sie lügen?«
»*Die* und sich mit leerem Magen da oben hinstellen!«
»Aber daß sie die Nacht durchgereist ist, stimmt«, erwiderte Betty. »Sie hat doch gestern abend von der Zentralgeschäftsleitung aus angerufen und nach der Losung gefragt.«
»Aber gefrühstückt hat sie, und gut, da kannst du Gift drauf nehmen. Im Speisewagen. Der wird schon morgens um sechs Uhr an den Nachtzug gekoppelt und *der* trifft hier erst um neun Uhr ein. Was hast du für Vorstellungen! Die Einkaufsreisen einer Abteilungsleiterin, alle Woche würde ich gern eine

machen . . . Einladungen bei den Fabrikanten, mit denen sie abschließt, ein schönes Kleid fällt sicher auch für sie mit ab, und dann, das weiß man doch, auch in den häßlichsten Städten, wo nur Textilfabriken sind, gibt es Kavaliere.«
»Was hast du nur gegen sie? Ich finde sie so übel nicht.«
»So, und warum läßt sie uns ausgerechnet jetzt diese Fetzen hinuntertragen, konnten die nicht über Mittag am Lager bleiben? Nein, sie kann es gar nicht abwarten, der Krempel muß dem Publikum so schnell wie möglich gezeigt werden.«
»Sie hat Ehrgeiz für die Firma. Daran kann ich nichts Schlechtes finden.«
Lene zuckt nur mit der Achsel. Aus diesem Schmachtlappen soll sie das Mitglied einer Roten Zelle machen! ›Ehrgeiz für die Firma‹, eine Tugend! Das hätte der Ortsvorsitzende hören sollen. Dann hätte der endlich eingesehen, wie schwierig das zu verwirklichen ist, was die Partei von ihr erwartet. Eben hatte sie es ja oben im Lager wieder erlebt, mit ihren Kolleginnen, nicht *eine* muckte gegen die unbezahlte Nacharbeit auf. Nicht eine einzige. Die lachten sogar, als die Chefin den beleidigenden Witz machte, in der Kantine gebe es gratis Champagner und Sekt. In dieser Bruchkantine, in die sie hinuntergehen mußten, wenn sie das Zehnuhr- oder das Vesperbrot essen wollten, weil in den Geschäftsräumen Essen und Trinken verboten war.
Aber nun gerade, nach dieser neuen Enttäuschung mit den Kolleginnen würde sie es noch einmal versuchen, in ihrer Abteilung eine Zelle aufzubauen, und als erste würde sie gerade die Neuburger, diese Gans, bearbeiten, doch sie würde bei der umsichtiger, mit mehr Überlegung vorgehen als sie es bisher bei den Kolleginnen getan hatte. »Betty, du sagst Ehrgeiz für die Firma sei etwas Gutes«, begann sie, »ja, aber bei der Chefin ist das nur Eitelkeit und Strebertum. Und wer bezahlt es? Wir. Überleg nur einmal: Die alten Auslagen stehen erst drei Tage. Jetzt sollen sie wieder herausgenommen werden. Da faßt man sich an den Kopf. Was das wieder kostet! Neue Bespannungsstoffe für die Dekoration der Schaufenster und zusätzliche Arbeit für die Dekorateure. Das alles kann wegen der Konkurrenz nicht auf die Preise geschlagen werden. Das kommt auf das Konto Unkosten der Abteilung, und je höher die sind, um so niedriger ist unser Gehalt.«
»Daran hätte ich allerdings nie gedacht«, sagte Betty, »von dir kann man was lernen.«

»Zu *dem* Kapitel, was könnte ich dir da noch alles sagen, und erst recht zu einem anderen . . .!«
Sie waren im Erdgeschoß angelangt. Der Dekorateur, der ihnen helfen sollte, die Schaufenster auszuräumen, war nicht da.
»Der hat keine Lust, nachzuarbeiten«, sagte Betty.
»Keine Lust, etwas ganz anderes. Nein, den kenne ich. Der hat das richtige Bewußtsein seiner Lage.«
»Bewußtsein seiner Lage?«
»Das verstehst du noch nicht. Ich werde dir das einmal erklären. Aber nicht hier. Wir gehen mal in eine Eisdiele und da reden wir über alles. Was hier in dem Laden faul ist, das ahnst du nicht, dafür bist du zu neu hier.«

2.

Sie stehen in einem der großen Schaufenster. Ein gelber Vorhang schützt sie vor der Neugier der Passanten. Sie ziehen den Modellfiguren die Kleider ab, die der neuen Auslage weichen müssen.
Lene faltet die Stücke, die zur Abteilung zurück müssen, sorgfältig zusammen. Der Dekorateur ist nicht gekommen. War sie schon allein mit der Neuburger, warum dann nicht den ersten, vorsichtigen Versuch bei ihr machen? Als spreche sie nur beiläufig von der Sache, sagt sie: »Eigentlich bin ich ganz froh, daß wir diese Überstunde machen.«
»Auf einmal?« erwidert Betty.
»Ich bin schwer abgebrannt. Das Geld für das Nacharbeiten kommt mir gerade recht.«
Betty blickt erstaunt zu ihr hinüber. »Überstunden? Seit wann werden die bezahlt?«
»Das ist doch selbstverständlich.«
Sie habe immer gehört, sagt Betty, nur Wochenlohnempfänger hätten Anrecht auf Überstunden.
»Wenn das wahr ist«, erwidert Lene, »habe ich heute das erste, aber auch das letzte Mal nachgearbeitet. Ich habe das nämlich noch nie tun müssen.«
»Und wenn deine Chefin dich zwingt? Wie vorhin?«
»Dann frage ich erst, was man mir zahlt, für die Nacharbeit.«
»Schade, daß du es nicht vorhin getan hast.«
Wenn das ironisch gemeint war, sollte die Neuburger sie ken-

nenlernen: »Betty, vorhin, da hatte ich noch angenommen, die Nacharbeit würde bezahlt werden.«

»Wegen unseres Mittagessens hast du gemault, das stimmt, aber gehorcht hast du der Chefin schließlich doch, und wir beide stehen jetzt hier, und mir knurrt der Magen, dir nicht?«

Die Neuburger hat Hunger! Was Besseres hätte die ihr nicht sagen können. »Schade, Betty, daß der Dekorateur nicht da ist«, wirft sie hin, »der hat immer was Gutes in der Tasche seines Kittels. Er beginnt seinen Tag dort drüben.« Sie weist mit der Hand in die Richtung der Abteilung »Süßwaren«. »Da kauft er sich jeden Morgen Pralinen. Einen so vernaschten Mann habe ich noch nicht gesehen.«

»Wir sind ja bald fertig«, sagt Betty, »sollen wir dann nicht in eine Konditorei gehen? Zum Mittagessen noch heim fahren lohnt sich ja für dich nicht mehr.«

»Bring schon diese Sachen in die Abteilung, ich mache inzwischen hier weiter«, sagt Lene und schickt Betty mit den bereits abgezogenen Kleidern hinauf.

Weiß die Neuburger nicht, daß es dem nacharbeitenden Personal streng verboten ist, ohne Begleitung einer Aufsichtsdame oder wenigstens einer Kollegin durch die Verkaufsräume zu gehen? Sie wird sich hüten, die Neuburger an diese Vorschrift zu erinnern, möchte sie doch wetten . . . da kommt man ja schon zurück und man hat nicht einmal die Kleider hinaufgebracht.

»Augen zu, Mund auf!« Die Hände auf dem Rücken, pflanzt Betty sich vor ihr auf.

Lene schließt die Augen und öffnet den Mund. Hat sie es nicht gewußt! *Sie* soll man Menschenkenntnis lehren! Rechts und links von der Treppe, die zur Damenkonfektion führt, befindet sich doch die Abteilung »Süßwaren«. Dort liegen auf einer der Theken nur Pralinen, nichts anderes. Das, was die Neuburger ihr in den Mund gesteckt hat, ist eines. Mit Marzipan gefüllt. Sie öffnet die Augen. Wie die Neuburger sie anstrahlt! Das soll der bald vergehen. »Die sind aber gut. Wo hast du die gekauft?«

»Drüben, an der Treppe. So im Vorbeigehen.«

»Im Vorbeigehen, wie meinst du das?« Lene steigt auf eine kleine Leiter und wischt mit einem Staubtuch den Kopf einer der Modellfiguren ab.

Betty schaut zu ihr hoch. »Was ist denn? Du bist auf einmal so sonderbar.«

»Die Pralinen, du hast die doch wohl nicht geklaut?«

Betty hebt die Arme: »Geklaut! Ja und?«
»Ich würde hier nichts anrühren«, versetzt Lene.
»Aus dir soll man klug werden, eben noch hast du geschimpft, weil du über Mittag hier bleiben mußt, und jetzt heißt es, du würdest hier nichts anrühren, nicht einmal ein armseliges Praliné. Und wie spitz du das gesagt hast.«
Lene steigt von der Leiter herab. »Also, daß du mir nicht noch einmal hier klaust.«
»Du verpetzt mich doch nicht?«
»Wie könnte ich«, versetzt Lene. Die Neuburger, fürs erste würde die nicht so schnell wieder frech werden. Aber war das nicht der richtige Augenblick für die sanfte Tour? »Du arbeitest acht Stunden am Tag, und was verdienst du? Hundertsechzig im Monat, mehr wird es nicht sein. Stimmt's? Und wieviel setzt du im Monat um? Wieviel hast du jeden Abend auf dem Block? Aha! Wer steckt das ein? Den ganzen Profit? Das kann man sich doch an den Fingern abzählen: die Firma. *Du* verdienst zu wenig für dein Acht-Stunden-Stehen hinter dem Ladentisch, und die Aktionäre der Firma, die verdienen zu viel für ihr faules Herumsitzen in Clubsesseln. Sie bestehlen dich um den wahren Wert deiner Leistung.«
»Du sagst es selber, die bestehlen mich, und doch machst du ein Gesicht wegen der paar Pralinen.«
Daß die Neuburger so schnell wieder frech wird! Jetzt heißt es ruhig bleiben. »Betty«, sagt sie, »wenn dich jemand bestiehlt, ist der dein Freund? Er ist dein Feind. Lasse ich mir von dem nachsagen, daß ich ihm etwas gestohlen habe? Ein Gewerkschaftsführer, der wegen eines persönlichen Diebstahls vorbestraft wäre, willst du mir sagen, wie der mit den Unternehmern verhandeln könnte, die uns den Mehrwert unserer Arbeit stehlen? Du weißt doch, was man unter dem Wort ›Mehrwert der Arbeit‹ versteht?«
Betty zuckt mit der Achsel.
»Du weißt es nicht. Schlimm. Aber was eine Gewerkschaft ist, das weißt du doch wenigstens? Oder bist du nicht organisiert?«
»Organisiert? Wie meinst du das?«
Lene schlägt die Hände zusammen: »Was, nicht einmal organisiert bist du! Das ist die Höhe. Also daß die Gewerkschaft sich für dich gegen die Unternehmer einsetzt, das findest du selbstverständlich, aber Mitglied willst du nicht sein und Beitrag zahlen.

Morgen gehen wir aufs Verbandsbüro, melden dich an, und du schreibst dich ein.«
»Das muß ich mir noch überlegen«, sagt Betty, »ich lasse mich nicht gern überfahren, auch nicht von dir.«
»Wenn du es *so* nimmst, gut«, erwiderte Lene. »Überlege es dir. Aber biete mir keine Pralinen mehr an . . .«
»Sei still . . .«, stößt Betty aus. Lene wendet sich um. Der Dekorateur war in das Schaufenster gekommen. Er zeigt auf seine Filzpantoffeln: »Könnt ihr nicht wenigstens euere Schuhe ausziehen, wenn ihr hier eure Pfuscharbeit macht«, sagt er und läßt sich von Lene die Kleider zeigen, die die Chefin ihr und Betty für die neuen Auslagen mitgegeben hatte.

3.

»Betty, du läßt dir ja alle Kunden wegschnappen.«
»Was soll ich machen, wenn eine Kollegin die Leute kennt, sie begrüßt und dann auch die Bedienung übernimmt. Ich kann mich doch nicht vor der Kundschaft mit einer Kollegin zanken.«
»Brauchst du auch nicht. Der tritt man einmal ganz aus Versehen auf den Fuß und sagt dabei: ›Ich bediene hier schon.‹ Und wenn die Kollegin dir dann dennoch die Kundin wegschnappt, machst du ihr nachher den Standpunkt klar. Draußen auf dem Flur, an der Brandtreppe, wo die Toiletten sind. Das ist der beste Ort dafür, da hören es die mit, die im Klo einen Krimi lesen, und merken sich, daß du dir nichts gefallen läßt.«
»Auf meiner letzten Stelle war das alles besser«, versetzt Betty.
»Leg nicht schon wieder diese Platte auf. Ich weiß es ein für allemal: Das war ein feines Spezialgeschäft. Kunststück, da war es dem Besitzer egal, wer bediente. Er war ja immer dabei, oder seine Frau.«
»Und hier? Dem Direktor, sollte es dem nicht gleich sein, wer verkauft? Der Gesamtumsatz jeder Abteilung ist schließlich die Hauptsache.«
»Daß im Personal einer des anderen Feind wird, das ist der Direktion ebenso wichtig. Hast *du* eine Ahnung wie es in einem so großen Betrieb zugeht! Da sind alle futterneidisch. Abends, bei der Zusammenrechnung, notiert die Chefin heimlich den Umsatz jeder ihrer Verkäuferinnen. Dann kann deine Losung

gar nicht hoch genug sein. Merk dir das! Deshalb ist hier jede ja so scharf darauf, sich ihre eigene Kundschaft heranzuziehen. Ich bin da keine Ausnahme. Ich habe einige Damen, die habe ich dazu gebracht, daß sie sich von keiner anderen bedienen lassen als von mir. Kommen die, und bediene ich gerade, dann warten die immer, bis ich frei bin . . .«

Eine einfach gekleidete Frau unterbricht Lene: »Bedient niemand da drüben?« Sie zeigt auf ein Drehgestell, an dem Röcke hängen.

Lene ruft Marie heran: »Kundschaft. Ein Rock.«

Doch da nimmt sich Betty der Frau an: »Was für ein Rock soll es sein, meine Dame?« und geht mit ihr an das Gestell.

Lene schickt das Lehrmädchen zurück. Ihr soll es gleich sein, mag die Neuburger die Frau bedienen. Ein Rock, und einer von der billigsten Serie . . . auch schon Kundschaft! Da hat sie andere Posten auf dem Block. Dabei ist es erst vier Uhr. Das Hauptgeschäft hat noch nicht eingesetzt. Die besten Kundinnen kommen am späten Nachmittag. Lächerlich, wie stolz die Neuburger den Rock, den sie verkauft hat, zum Packtisch trägt. Ein schwarzer Tag für die. Den ganzen Morgen auf dem Lager gearbeitet und keinen Kunden gehabt, mittags der Reinfall mit den Pralinen, das arme Luder hatte ja nicht mehr gewußt, was tun vor Angst. Wie die sie beschmust hatte in der Konditorei, Kaffee und Kuchen bezahlen und ihr Pralinen kaufen wollen, das war der Gipfel.

Als Betty zurückkommt, erklärt Lene ihr: »Also, billige Röcke und Hausblusen, das sind Kunden für die Lehrmädchen. Im Prinzip.«

Betty öffnet ihren Block: »Hier, der Rock war heute mein erster Posten.«

Lene schaut in den Block und gibt ihn ihr zurück. Jetzt soll die Neuburger sehen, was eine klassenbewußte Kollegin ist, und zu ihr aufblicken müssen und sich von ihr überfahren und sich zur Gründung der Zelle überreden lassen. Was sie jetzt für sie tun wird, muß Zinsen tragen: »Der Rock, dein erster Posten! Das geht nicht, die kündigen dir.« Sie nimmt Betty den Block wieder aus der Hand, radiert mit dem Gummi, der am Ende ihres Bleistiftes steckt, Bettys Namen vom Deckel des Blocks weg und schreibt »Lene Kempt« dahin. Dann radiert sie ihren Namen auf ihrem eigenen Block aus und schreibt »Betty Neuburger« an dessen Stelle. »Das können wir ruhig machen«, erklärt sie, »hier

nimm meinen Block, auf dem stehen schon schöne Posten . . .«
Es paßt ihr, daß der Neuburger, die endlich begreift, was geschehen ist, keine Zeit bleibt, ihr zu danken. Eine ihrer besten Kundinnen kommt gerade von der Putzabteilung her auf sie zu. Was für ein guter Zufall! Diese Kundin soll ihr zu einem zweiten Trumpf bei der Neuburger verhelfen.
»Es ist die Frau eines Architekten«, erklärt sie Betty schnell, »der kann man jeden Fetzen aufschwätzen. Ich stelle dich ihr vor, bleib in der Nähe.«
Nachdem sie der Kundin einige Neueingänge gezeigt hat, winkt sie Betty herbei und stellt sie der Dame vor. »Lassen Sie sich von dieser Kollegin bedienen, wenn ich einmal nicht auf der Abteilung bin, sie wird immer das Richtige für Sie finden.«
Die Dame lächelt Betty freundlich zu. Sie habe einen heiklen Geschmack, sagt sie und man müsse immer sehr geduldig mit ihr sein.
»Wenn es Sie nicht stört«, wirft Lene ein, »könnte Fräulein Neuburger gleich dabei bleiben, dann weiß sie, was Sie mit Vorliebe tragen.«

Die Kundin hat vier Sommerkleider gekauft. Als sie gegangen ist, sagt Betty: »Eine Dame ist was anderes. Der da nutzt das ganze Geld nichts. Die ist vulgär.«
»Warum bist du aus deinem feinen Laden zu uns gekommen, wenn dir hier die Kundinnen zu ordinär sind«, fragt Lene, »wer waren dort deine Kundinnen?«
»Frauen von Gutsbesitzern und von Industriellen.«
»So, diese Bagage.«
»Jedenfalls haben die ein feineres Auftreten als alle die, die ich bis jetzt hier gesehen habe.«
»Dafür klebt der Schweiß der Gutsknechte und der Fabrikarbeiter an ihren Geldscheinen.«
»An denen deiner Architektengattin nicht?«
»Ein Architekt ist kein gewöhnlicher Unternehmer«, versetzt Lene.
»Auch nicht, wenn er ein paar Dutzend Angestellte in seinen Büros beschäftigt; ich kenne so einen.«
Also das! Die Neuburger, was fällt der ein! Hat die das bei ihr aufgeschnappt? Was das ist, der Mehrwert der Arbeit, das hat sie der doch noch gar nicht richtig erklärt. Wann auch! Und da will die schon mitreden und gleich gegen sie argumentieren. Klein-

gemacht werden muß die, und jetzt sofort! »Betty«, sagt sie, »was du da gesagt hast, auf deinem Mist ist das nicht gewachsen. Da ist dir wohl mal was angeflogen, aus einer Zeitung vielleicht, aber du tätest besser, nicht zu hoch zu spucken, geistig, meine ich, dafür bist du viel zu ungeschult in Marxismus. Und dann, ich finde, du könntest dich bei mir ruhig noch bedanken oder hast du schon vergessen für was . . .«

»Ach, Lene, sei doch nicht so. Das vergesse ich dir nicht«, Betty zeigt auf ihren Block. »Da, Kundschaft . . .«, sagt sie noch.

Dann müssen beide sich zwei Damen widmen, die eben dem Aufzug entstiegen sind. »Stammkundschaft«, flüstert Lene Betty zu.

4.

Es ist sechs Uhr. Auch im ersten Stock läßt der Andrang der Kunden, der den ganzen Nachmittag gewaltig gewesen war, allmählich nach. Zu dieser Stunde macht der Direktor seinen Rundgang zu den Kassen. An jeder bleibt er stehen, an jeder sagt er dasselbe: »Na, lassen Sie mal sehen.« Dann drückt die Kassiererin auf einen Knopf des Registrators, ein Metallplättchen springt auf, darunter wird eine Zahl sichtbar. Grisar tritt neben den Sitz der Kassiererin. Er will mit eigenen Augen die Höhe der Einnahmen feststellen, die, dort auf einem laufenden Band automatisch addiert, sich bis zur Schließung des Geschäfts nicht mehr wesentlich vergrößern wird. Selbst nicht bei den drei Kassen des ersten Stocks. An der, auf deren Zahl er täglich besonders neugierig ist, fragt er die alte Kassiererin: »Wer hat es heute gemacht?«

»Damenkonfektion war sehr gut. Aber Schuhwaren hat am besten abgeschnitten.«

»Schuhwaren«, wiederholt er und geht weiter.

Die Kassiererin weiß, warum er so brüsk seinen Weg fortsetzt. Er kann Max Lindemann, den Chef und Einkäufer von »Schuhwaren« nicht ausstehen; und sie weiß auch warum. Von der Kasse her kann sie diese Abteilung ja gut beobachten. Was man sich im Hause über die Zustände, die dort herrschen, erzählt, stimmt. Und Grisar weiß das alles gewiß so gut wie sie, denn wenn einer Augen hat, dann der Direktor. Immer wenn er von Schuhwaren her zu ihr an die Kasse kommt, läßt er die Unter-

lippe hängen, ein untrügliches Zeichen, daß er dort Ärgerliches gesehen hat. Dabei ist Lindemann eine Kanone der Branche. Was den Umsatz angeht, ist dem nichts vorzuwerfen, doch sonst . . .
Der Schuhfritze, was der sich aber auch alles herausnimmt. Keine Disziplin in seiner Abteilung, jeder Anstand untergraben, seine Verkäuferinnen, wie redet der die an: »Liebling«, »Kleine«, »Herzchen«, so geht es den ganzen Tag, wenn keine Kundschaft in der Nähe ist. Und die Verkäuferinnen machen das mit oder lassen es sich zum mindesten bieten, die reinsten Haremsweiber. Geknutscht und geküßt wird auf der Abteilung, wo nur ein Winkel ist, nicht einmal die Lehrmädchen läßt der Hahn in Ruhe. Wenn er sein Unwesen wenigstens nur mit den Verkäuferinnen seiner eigenen Abteilung triebe, aber er macht sich auch an die der anderen heran. War er nicht, kurz vor Grisars Rundgang, zu ihr an die Kasse gekommen und hatte, ohne sich durch ihre Gegenwart stören zu lassen, der Kempt von Damenkonfektion, die einen schlecht ausgeschriebenen Kassenzettel korrigieren mußte, den Bleistift aus der Hand genommen und gefragt, wer die Neue auf Konfektion sei, und der Kempt, als sie ihm sagte, die Neue sei eine doofe Nuß, die Wange getätschelt und gesagt: ›Vielleicht doof, aber lecker, richte es dem schönen Kind aus, mein Schätzchen!‹ Und der Kerl ist verheiratet. Aber seine Frau, hat man die einmal gesehen, dann weiß man genug. Faul ist der Lindemann obendrein. Oft sitzt er an seinem Pult, von einem Wandschirm verdeckt, und liest Romane. Erscheint Fufzig auf der Etage, läßt er sich warnen. Dann spielt er mit Getöse den Chef, schreit die Verkäuferinnen wegen einer noch nicht ins Regal zurückgestellten Schuhschachtel an, oder läßt sie gerade hergerichtete Schuhkästen wieder ausräumen.
Solange sie Kassiererin ist, einen solchen Rayonchef hat sie nie erlebt, und Direktor Grisar gewiß auch nicht. Nur, daß die Zustände auf Schuhwaren Herrn Grisar von Woche zu Woche mehr auf die Nerven gehen. Dafür hat sie einen Blick. Wenn Grisar auch manchmal etwas netter sein könnte, den Verdruß mit dem Schuhfritzen hat er nicht verdient, bei all den Sorgen, die ein so großer Betrieb dem Mann doch machen muß.

5.

Lene sieht sich Bettys Block an. »Prima. Du hast heute Nachmittag viele gute Posten gemacht.«
»Du hast mir Glück gebracht. Eigentlich ist es doch dein Block. Von mir sind ja nur die letzten Posten.«
»Fufzig kann zufrieden sein«, sagte Lene. »Was die heute wieder verdient haben! Hast du ihn gesehen, wie er an der Kasse stand? Die Gier, mit der er die Einnahmen abgelesen hat? Kein Wunder, daß er überall so verhaßt ist.«
»Er ist doch nur Direktor. Die Einnahmen gehen nicht in seine Tasche.«
»Deswegen ist seine Gier ja so abstoßend. Er ist ein Lakai der Aktionäre. Wenn er bei denen wenigstens höhere Gehälter für uns durchsetzen würde. Aber er denkt nicht daran. Heute gehe ich übrigens in eine Versammlung, da wird sicher wieder von ihm gesprochen . . . und von der Firma. Wenn du Lust hast, komm mit.«
Lust! Sie hätte der Neuburger schon Lust gemacht, wenn die ihre Aufforderung abgelehnt hätte. Die mußte diesen Nachmittag zu allem anderen doch auch begriffen haben, wie einträglich es ist, in der Abteilung eine Beschützerin zu haben.
Da die Neuburger zusagt, verspricht sie ihr sogar, sie nach dem Abendbrot abzuholen. Auf diese Weise wird sie sehen, wie die wohnt.
Am Ausgang für das Personal trennen sie sich. Sie nehmen nicht die gleiche Linie der Tram. An der Haltestelle muß Lene warten. Ein Kleinauto bremst, Lindemann winkt sie herbei, fragt, wo sie wohnt und öffnet die Tür. »Ich bringe Sie nach Hause.« Er müsse ohnedies in der gleichen Richtung fahren, zu einem Besuch, erklärt er unterwegs, ein sehr langweiliger Abend stehe ihm bevor.
Das glaube sie ihm nicht, für einen langweiligen Abend habe er sich zu schick gemacht.
»Das ist es ja, daß ich mich in Schale werfen muß«, sagt er.
»Da, wo Sie hingehen, werden Sie schon eine finden, die froh ist, wenn Sie die heimfahren . . . und vielleicht noch mehr. Wofür haben Sie denn das Auto überhaupt? Um Mädchen zu ködern. Für sonst doch nichts.«
»Bei Ihnen ist mir das aber nie gelungen«, sagt er.
»Sie wissen ja warum.«

»Es bleibt also dabei: zuerst Bekehrung zu Karl Marx.«
»Der Spott wird Ihnen noch vergehen.«
»An dem Tag, an dem Sie von Ihrer Partei als Staatskommissarin für die Firma eingesetzt werden, muß ich dann um meinen Kopf zittern, wie Ihre armen Kolleginnen?«
»Das habe ich damals doch nur im Zorn gesagt. Hätten Sie sich den Spitznamen gefallen lassen?«
»›Witwe Lenin‹, ›Krupskaja‹, das sollte Ihnen eigentlich eher schmeicheln.«
»Was die mit dem Spitznamen andeuten wollten, das wissen Sie genau, die ganze Firma weiß es ja«, versetzt Lene, »hier, das zweite Haus, da wohne ich.«
Als sie schon ausgestiegen war, fragt er: »Und Sie, was unternehmen Sie denn heute abend Schönes?«
»Ich gehe zu einer Versammlung.«
»Schon wieder! Und wieder allein, natürlich!«
»Nein, mit einer Kollegin, wenn Sie es unbedingt wissen wollen.«
»Aber doch nicht mit einer von Ihrer Abteilung?«
»Ich bin nicht mit allen verkracht.«
»Wo ist denn die Versammlung?«
»In der Volkshalle. Wissen Sie jetzt genug?«
»Genug, um den ganzen Abend an Sie zu denken . . .«
Der Schuhfritze! Da braust er ab und denkt schon an die nächste. Warum bringt sie es nie fertig, diesem flatterhaften Kleinbürger so böse zu sein, wie sie es eigentlich sein müßte.

6.

Lene sitzt seit einer halben Stunde bei Betty Neuburger. Sie hat das Zimmer, die Kleider und die übrigen Sachen bereits besichtigt und ihr gestanden, wie gern auch sie »möbliert« wohnen würde. Zu Hause, bei der Familie, das sei nicht das Richtige in ihrem Alter. Ob das Zimmer sturmfrei sei?
Daß ihre Frage ohne Antwort bleibt und die Neuburger offensichtlich in Verlegenheit bringt, ärgert sie, verwundert sie aber nicht. Hängt doch über deren Bett wahrhaftig ihr Kommunionbild. »Stört dich das nicht?« fragt Lene, »und ausgerechnet über dem Bett?«
Das sei für sie ein Andenken. In die Kirche gehe sie seit langem

nicht mehr, sagt Betty. Warum das Bild stören solle, ob es nicht schön sei? Der große, goldene Kelch und die weiße, darüber schwebende Hostie und im Hintergrund Jesus mit ausgebreiteten Armen.

»Tu' nicht so, du hast mich schon verstanden«, sagt Lene, »aber ich würde es einem Freund nicht zumuten, unter einem solchen Bild neben mir zu liegen.«

»Ach, *das* willst du wissen!«

»Wenn man nicht darf, bitte«, versetzt Lene. Die schnippische Antwort wird sie der heimzahlen. Auch das plötzlich so verschlossene Gesicht. »Reden wir von etwas anderem. Du wolltest vorhin Näheres über die Versammlung wissen, zu der ich dich mitnehme.«

»Ach ja, das hast du mir erklären wollen.«

Wie die Neuburger sich freut, daß nicht von Intimem gesprochen wird! Die hat es also faustdick hinter den Ohren, oder sie ist wirklich eine doofe Nuß auf der ganzen Linie. Hat die ihr, als sie gekommen war, nicht gleich gesagt, sie habe Angst in die Versammlung zu gehen, ob diese auch nicht von der Polizei verboten sei, und ob es ihr bei Herrn Grisar schaden könne, wenn sie in der Volkshalle gesehen werde.

»Die Versammlung ist natürlich nicht einberufen, um nur über die Zustände in unserer Firma zu diskutieren«, beginnt Lene. »Es ist eine richtige politische Versammlung. Hauptthema: die Rationalisierung und deren Folgen für die Arbeitnehmer. Verstehst du, um was es geht?«

Für so unwissend solle man sie nicht halten, erklärt Betty, sie sei sich klar darüber, was es bedeutet, wenn überall mit Hilfe neuer Maschinen und neuer Organisationen an Personal gespart wird, aber man könne doch nichts dagegen machen.

»Schlimm, wenn alle dächten wie du. Zum Glück gibt es die Partei; die beobachtet die Entwicklung genau und die wird auch einmal alles ändern. So wie in Sowjetrußland.«

»Ach so«, antwortet Betty, »du gehörst zu den Roten.«

»Merkst du das erst jetzt? Lange Leitung!«

»Bist du eine richtige Kommunistin?«

»Ich bin eingeschriebenes Mitglied, seit einiger Zeit. Vorher war ich in der Jugendgruppe.«

»Wie bist du da hineingekommen?« fragt Betty. »Du bist doch nicht eines Tages plötzlich von selber rot geworden.«

»Das ist eine lange Geschichte. Offengestanden, erst durch eine

Liebschaft. Ein ganzer Roman war das. Sechs Männer sind durch mich unglücklich geworden. Da schaust du. Ja, ja, was ich schon alles erlebt habe! Vor gut einem Jahr ist es gewesen. Da hatte ich etwas mit einem Techniker aus der Firma, der hatte auch die Aufzüge unter sich. Der spielte eine ziemlich große Rolle in der Partei.«

»Und dem zuliebe bist du rot geworden?«

»Ja und nein. Die Geschichte ist sehr verwickelt. Also dieser Techniker, Karl hieß er, war ganz verrückt auf mich. Mir gefiel aber ein anderer etwas besser. Etwas, nicht viel. Ich schwankte. Hast du das schon einmal durchgemacht, wenn man hin- und hergerissen ist zwischen zwei Männern? Täglich Szenen, oft im Geschäft, sogar in der Abteilung, vor den Kolleginnen. Wo der mich vermutete, lauerte er mir auf . . .«

»Ach, so was möchte ich mal erleben. Eifersucht, echte!«

»Das meinst du. Du mußt viele schlechte Filme gesehen haben. In der Wirklichkeit ist das ganz anders. Da zitterst du vor Angst. Der Karl, umgebracht hätte er mich manchmal am liebsten. Das sah ich an seinen Augen. Also eines Abends hat er mich mit dem anderen erwischt, aber nur durch Zufall. Es war wie verhext. Karl sollte gerade an diesem Abend mit dem Rad in einen Ort fahren, der ein paar Kilometer hinter dem Stadtpark liegt, und dort einen Genossen, der ein wichtiger Geheimnisträger war, vor der Polizei warnen. Und ich, wo saß ich, und ausgerechnet um diese Zeit! Mit dem anderen auf einer Bank, an dem Weg, auf dem Karl durch den Park fahren mußte. Daß es dann zum Schlimmsten kam, kannst du dir denken. Aber lassen wir die schrecklichen Einzelheiten. Jedenfalls fuhr Karl nicht zu dem Genossen in jenen Ort. In seiner Eifersucht hatte er den Auftrag vergessen. Und das hatte Folgen. Folgen, die nur ein Mitglied der Partei nachfühlen kann. Denn der Genosse wurde am nächsten Morgen verhaftet. Und hier aus der Stadt mußten vier andere flüchten, und Karl ist auch seit diesem Tag verschwunden. Damals habe ich all das, was da um mich vorging, nicht richtig begriffen. Mein Bruder, der zu der Zeit schon lange in der Partei war, der aber fast immer auswärts auf Montage arbeitet, kam eines Tages nach Hause und nahm mich scharf ins Gebet. Er hatte drei Wochen Urlaub. Er fing an, mich politisch aufzuklären. Früher hatte er kaum ein Wort mit mir gesprochen. Auf einmal gab er mir Bücher, nahm mich zu Versammlungen mit und machte mich mit den Genossen bekannt. Pausenlos trichterte er mir ein, es sei meine Pflicht, das wieder gut zu machen, was der Karl meinetwegen der Partei und den Genossen angetan hatte. Und das stimmt ja auch. Eines Tages bin ich dann in die Jugendgruppe aufgenommen worden.«

»Und dieser Karl? Bist du noch verliebt in den?«

»Ich weiß es nicht. Ja und nein. Manchmal könnte ich aus der Haut fahren, wenn ich sehe, was für Liebschaften andere haben. Aber was soll ich machen! Einerseits denke ich ja wirklich nur an den Karl, und dann, unser Franz, so heißt mein Bruder, der läßt scharf auf mich achtgeben, durch meine Mutter. Ich glaube, er nähme es mir schwer übel, wenn ich mit einem anderen ginge. Jetzt ist er wieder seit einigen Monaten auf Montage, an einem Wasserwerk im Gebirge. In jedem Brief fragt er, ob ich nichts von Karl gehört habe. Das sagt mir genug.«

»Also eigentlich bist du nur dem Karl zuliebe rot geworden«, sagt Betty.

»Nein, heute weiß ich, warum ich in der Partei bin. Sonst müßte ich mir leid tun.«

»Und jetzt willst du mich für euch angeln.«

»Angeln. Wenn du einmal richtig aufgeklärt bist und den ganzen Schwindel des Kapitalismus durchschaut hast, kommst du von selber zu uns.«

»Politisches finde ich fad.«

»Komm jetzt nur mit zu unserer Versammlung, dann siehst du, was für Leute wir sind.«

7.

»Sie sind sicher das erste Mal bei uns, Fräulein.«

Betty weiß nicht recht, was sie dem bleichen Mädchen antworten soll, und lächelt ihr über den Tisch zu. Daß Lene nicht bei ihr bleiben konnte! Die drängt sich drüben zwischen Stühlen und Tischen und preist Broschüren an.

Als sie mit Lene an dem Tisch Platz genommen hatte, saßen dort, außer dem Mädchen, bereits drei Frauen und vier Männer, alle zwischen zwanzig und dreißig. Der Redner auf dem Podium, der schon sprach, als sie eingetreten waren, sei der Hauptreferent des Abends, hatte Lene ihr so laut erklärt, daß eine der Frauen scharf ›Ruhe‹ verlangte. Gleich nach der Rede war Lene von einem Mann, der einen Pack Broschüren in der Hand trug, vom

Tisch weggewinkt worden und hatte sie allein gelassen.
Jetzt, in der Pause, weiß sie nicht, wie sie sich benehmen soll. Muß sie sich denen, die am Tisch sitzen, vorstellen, gibt man sich die Hand, oder kennen die Leute einander nicht? Sie weiß ja nicht, was bei solchen Versammlungen üblich ist. Lene hatte ihr auf dem Weg erklärt, sie sehe in der Volkshalle die Elite der Arbeiterschaft, alles Leute, die ihr Klassenbewußtsein durch Schulung erworben hätten.
Schulung, die fehlt ihr. Was der Redner gesagt hat, verstanden hat sie davon fast nichts. Und sie fürchtet, das Mädchen, von dem sie so freundlich angesprochen worden war, könne sie fragen, wie ihr die Rede gefallen habe und sie müsse gestehen, die sei zu hoch für sie gewesen.
Die Furcht, sich obendrein falsch zu benehmen, läßt sie auf die jetzt wiederholte Frage des bleichen Mädchen aufstehen: »Betty Neuburger ist mein Name. Ja, ich bin das erste Mal hier.« Sie blickt dabei auch zu den anderen, die am Tisch sitzen. Eine der Frauen lächelt. Die anderen nicken ihr kaum merklich zu. Aber die Blicke sind etwas freundlicher geworden. Einer der Männer, der ein Glas Bier vor sich stehen hat, hebt es sogar ein wenig zu ihr hin, als wolle er ihr zuprosten.
»Sie sind mit der Lene Kempt gekommen?« fragt das Mädchen.
»Ja, wir sind Kolleginnen.«
»Also auch auf Damenkonfektion.«
»Ja, ich bin heute aber erst den dritten Tag dort.«
»Schade, daß Sie zu spät gekommen sind, der Redner hat Ihre Firma angegriffen . . . allerdings viel zu zahm.«
Eine der Frauen hat das Mädchen angestoßen und weist mit einer Kopfbewegung in den Saal. Es ist Lene, auf die sie zeigt. Einen Pack Broschüren in der Hand, steht sie in einer Gruppe junger Burschen und scherzt mit denen so laut, daß man es über das Stimmengewirr hinweg bis zum Tisch hört.
»Wie die sich wieder betut. Das macht sie jedesmal während der Pause. Wir sind doch nicht auf einem bürgerlichen Wohltätigkeitsball. Es ist eine Schande. Kokett wie eine . . . doch ich will mir lieber nicht den Mund verbrennen.«
»Fräulein Kempt ist meine Freundin«, sagt Betty.
»Habe ich mir schon gedacht«, antwortet die Frau, »wissen Sie, Fräulein, es gibt Leute, die müssen sich überall bemerkbar machen, auch wenn ihre Eitelkeit das einzig Bemerkenswerte an ihnen ist. Ich sag's wie es ist.«

Das Mädchen fällt der Frau ins Wort: »Lassen Sie doch das Fräulein aus dem Spiel, was kann die dafür?« Und zu Betty gewandt, fährt sie mit sanfter Stimme fort: »Lene Kempt hat ein bißchen zu viel Temperament.«
Betty ist froh, daß der Vorsitzende die Glocke schwingt und um Stille für einen Mann bittet, der dem Hauptredner antworten will. Indes kommt Lene zurück. Sie knallt die Broschüren, die sie nicht verkauft hat, auf den Tisch. »Zweiundzwanzig Stück«, sagt sie laut.
»Pst, Ruhe«, machen die Frauen. Der neue Redner hat angefangen zu sprechen. Dennoch zählt Lene die zurückgebrachten Hefte störend laut. Dann ordnet sie das Geld, das sie eingenommen hat, schreibt ein paar Zeilen und die Abrechnung auf einen Zettel und legt diesen mit dem Geld auf den Stoß Hefte.
»Nun, wie gefällt es dir?« fragt sie Betty, wieder ungeniert laut.
»Später«, flüstert Betty. Nur damit Lene still bleibt und glaubt, sie folge aufmerksam den Ausführungen des gegnerischen Redners, starrt sie dorthin, wo der Mann steht. Gejohle und Pfuirufe unterbrechen ihn aber bald. In eine Atempause des Redners hinein ruft ein Bursche nach vorne: »Röslein, Röslein, Röslein rosa, raus mit dem Sozialdemokraten!« Der Tumult steigert sich, besonders den jungen Männern scheint es großen Spaß zu machen, den Gegner in Verlegenheit zu bringen. Lene beteiligt sich fanatisch an den Zwischenrufen. Ihre gellende Stimme übertönt die der Burschen. Betty findet das abstoßend, aber sie sagt nichts. Der Vorsitzende duldet den Lärm und mahnt nur dann und wann sehr lau zur Ruhe. Betty wundert sich, wie wenig dem Vorstand auf dem Podium daran liegt, dem Redner Ruhe zu verschaffen. Zuletzt gehen dessen Worte in dem Tumult völlig verloren. Unter höhnischen Bravorufen verläßt der Mann mit protestierenden Gesten das Rednerpult und die Versammlung wird geschlossen.
Lene hatte ihr auf dem Heimweg gesagt, daß das Lied, das zum Abschluß gesungen werden wird, die Internationale ist, und daß man zum Absingen aufsteht. Sie wundert sich, daß das nette Mädchen schon bei den ersten Takten hinausgeht. Und ohne Gruß.
Als sie aufbrechen, fällt es Betty auf, daß die anderen Leute, die an ihrem Tisch gesessen hatten, nur ihr ›Auf Wiedersehen‹ zurufen, Lene aber überhaupt nicht beachten.
»Wie hat es dir gefallen?« fragt Lene, als sie draußen sind.

Die Reden seien für sie zu schwer gewesen, sie müsse das zugeben.

»Da siehst du es. Die Grundbegriffe des Marxismus, da fehlt's bei dir. Wer die nicht kennt, ist heute kein Mensch.«

Um auf ein anderes Thema zu kommen, fragt Betty: »Wer war das Mädchen, das mir gegenüber gesessen hat?«

»Die!«

»Sie war sehr nett zu mir.«

»Sie ist das ekelhafteste Frauenzimmer in der ganzen Partei.«

»Sie hat dich gegen die anderen am Tisch in Schutz genommen.«

»Um dich einzuwickeln und dir dann die Würmer aus der Nase zu ziehen. Ich wette, sie hat dich ausgefragt über mich . . . schau mal da hinüber.« Lene zeigt auf eine Gruppe Frauen und Mädchen, die in der Nähe des Ausgangs wartet. »Da steht das Miststück und ihre Clique. Was meinst du, warum sie die Köpfe zusammenstecken? Über mich ziehen sie her. Über mich, weil ich die Broschüren unter die Leute bringe wie keine andere, weil ich ein Gesicht und eine Figur habe, das ist es. Man vergönnt es mir nicht. Kann man denn ein Käsegesicht wie dieses Ding an einen Tisch schicken, an dem Parteilose und Mitläufer sitzen? Diese Kerle muß man richtig anpacken. Einen Witz muß man machen können und nicht zimperlich sein, nur so gewinnt man die für die Partei. Also in Propaganda, da kann mir niemand etwas vormachen, und das weiß der Vorstand. Ich täte mich wichtig, hat jene mir mal vorgeworfen. Als wenn ich das nötig hätte! Die da machen sich wichtig. Sie seien sachliche, namenlose Parteiarbeiterinnen, sie, diese Vogelscheuchen. Neidische Klatschweiber sind sie. Gerade dieses Mädchen da ist die Schlimmste. Weil sie den ganzen Marx gelesen hat, bildet sie sich Gott weiß was ein, und da frage ich mich noch, ob sie Marx überhaupt ganz gelesen hat. ›Kollektivismus‹, ›Kollektivismus‹ ist jedes zweite Wort bei ihr. Ich hätte keine Ahnung vom wahren Marxismus, behauptet sie doch neulich. Gut, ganz gelesen habe ich ihn nicht, aber doch so viel studiert, daß ich mit jedem Kapitalisten diskutieren kann. Nerven wie Draht muß man haben, wenn man eine Funktion bei uns bekleidet. Frag mich nicht, was die Genossen vom Vorstand mit dieser Sorte Menschen aushalten müssen. Das ewige Gemäkel, wie du dich drehst, immer ist es falsch. Da kommt jedes Mal eine daher und hätte es besser gemacht. Kritisiert wird an dir, daß du die Lust an

der Partei verlieren könntest, wüßtest du nicht, warum du überhaupt dabei bist. Wie lebe ich denn? Die halbe Woche abends Arbeit für die Partei. Werbegänge für die Zeitung und für die Hilfsorganisationen . . . und noch ganz anderes, worüber ich nicht sprechen darf. Die Hochgestochenen da drüben, was leisten die denn! Die erscheinen gnädigst zu den Versammlungen, setzen sich breit und faul hin, hören die Reden an und reißen nachher das Maul auf. Da hat mein Bruder mir andere Grundsätze beigebracht. Arbeiten, etwas Konkretes tun für die Befreiung der Lohnabhängigen. Deswegen, nur deswegen habe ich eine gewisse Stellung in der Partei erreicht. Komm, ich mag die da drüben nicht mehr sehen. Gehen wir.« Sie zieht Betty mit: »Du hast sicher eine ganz falsche Vorstellung von deiner Kollegin Lene gehabt, gib's zu.«
»Da fehlen einem die Worte.«

8.

Warum nur hatte er der Kempt vorgeschwindelt, er habe in einem Haus, das auf ihrem Heimweg liege, eine Einladung zu absolvieren, und warum hatte er sich mit diesem Vorwand seine wahren Absichten verbaut? Und was nur war es, das ihn im letzten Augenblick, als sie schon ausgestiegen war, davon zurückgehalten hatte, ihr offen zu sagen, was er wollte und sie einzuladen? Ihr dann den Besuch der Versammlung auszureden, dafür hätten ein paar Worte gereicht.
Nun sitzt er allein in dieser miesen, nie aufgeräumten Wohnung und kann seine unmögliche Frau, die wieder einmal ausgegangen ist, dort, an der Wand, auf einem Dutzend Fotos betrachten. Cilly allein und in Gesellschaft. Und in welcher! Provinzsnobs, die die der Hauptstadt nachahmen. Und immer in Pose, immer lächelnd. Selbst das einzige Bild, auf dem nur er und sie zu sehen sind, wie unerträglich ist es. Ihr Lächeln die Nachahmung eines Lächelns. Daß Cilly ihm den täglichen Anblick dieses großen Fotos nicht erspart, wenigstens dieses einen! Am Rand einer Wiese, Picknick, neben dem weißen Tischtuch der Plattenspieler, da sitzt sie im Vordergrund, das Auto hinter ihr und lächelt ihm zu, ihm, ihrem »Gatten«, dem »Kaufmann«, wie sie ihn, auf dem mit dem Bild zurückgekommenen Begleitzettel hochstaplerisch betitelt hatte, als sie das mit Selbstauslöser gemachte Foto

hinter seinem Rücken einem Modejournal zur Veröffentlichung angeboten hatte. Bis zur Stunde hatte Cilly noch nicht begriffen, wie sehr sie ihm, wäre das Bild in der Illustrierten erschienen, mit der Beförderung zum selbständigen ›Kaufmann‹ bei der Direktion der Firma geschadet hätte. Auf dem Bild, wie spreizt sie sich da und äfft, ihm eine Tasse reichend, das nach, was sie in den Sommerheften mondäner Zeitschriften so oft bewundert hat: Das Leben der eleganten Welt, das sie ihm in ihrem unheilbaren Drang nach gesellschaftlichem Prestige immer als das Erstrebenswerteste preist, um ihn zu einer schnellen Karriere anzustacheln.

Daß der kleine Rayonchef der Filiale eines großen Warenhaustrusts erst dann von jener eleganten Gesellschaft akzeptiert wird, wenn er der Generaldirektor des Konzerns ist, das einzusehen ist Cilly zu dumm. Aber jedesmal, wenn er ihr dieses Schwelgen im Traum von einer nicht mehr fernen Zugehörigkeit zur »Großen Welt« vorhält, hält sie ihm dann nicht zänkisch entgegen, warum er, Sohn eines Arbeiters und kleiner Rayonchef, denn mit englischen Anzügen, Schuhen und Krawatten hochstaple und mit einem Auto, dem der Auspuff fehlt, um Laien einen Rennwagen vorzutäuschen. Stimmt, stimmt, Cilly, aber da bleibt doch ein Unterschied. Was will sie, seine Frau, was will er? Sie, die frühere Bardame, sie will glänzen, hoch hinaus will sie, aber er, das bißchen Protzen mit Auto und Anzug, Mädchen will er damit ködern, nicht in der Gesellschaft glänzen. Gefallen ihm elegante Frauen überhaupt? Sie sind ihm meistens zu schlank. Junge, pummelige Dinger, hinter denen ist er her, und wenn Grisars Hausvorschrift tausendmal den Abteilungsleitern intime Beziehungen zu den Verkäuferinnen untersagt, jede seines Rayons, die ihm gefiel, hat er gehabt . . . und wie viele von den anderen Abteilungen! Ausgenommen die Kempt. Die hat ihn immer abblitzen lassen. Aber jedesmal, wenn sie ihm dabei ihre politischen Standpauken hielt, hatte er den Eindruck, daß sie sich weniger gegen seine Person wehrte, als gegen ein Gefühl für ihn, dessen Ausbruch sie zu fürchten schien. Wie verhielte sie sich, erführe sie, daß seine Eltern 1919 von der Sozialdemokratischen Partei zur Kommunistischen übergetreten sind, und daß sie seit seiner Kindheit viel Mühe verschwendet hatten, um ihn politisch zu erziehen.

Würde die Kempt ihm dann etwas ähnlich Ironisches sagen wie seine Mutter, als er letztes Jahr, an einem Sonntag, daheim das

Auto vorführte: Er sei so stolz auf seine Fahrkunst und sitze so eitel hinter dem Steuer wie einst die jungen Offiziere der ehedem herrschenden Klasse auf ihrem Pferd saßen, dem sie die Sporen gaben, um es scheuen zu lassen, damit die Mädchen sahen, was für Reiter sie waren.

Wenn die Kempt obendrein wüßte, daß seine unüberwindliche Gleichgültigkeit gegenüber allem Politischen der größte Kummer seines Vaters ist, würde auch sie von ihm, als einem ›Verräter an seiner Klasse‹, nichts mehr wissen wollen, wie sein Vater?

Aber was war es nur, das ihn, da draußen in der Wohnkolonie, auf einmal so stark gehemmt hatte, die Kempt einzuladen. Er hatte es doch früher so oft getan, und wie unverblümt! Und ihre Körbe immer lachend eingesteckt.

Nein, nein, sich selbst wird er nichts vormachen, der ganzen Welt, jederzeit, wenn es sein muß, aber nie sich selber. Als er an der Haltestelle die Kempt in den Wagen nahm, hatte er da wirklich noch gar nicht an ihre neue Kollegin gedacht? Der Gedanke an dieses knusprige Ding, der war es doch, der ihn zurückgehalten hatte, die Kempt einzuladen. Zugegeben? Und als sie ihm dann gesagt hatte, sie gehe zu der Versammlung in Begleitung einer Kollegin, mit der sie nicht verkracht sei, stand die mollige Gestalt der Neuburger sofort vor seinen Augen, denn nur die konnte ja diese Kollegin sein, und er hatte die Kempt ins Haus gehen lassen. Die beiden waren gewiß noch in der Versammlung.

Er rief in der Volkshalle an. Der Portier meinte, die Versammlung werde bald zu Ende gehen, es komme keine richtige Diskussion zustande.

Lindemann machte den Umweg über die Wohnkolonie. Ihm war dort, ein paar Schritte oberhalb des Hauses von Lenes Eltern, im Vorbeifahren eine Wirtschaft durch ihren hübschen Vorgarten und durch den Namen, »Zur Schönen Spinnerin«, aufgefallen, und er hatte sich gleich daran erinnert, daß Lenes Vater in einer Spinnerei arbeitete, und daß diese dort draußen die Kolonie für ihre Belegschaft gebaut hatte.

In dem überraschend hell beleuchteten Vorgarten waren fast alle Tische besetzt. Er ließ sich einen reservieren, zahlte eine Flasche Wein im voraus und ließ sie kaltstellen.

Was sollte seinem Plan nun noch entgegenstehen?

9.

Lene entdeckte Lindemann bereits, als sie den weiten Vorplatz der Volkshalle noch nicht ganz überquert hatten. Er stand an der Straße, neben seinem Wagen, im grellen Licht einer Bogenlampe.
Er wollte also gesehen werden, der Schuhfritze! Wen paßte er ab: sie oder die Neuburger? Sie blieb stehen. »Betty, da vorn wartet der Rayonchef von Schuhwaren auf mich.«
»Warum sagst du mir das erst jetzt?«
»Weil ich nicht sicher war, ob er käme.«
»Ich dachte, du hättest keinen . . . außer dem Karl.«
»Das ist alles nicht so einfach wie du denkst.«
»Sag's doch gleich: ich soll verschwinden. Der hat uns aber längst gesehen. Ich kann jetzt nicht mehr weglaufen. Wie sieht das denn aus. Da kommt er ja auch schon.«
Eine Wanze, die Neuburger! »Betty, ich kann dir jetzt nichts erklären.«
War das vieldeutig genug? Die Neuburger sollte vorerst ruhig denken, sie habe ein Verhältnis mit Lindemann und annehmen, sie sei mit ihm verabredet. »Fein, ich werde abgeholt, das ist aber nett«, rief sie ihm entgegen und ließ ihn, als er vor ihnen stand, nicht dazu kommen irgend etwas zu sagen, stellte ihn sofort vor und entschuldigte sie, Fräulein Neuburger müsse sich schnell verabschieden, eine Verabredung.
»Kommt gar nicht in Frage«, erklärte Lindemann. Er habe in einem Restaurant bereits einen Tisch reserviert, wo dieses sich befinde, das verrate er nicht, sie sollten sich ihm nur anvertrauen und einsteigen. Er würde Fräulein Neuburger, wenn sie verabredet sei, schon rechtzeitig dorthin bringen, wo sie erwartet werde.
Nun war es ihr klar: wegen der Neuburger war er gekommen, der ausgekochte Schürzenjäger, nicht ihretwegen. Und sie selber war so dumm gewesen und hatte ihn auf die Spur der Neuburger gebracht. Wiederum ein eindeutiges Du oder Sie vermeidend, fragte sie scherzhaft: »Wo haben der Herr Lindemann seine Frau heute Abend gelassen?«
Daß er verheiratet war, das wenigstens hatte sie der Neuburger nun noch schnell gesteckt, auch wenn es nicht mehr viel nutzen sollte. Die Neuburger lächelte ja jetzt schon ganz verklärt den Schuhfritzen an. Und in welch schamloser Weise der sich seiner

Unwiderstehlichkeit bewußt war und diese bei jedem weiblichen Wesen ausspielte, das hatte sie selber erfahren und auch beobachtet, wie er es bei anderen machte.
War sie mit ihrer Frage nach seiner Frau zu weit gegangen?
Lindemann blickte sie mit unverhohlenem Zorn an, schien ihr antworten zu wollen, doch streckte er ihr plötzlich die Zunge heraus, lächelte ironisch, öffnete den Wagen, zog dann die Neuburger am Arm zu sich heran und zeigte mit der Hand in das Innere des Wagens: »Fräulein Neuburger, Ihre Kollegin kann sich nicht damit abfinden, daß meine Frau und ich uns auseinandergelebt haben, und daß wir an Scheidung denken«, sagte er, »daß die Schuld aber nicht bei mir liegt, hier ist der Beweis, mein Wagen hat nur zwei Plätze . . .«
Zwei Plätze? Worauf will er noch hinaus, fragte sich Lene. Mich hat er doch schon kleingemacht und der Neuburger im gleichen Atemzug eingeredet, er sei frei und habe auf keine andere Frau Rücksicht zu nehmen. Daß ich versucht habe, die Neuburger glauben zu machen, ich hätte ein Verhältnis mit ihm, weiß er ja nicht.
Was hatte der *noch* im Sinn? Seine Frau, hörte sie ihn sagen, habe, als die Anschaffung eines Wagens fällig war, auf dem Kauf eines Viersitzers bestanden, in dem man Freunde mitnehmen könne. Sie brauche immer Gesellschaft und Trubel um sich, jeden Abend wolle sie ausgehen, daß sei kein Zustand, daher das Auseinanderleben, er habe schließlich nicht geheiratet, um ständig den vergnügungssüchtigen Bekanntenkreis seiner Frau um sich ertragen zu müssen, besonders bei den Sonntagsausflügen in die Berge habe er mit ihr allein sein wollen und deshalb einen Wagen gekauft, der nur zwei Personen Platz biete . . .
Was erzählte der da! Und die Neuburger schluckte seine Märchen vom treuen und häuslichen Gatten wie das Evangelium und sah sich vielleicht schon als die zweite Frau des schönen Lindemann. Und beide schienen zu vergessen, daß sie dabeistand. Oder war das Über-sie-Hinwegsprechen bei Lindemann Absicht?
»Wie lange sollen wir uns hier noch die Beine in den Bauch stehen«, fragte sie. Sie brachte es so keß heraus, wie es ihr möglich war. Die beiden sollten nicht merken, wie ihr zu Mute war.
Lindemann sah sie nicht einmal an. Für die Fahrt zu dem Restaurant gebe es also ein kleines Problem, fuhr er fort und

sprach dabei immer noch über sie hinweg zu Betty, sie seien zu dritt, der Beifahrersitz sei zu schmal für zwei.
Lene und sie würden zusammenrücken, sagte Betty, so weit werde es wohl nicht sein zu dem Restaurant.
»Und deine Verabredung, Betty?«
Lindemann stellte sich zwischen sie: »Gestrichen, nicht wahr, Fräulein Betty, annuliert ist sie, die Verabredung.«
»Ich habe gar keine.«
Lindemann grinste: »Ach Sie hatten keine, Fräulein Kempt.«
Würde die Neuburger sie verraten? Was schaute die sie so fragend an und dann den Lindemann?
»Ich habe Lene gebeten, diese Verabredung vorzuschieben«, sagte Betty, »ich hatte mich nicht aufdrängen wollen, Herr Lindemann, und wollte fortgehen können, ohne Sie zu kränken.«
Immerhin, die Neuburger hielt dicht. Noch. Aber aus Anstand? Berechnung war es. Und der Lindemann, der hatte es nötig zu grinsen, der Flunkerer.
»Also, wie machen wir es«, fragte er, »die beiden Damen auf einmal in das Wägelchen, das geht nicht.«
Nun war es heraus. Was hatte der sich ausgedacht? Mit der Neuburger wegzufahren? Und sie an der Straße stehen zu lassen?
Wahrhaftig. »Ich fahre zuerst die eine von euch in das Restaurant«, sagte er, »komme zurück und hole die andere. Aber wer ist die erste? Am besten nach dem Alphabet. B und L. Also zuerst mit Ihnen, Fräulein Betty.«
»Wo denken Sie hin! Zuerst mit Lene.«
Wenn die Neuburger glaubte, sie werde sich jetzt zieren, sollte die sich schön in die Finger schneiden. »Also, dann los«, sagte sie, »wir stehen schon lange genug hier herum.«
Aber als sie dann einsteigen wollte, hielt Lindemann sie zurück und sagte, wiederum über sie hinwegsehend, zu Betty, wenn eine der Damen die andere auf den Schoß nähme, sei er nicht gestört beim Schalten. Dann könnten sie zu dritt fahren. Da Lene die kleinere und leichtere sei, solle Betty sie auf den Schoß nehmen.

Lene ließ sich mit einem Plumps auf Bettys Knie fallen.
»Au, du zerreißt mir mein Kleid«, rief Betty.
Sie entschuldigte sich nicht. Sollte es doch in Fetzen gehen,

dieses Kleid. Daß ihr nicht einmal *das* erspart worden ist, auf dem Schoß dieser mannstollen Neuburger mußte sie sitzen! »Nun fahren Sie vernünftig, Herr Lindemann«, sagte sie, als er die erste Kurve nahm. »Mir imponieren Sie nicht, wenn die Reifen quietschen, das wissen Sie ja, und Fräulein Neuburger zu imponieren, das dürfte bereits überflüssig sein.«
»›Dürfte bereits überflüssig sein‹, so reden Sie doch sonst nur mit Ihren vornehmsten Kundinnen, Fräulein Kempt. Dürfte ich fragen: ist was?« sagte Lindemann und drückte noch stärker auf den Gashebel.
Hatte sie ihre Wut zu offen gezeigt? Sie so ironisch vor der Neuburger zu fragen »Ist was?« das würde sie Lindemann heimzahlen. Der sollte sich nur ja nicht zu früh auf eine Nacht mit der Neuburger freuen.
Wo man hinfahre, fragte Betty, die Gegend sehe nach Vorort aus, nichts als Reihenhäuser.
Durfte das wahr sein? Wollte Lindemann sie zu Hause absetzen und dann mit der Neuburger allein in das Restaurant fahren, von dem er gesprochen hatte? Den Weg zur Wohnkolonie der Spinnerei kannte er ja. Und der war es, den er eingeschlagen hatte, daran konnte sie nicht mehr zweifeln.
»Wir fahren zur ›Schönen Spinnerin‹, schöne Betty«, sagte Lindemann, »eine nette Gastwirtschaft.«
»Da gehe ich nicht hinein«, erklärte Lene.
»Hinein! Wir bleiben im Freien bei dem milden Abend.«
»Die Wirtschaft ist das Stammlokal der Sozialdemokraten hier draußen. Das betrete ich nicht.«
Lindeman hielt sofort. »Was machen wir denn jetzt?« fragte er Betty, als der Wagen stand.
»Lene, sei keine Spielverderberin«, sagte Betty, »Herr Lindemann hat doch einen Tisch reserviert.«
Noch ein einziges Wort und sie würde der Neuburger eine klatschen. Lene öffnete die Tür des Autos, erhob sich von Bettys Schoß, zwängte sich hinaus und ging auf die andere Seite des Wagens, wo Lindemann bereits das Fenster herabgelassen hatte: »Ich wohne ein paar Häuser weiter, wie Sie wissen. Danke fürs Taxi.«
Sie ließ sich nicht umstimmen, obwohl sie mehr als einmal Lust gehabt hatte, Lindemann und Betty beim Wort zu nehmen und den beiden ihre Gegenwart aufzuerlegen, als sie nicht aufhörten

sie zu bedrängen, sie solle doch mit ihnen zusammen bleiben. Der Abend müsse zu dritt beschlossen werden.

»Also nur aus Abneigung gegen die Sozialdemokraten wollen Sie nicht dort hin«, sagte Lindemann auf einmal verdrießlich, »ich finde das übertrieben.«

Die Neuburger sollte sich nur ja nicht zu früh darüber freuen, daß sie ihr das Feld überließ. Sie habe einen zweiten Grund, sagte sie. In den umliegenden Häusern der Kolonie wohnten ein gutes Dutzend Kolleginnen; wenn eine davon in der Gastwirtschaft sitze und sie dort so spät mit einem Rayonchef sehe, könnte die sie im Personalbüro verpetzen! Sie habe keine Lust, aus der Firma zu fliegen.

Lindemann lachte laut auf und beruhigte Betty, die sich ängstlich nach Grisars Verbot erkundigte. Dieses gebe es zwar, aber das sei seine letzte Sorge.

Nachdem sie sich bereits verabschiedet hatte, wandte sie sich noch einmal um und sagte, als falle ihr das eben erst ein: »Setzt euch wenigstens in eine dunkle Ecke. Nicht gerade unter die Lampions.«

10.

Lene sah dem Wagen nach. Er hielt vor der Wirtschaft, aber nur Lindemann stieg aus und ging hinein. Sie machte ein paar Schritte zu ihrem Haus; in der Küche brannte Licht, die Mutter war noch auf. Sie stellte sich in dem Vorgärtchen hinter einen Strauch. Von dort hatte sie den Wagen, in dem Betty noch sitzen mußte, im Blick. Es hatte angefangen zu regnen. War dies der Grund, daß Betty nicht ausgestiegen war?

Lindemann kam bald aus der Wirtschaft heraus und reichte ein längliches Paket, in dem wohl eine Flasche eingepackt war, in den Wagen hinein, bevor er einstieg. Dann brauste das Auto donnernd davon. Gleich darauf war es in der Parallelstraße zu hören. Wohin fuhren die? Dem Geräusch nach stadteinwärts. Also zu Betty. Bei dem Regen, so dünn er auch noch war, würden sie gewiß nicht in den Stadtwald fahren, zumal sich plötzlich ein Wind erhob, der ein Gewitter ankündigen mochte. Sie sah auf die Uhr. Die Trambahn fuhr noch, wenn auch in großen Abständen.

Eine halbe Stunde später stand sie gegenüber dem Mietshaus, in dem Betty wohnte. Sie erinnerte sich, daß das Zimmer ein großes Eckfenster hatte. Die ganze Etage lag im Dunkeln. Auch bei Betty war kein Licht. Kein Irrtum. Ihr Fenster war offen, der Vorhang flatterte im Wind. Dort waren sie wohl nicht.
Dennoch suchte sie Lindemanns Wagen. Auch in den nahen Seitenstraßen stand er nicht. Wo konnten die beiden sein? Nicht irgendwo im Freien. Der Regen war zu heftig geworden und spritzte sprühend vom Asphalt auf. Wenn die in den Stadtwald gefahren waren, mußten sie zurückkommen.
Von einer Telefonzelle aus rief sie bei Lindemann an. Seine Frau antwortete. In der Wohnung schien Besuch zu sein, Männer- und Frauenstimmen waren zu hören. Als sie sich entschuldigte, sie sei falsch verbunden, schimpfte die Frau über die Störung und legte brüsk auf.
Sie kehrte vor das Haus zurück. Von den dann und wann vorbeihastenden Fußgängern hob selten einer den Schirm, und selbst dann schauten die Männer nur kurz zu ihr hin, sprachen sie aber nicht an. Nur die wenigen vorbeikommenden Taxis, die durch das kleinbürgerliche Viertel leer zu ihren Haltestellen zurückfuhren, hielten fast alle neben ihr an. Daß kein Fahrer zudringlich wurde und ihr anbot, sie gratis heimzufahren! Das hatte sie doch oft genug erlebt, wenn sie nach einer Versammlung allein auf eine Spät-Tram wartete. Sah sie schon so häßlich aus? Nasses Haar gab ihrem schmalen Gesicht sofort ein hageres Aussehen. Einmal war sie auf dem Weg zum Geschäft von einem Platzregen überrascht worden. Da hatte die Chefin sie vor den Spiegel geschickt, ob sie, so wie sie sei, vor die Kundschaft treten wolle? Und wie naß war ihr Kopf jetzt, wie naß waren ihre Kleider? Wie lange wartete sie schon hier im Regen?
Bettys Fenster stand noch immer offen. Der mittlerweile durchweichte Vorhang klatschte, ein kläglicher Lappen geworden, bei jedem Windstoß gegen den Fensterrahmen.
Wo waren die beiden, wo lagen sie sich in den Armen? In einem Absteigehotel? Wie viele Wochen war Karl mit ihr nur ins Kino gegangen, bevor sie eines Sonntags zusammen im Wald lagen, und wie schnell hatte Lindemann sich die Neuburger ins Bett geholt, diese scheinheilige Pute! Das Jesusbild zum Andenken an die Erste Heilige Kommunion im Zimmer! Was für ein Bild hing wohl über dem Bett, in dem die sich mit Lindemann wälzte. Daß der so große Chancen bei den Weibern hatte, war kein

Wunder. In der ganzen Firma gab es keinen Mann, der so ideal gebaut war wie er. Gedrungener Körper, breite Schultern, überhaupt alles stämmig und füllig, und das sonnengebräunte Gesicht, mit dem er oft montags aus den Bergen zurückkam, und dann diese sinnlichen Lippen.
Ob die Neuburger sich ihn schon gleich, als sie an der Volkshalle standen, nackt vorgestellt hatte? Das war es ja mit dem, sah man ihn, stellte man sich ihn immer gleich nackt vor. Mit Karl war das ganz anders gewesen, der war freundlich und lustig, aber sie hatte ihn sich nie nackt vorgestellt. Und selbst dann, wenn sie allein im Bett lag und an Männer dachte, stand Karl ihr nie vor Augen. Aber Lindemann, der war fast immer unter denen. Und den hatte sie sich von der Neuburger ausspannen lassen!
Was würde sie mit der anfangen, wenn die jetzt aus dem Auto stieg? An die Kehle ginge sie der. Aber was würde sie der sagen können? Hatte sie selber nicht erst vor wenigen Stunden, dort oben in dem Zimmer, von ihrer Liebschaft mit Karl erzählt und dann, später vor der Volkshalle, so unüberlegt die Neuburger annehmen lassen, sie habe etwas mit Lindemann! Was wollte sie überhaupt vorbringen? Die Neuburger konnte sie doch auslachen, wenn sie der Moral predigte. Und giftig wie die sein konnte, würde die ihr gewiß voll Hohn entgegenhalten, wo die Roten gegen die Religion seien, müsse es einer Kommunistin doch gleichgültig sein, wie schnell und mit welchem Mann ein Mädchen ins Bett gehe. Und nichts, gar nichts anderes würde die Neuburger ihr am Schluß ins Gesicht sagen als das: ›Du bist nur eifersüchtig, gib es zu.‹ Was hätte sie zu entgegnen? Und sollte Lindemann, der bei dem Wetter die Neuburger gewiß nach Hause bringen würde, Zeuge ihrer Eifersucht sein? Sie hatte ihn zu oft abblitzen lassen, wie lächerlich würde sie wirken.
Mit dem nächsten Taxi, das hielte, führe sie nach Hause.

Sie sei von oben bis unten naß, er könne sie nicht hinten im Fond Platz nehmen lassen, erklärte der Fahrer, er nehme sie nur auf dem Vordersitz mit.
Auf wen sie denn im Regen gewartet habe und, dem Zustand ihrer Haare und Kleider nach, so lange, ob sie wisse, wie spät es sei, fragte der Mann, sobald sie fuhren. Und schon legte er ihr die Hand aufs Knie.
»Vertun Sie sich mal nicht«, sagte sie.
Bis draußen zur Wohnkolonie der Spinnerei sei es weit, über die

Stadtgrenze hinaus, versetzte er, ob sie das Geld für die Fahrt habe, er müsse es sehen.

Sie hatte nicht genug bei sich. Da ließ sie an einer Telefonzelle, an der sie vorbeikamen, halten, zahlte die kurze Fahrt und rief einen Genossen an, der nachts in einer Garage Wagen wusch. Mit dem hatte sie während der Pause in der Volkshalle gesprochen.

Er mache zu und komme sofort mit einem Wagen, sagte er und hielt Wort.

Als er aber sah wie durchnäßt sie war, bekam er Bedenken. Der Wagen, den er sich ausgeliehen hatte, war einer der besten, der in der Garage untergestellt wurde. Schließlich zog er seine Jacke aus, legte sie auf den Beifahrersitz und bat sie, die Rückenlehne nicht zu berühren.

Eine Viertelstunde später ließ sie ihn in der Nähe ihres Hauses halten.

Sie wolle wohl nicht, daß ihre Eltern den Wagen hörten, sagte er anzüglich, er kenne sie ja nicht wieder. Warum sie so finster und wortkarg sei. Vor ein paar Stunden sei sie in der Volkshalle noch so keß gewesen. Sie leide wohl an einem gewissen Kummer, sie sehe so trostbedürftig aus, er kenne das, auch er habe den gewissen Kummer und sei trostbedürftig. Ob es nicht gescheiter sei, den Kummer zu ersticken, gegenseitige Tröstung sei das beste Mittel.

Den Trost solle er anderswo suchen, die Männer wollten alle doch dasselbe, sagte sie. Sie stieg aus ohne sich zu bedanken.

Was für ein Abend war das gewesen.

11.

Als Lene am nächsten Morgen die Treppe hinunterging, blieb sie plötzlich stehen. So früh Besuch in der Küche? Das war nicht ihr Vater, den sie dort mit der Mutter sprechen hörte. Vor wenigen Minuten hatte sie ihn aus dem Hause gehen sehen und sich darüber gewundert. Gewöhnlich legte er sich schlafen, wenn er von der Nachtschicht nach Hause gekommen war und seinen Kaffee getrunken hatte. Sie lauschte hinter der Tür. Das konnte nur Franz sein. Wie immer unangemeldet hereingeschneit! Deshalb war der Vater ausgegangen. Von der Mutter zum Einkaufen fortgeschickt. Wurst und Käse, wie üblich, für das erste Urlaubsfrühstück des Lieblings.

Daß Franz ausgerechnet heute zurückkommen muß. Wenn sie jetzt in die Küche eintritt, wird er sie sofort mit den Fragen löchern, die er jedesmal stellt, wenn er kommt: Was es Neues in der Partei gibt, wie die letzten Versammlungen verlaufen sind. Immer will er Einzelheiten wissen, wer, wie, wann, wo. In der Partei gebe es nur wichtige Vorfälle, keiner sei nebensächlich. Sie hat heute morgen ganz andere Gedanken im Kopf.

Sie bleibt hinter der Tür. Ehe sie Franz begrüßt, muß sie wissen, ob die Mutter sich bei ihm über sie beklagt.

Zu einem so heftigen Streit wie letzte Nacht war es ja noch nie gekommen, wenn sie beim Versuch unbemerkt ins Haus zu gelangen, erwischt worden war. So böse Worte hatte die Mutter ihr früher nie gesagt, auch noch nie das Licht am Hauptschalter abgestellt und im Dunkeln auf der Treppe gesessen und ihr den Weg zur Mansarde versperrt. Zuerst das Gejammer wegen der nassen Kleider, dann das Verhör, wo sie bei dem Wetter gewesen sei, in welcher Gesellschaft, und plötzlich, die Ohrfeige wegen ihres Schweigens und schließlich die haßerfüllte Ankündigung, bei den nächsten Wahlen ließe sie sich nicht mehr bevormunden und werfe nicht noch einmal einen von ihrer sittenlosen Tochter zu Hause angekreuzten Stimmzettel in die Urne, sie gebe wieder, wie früher, den Christlichen ihre Stimme, selbst wenn Franz sich auf den Kopf stelle, der wisse ja gar nicht, wie verdorben seine Schwester sei.

Lene schaut auf die Uhr. Lange kann sie nicht hinter der Tür bleiben, sie muß bald ins Geschäft. Aber je später sie in der Küche erscheint, um so natürlicher wird Franz es finden, daß sie sich mit dem Frühstück beeilen und sich auf den Weg zur Tram machen muß.

Sie lauscht. Wie geduldig Franz sich ausfragen läßt. Alles will die Mutter wissen: wie die Unterkunft da oben im Gebirge war in der Baracke für die Monteure, wie das Essen, wie die Ingenieure waren, wie die Kollegen und ob er auch immer ihrem Rat gefolgt sei und die Strümpfe selber gewaschen habe. Selbst technische Einzelheiten über das Wasserwerk, über die Höhe der Staumauer will sie wissen. Keine Frage bleibt Franz erspart und er antwortet auf jede, als mache es ihm Spaß.

Als sie schließlich nicht mehr länger vor der Tür der Küche warten kann und eintritt, sitzt Franz mit der Mutter am Tisch. Es war für vier gedeckt.

»Siehst du aber schlecht aus«, ruft er ihr entgegen, »was ist los mit dir?«
»Sie geht immer zu spät ins Bett«, wirft die Mutter hin ohne sie anzublicken. »Dein Kaffee ist fertig. Die kleine Kanne. Franz trinkt mit Vater und mir, du mußt ja fort. Wir wollen es mal gemütlich haben.«
»Wir sehen uns heute abend«, sagt Franz.
Offenbar hat die Mutter nicht gegen sie gehetzt, oder aber keinen Erfolg damit gehabt. Sie setzt sich Franz gegenüber an den Tisch. Er schiebt ihr Brot und Butter zu und holt ihr die Kaffeekanne vom Herd. Er zwinkert ihr dabei zu. Auch das war ein Zeichen, daß er nichts weiß von dem Krach mit der Mutter. Hätte er sich sonst so belustigt daran erinnert, wie oft sie morgens Streit mit der Mutter hat, weil die eigensinnige Frau, aus Sorge, der Kaffee werde kalt, nicht zu bewegen ist, die Kanne auf den Tisch zu stellen und jeden, der sich einschenken will, zwingt, aufzustehen und die Kanne vom Herd zu holen und dorthin zurückzustellen.
»Bist du nur auf Urlaub oder ist deine Arbeit an dem Wasserwerk beendet?« fragt sie.
»Beides. Hier ist aber jemand gar nicht froh darüber, daß ich schon heute hier bin.« Die Mutter sei beunruhigt wegen des Pakets. Es wäre ihr lieber gewesen, wenn er dessen Eintreffen oben im Gebirge abgewartet hätte. Sie fürchte, die Kameraden, die noch am Stauwerk arbeiten, könnten sich die Hemden aneignen, die im Paket sind und am 1. Mai den beigelegten Kuchen essen.
»Zieh die Mutter nicht schon so früh am Morgen auf«, sagt sie. Hat Franz vergessen, wie humorlos die Frau ist, und sieht er nicht, wie sie schon das Gesicht verzerrt?
»Nun lach doch, Mutter«, sagt Franz, »sonst rede ich dich den ganzen Tag mit ›Frau Kempt‹ an. Meinst du, ich sähe nicht, wie froh du bist, daß ich schon heute morgen hier bin. Nur die Lene freut sich nicht so recht. Was ist nur los mit deiner Tochter? Und gegessen hat sie auch so gut wie nichts.«
Sie habe Ärger im Geschäft. Daran denke sie schon jetzt. Sie müßte ja eigentlich schon unterwegs sein, antwortet Lene und nimmt ihre Handtasche.
Erst als sie in die Tram einsteigt, merkt sie, daß sie ihr Zehn-Uhr-Brot vergessen hat.

12.

Sie rief das Lehrmädchen an ihr Schreibpult: »Schicken Sie mir Fräulein Kempt hierher, sofort«, und als diese vor ihr stand, fragte sie streng: »Fräulein Kempt, zweimal innerhalb einer Viertelstunde habe ich Sie heute morgen drüben auf Schuhwaren schwätzen sehen. Zweimal, das genügt. Sie fahren jetzt hinauf aufs Lager und helfen dort Ihren Kolleginnen beim Auszeichnen der letzten Eingänge.«
»Und wer bleibt auf der Abteilung, Fräulein Bertram?«
»Ich. Wenn ich Hilfe brauche, rufe ich oben an. Aber vor zehn Uhr kommt keine Kundschaft. Fräulein Neuburger fehlt. Ist sie krank?«
»Woher soll ich das wissen?«
»Nicht gleich so ruppig, Fräulein Kempt. So antwortet man seiner Chefin nicht. Ich frage Sie, weil Ihre neue Kollegin sich Ihnen angeschlossen hat.«
»Ich kann mich nur immer wieder darüber wundern, wie gut hier der Klatsch arbeitet . . . oder die Hauspolizei.«
»Beide. Denken Sie mal an. Gestern waren Sie mittags mit Fräulein Neuburger in der Parkkonditorei und gestern abend in der Volkshalle. Dort haben Sie Flugblätter verteilt. Sie sind ja aktives Mitglied der Kommunistischen Partei. Wie Ihre ganze Familie, nehme ich an.«
»Ist das verboten?« fragte Lene scharf zurück.
»Nein. Leider.«
»Was liegt außerdem noch gegen mich vor?«
»Für eine Verkäuferin auf Damenkonfektion sehen Sie miserabel aus heute morgen, so, als hätten Sie die ganze Nacht geheult.«
»Die Freude darüber gönne ich Ihnen, Fräulein Bertram. Wollen Sie wissen, warum ich Ihnen die gönne?« versetzte Lene. »Sie können mich nicht leiden, aber Sie zeigen es wenigstens ganz offen.«
»Dann zeigen Sie sich erkenntlich dafür, daß ich Ihnen diesen Vorteil biete und sagen Sie mir: Was hatten Sie eben auf Schuhwaren zu suchen?«
»Ich brauche neue Schuhe.«
»Heute ist kein Einkaufstag fürs Personal. Also fahren Sie jetzt aufs Lager. Ende.«
Gleich darauf sah sie Lene mit dem Lehrmädchen flüstern. Als

sie noch einmal hinüberblickte war Lene nicht mehr in der Abteilung.
Sie telefonierte ins Erdgeschoß und ließ ihre Freundin, die erste Aufsicht, Fräulein Meinert, an den Apparat bitten. Um ein Haar hätte sie sich dabei versprochen und diese mit ihrem Spitznamen, das Reff, bezeichnet. Ob sie wisse, wer Lindemanns derzeitige Pompadour sei, fragte sie das Reff.
Das Reff wußte es nicht.
»Dann verrate ich es Ihnen, Fräulein Meinert, es ist eine von meinen Damen, die Kempt, die rote Kempt, ja, diese. Sie stieg gestern nach Geschäftsschluß, nicht weit vom Hause, in Lindemanns Wagen. Im Auge behalten.«
Sie mußte einhängen. Das Lehrmädchen war ans Pult getreten und meldete, Fräulein Neuburger sei gekommen. Sie erhob sich, ging auf die Neuburger zu und blickte sie, ohne zunächst ein Wort zu sagen, streng an. Deren Armsündermiene war etwas anderes als die freche Sicherheit der Kempt. »Nun?« sagte sie schließlich und verstummte wieder.
»Ich bin zu spät gekommen, entschuldigen Sie, Fräulein Bertram, ich fühle mich nicht wohl«, brachte Betty stockend hervor und senkte den Kopf.
Sie nahm das Gestammel mit eisiger Miene entgegen. Das Mädchen fühlt sich nicht wohl! Nun, sie muß es gelten lassen, wenn das arme Ding seinen Tag hat. Es gibt robuste und schwache Naturen. Die Begründung mochte wahr sein. Die Neuburger war erst seit vier Tagen eingestellt, in der ersten Woche kommt niemand ohne triftigen Grund zu spät. Auch schien ihre Verwirrung echt zu sein. »Nun gehen Sie an Ihre Arbeit, Fräulein Neuburger. Sie sind heute allein mit Marie auf der Abteilung. Also zeigen Sie, was Sie können.«
Der erste Kunde war ein Anfang-Zwanziger. Gehobener Arbeiter, so urteilte sie, ein Kunde, dem man aufhängt, was man will. Sie trat hinzu, als die Neuburger fragte: »Was wünscht der Herr?«
»Ein dunkles Kleid für eine Dame, fast fünfzig, schon graue Haare, und etwas Helles für eine junge Dame, zwanzig Jahre, blond, etwas schlanker als Sie, Fräulein, aber fast gleich groß. Und alles muß, wenn die Maße nicht passen, gratis abgeändert und, wenn die Sachen nicht gefallen, umgetauscht werden können.«
»Solche Kunden wie Sie möchte man immer haben«, sagte Betty

lächelnd. »Sie wissen, was Sie wollen. Nur sagen Sie mir bitte noch, was die beiden Sachen kosten dürfen. Ungefähr . . .«
Sie war sehr zufrieden. Die Neuburger, prächtig, prächtig und wie glaubhaft war ihre Liebenswürdigkeit. Aber daß sie selber sich in dem Kunden so getäuscht hatte! Nun, sie war gespannt, wie die Neuburger sich weiter anstellen würde.
Sie ging aber nicht mit an die Kleiderständer und beobachtete den Verkauf von dem Ladentisch her, der den Bereich ihres Schreibpults vom Kundenraum abgrenzte. Sollte sie mit der Neuburger endlich wieder einmal eine in jeder Beziehung erstrangige Verkäuferin gefunden haben? Die hatte in einem der vornehmsten Spezialhäuser am Platz gelernt und nach der Lehrzeit dort gearbeitet. Diesen Umstand und den, daß die Abteilung eine etwas Ältere brauchte, hatte sie bei ihrem Protest geltend gemacht, als das Personalbüro die Neuburger über ihren Kopf hinweg engagiert hatte. Nun, die konnte mit jeder Art Kundschaft umgehen. Was sie gesehen hatte, genügte. Es war eine wahre Freude. Wie herzlich, ja wie lieb war die Neuburger mit dem jungen Mann und daß der schon bald Wachs in deren Händen sein würde, dafür hatte sie ein Auge. Und als die Neuburger zu ihr kam und fragte, ob sie eines der von dem Kunden in Wahl genommenen Kleider anlegen und diesem vorführen dürfe, gab sie mit Vergnügen ihr Einverständnis. Doch als die Neuburger bald darauf noch einmal kam, nun aber in der Gesellschaft des jungen Mannes, und ihr sagte, der Herr habe eine Bitte an sie, die Rayonchefin, und als die Bitte keine andere war als die, sie möge das schwarze Kleid, das er für seine Mutter nehmen wolle, anziehen, damit er es an einer Person sehe, die ungefähr das Alter seiner Mutter habe, da sagte sie: »Mein Herr, ich mache keinen Hehl aus meinem Alter, aber eigentlich sollten Sie wissen, daß man zu Damen nie von ihrem Alter spricht.«
»Ist der Kunde hier König, oder ist er es nicht?« fragte er.
»Könige sind höflich«, gab sie zurück.
»Es gibt keine mehr. Die Monarchie ist abgeschafft. Wir haben die Republik. Aber nach den Prinzipien, die der republikanische Kapitalismus verkündet, bin ich als Kunde dieses Warenhauses in diesem Augenblick hier der König, und meine Wünsche müßten Ihnen Befehl sein.«
Sie hatte es längst gesehen: der junge Mann hatte schwielige Hände. Aber war der ein Arbeiter? »Wenn Sie das Wort Befehl

zurücknehmen – und mit Ihrem Lächeln haben Sie das jetzt schon getan – will ich Ihren Wunsch erfüllen und mache das Mannequin«, sagte sie.
Die Neuburger sollte sehen, was eine Chefin ist. Sie ließ sich das schwarze Tuchkleid zeigen, das er gewählt hatte, zog es in einer Kabine an und ging dann vor ihm ein paar Schritte auf und ab.
Ohne lange zu fackeln entschloß er sich, es zu nehmen.
»Ich bin der Bruder von Lene Kempt«, sagte er und zog ein Päckchen aus der Seitentasche seiner Jacke. Seine Schwester habe ihr Zehn-Uhr-Brot zu Hause vergessen, ob man es ihr geben wolle. Eigentlich sei er nur in die Stadt gefahren, um ihr das Vesperbrot nachzubringen; da sie aber offenbar gerade abwesend sei, sei ihm die Idee gekommen, diese Kleider zu kaufen. Mit denen wolle er seine Mutter und seine Schwester überraschen. Ob er den gleichen Rabatt erhalten könne, der seiner Schwester zustehe, wenn sie die Sachen selber kaufte.
»An sich nicht.« Sie werde aber die Angelegenheit sofort telefonisch mit dem Personalbüro besprechen, Fräulein Neuburger müsse allerdings um die Erlaubnis einreichen, die Sachen auf den eigenen Namen, als für den persönlichen Gebrauch bestimmt, zu kaufen.
Um von seiner Schwester nicht gesehen zu werden, wollte er aber den Bescheid aus dem Büro nicht abwarten, gab Betty Neuburger das Geld, bat sie, die Sachen vor seiner Schwester zu verstecken und sie ihm abends nach Geschäftsschluß in das kleine Café gegenüber dem Personalausgang zu bringen, er werde dort warten, sie solle aber dafür sorgen, daß seine Schwester von allem nichts merke, die Kleider seien eine Überraschung für den 1. Mai.
»Der ist Kommunist«, sagte sie zu Betty, nachdem er gegangen war, »aber nicht unsympathisch.«
Als sie ein paar Minuten später Marie mit den Kleidern und dem Kassenschein zum Personalbüro hinaufschicken wollte, um dort alles abzeichnen zu lassen, damit der Portier Betty mit dem Paket abends hinausließe, vermißte sie Marie und entdeckte sie an der Schuhabteilung. Sie ließ sie durch Betty holen und nahm sie streng ins Gebet. Marie gestand ihr schließlich, Fräulein Kempt habe sie beauftragt, sich auf Schuhwaren unauffällig zu erkundigen, ob Herr Lindemann verreist oder krank sei.
»Unauffällig? Was soll ich darunter verstehen?«
Fräulein Kempt habe ihr ausdrücklich gesagt, sie solle die Frage

nach Herrn Lindemann in ein Gespräch über anderes einflechten und so tun, als falle ihr plötzlich Herrn Lindemanns Abwesenheit auf. Wenn sie jetzt Fräulein Kempt nicht Bescheid sage, werde die böse werden, die sei ohnedies sehr aufgeregt darüber gewesen, daß Fräulein Neuburger um halb zehn noch immer nicht gekommen war.

»Wie, Sie sollen zu Fräulein Kempt ins Lager hinauffahren und ihr sagen, warum Herr Lindemann heute morgen nicht da ist?«

»Nicht hinauffahren, hinauftelefonieren«, sagte Marie, »Herr Lindemann kommt ja, aber erst heute nachmittag. Er hat eine Autopanne gehabt.«

»Dann fahren Sie mal lieber hinauf und sagen Sie es ihr. Ich hätte Sie ohnedies geschickt. Hier, nehmen Sie die Schachtel Etiketten und übergeben Sie die Fräulein Meyer.«

Sobald Marie in den Aufzug gestiegen war, läutete sie die Zentrale an: »Schicken Sie mir Fräulein Meyer, meine erste Verkäuferin, an den Apparat der Telefonzelle des fünften Stocks. Sie erreichen sie im Reservelager der Damenkonfektion.«

In wenigen Augenblicken hatte sie Fräulein Meyer an der Leitung: »Beobachten Sie mir genau, wie die Kempt reagiert, wenn Marie, die unterwegs zu euch ist, ins Lager kommt. Berichten können Sie mir, wenn ihr oben fertig seid.«

Die Meyer sagte ihr, sie seien in wenigen Minuten fertig mit dem Etikettieren.

Da entschloß sie sich, hinaufzufahren. Die Waren mußten nun in dem weiten Lager katalogisiert und so gehängt werden, daß man zu Stoßzeiten jedes Stück, wenn es in den Schränken der Abteilung fehlte, schnell finden konnte.

Sie versprach Betty, ihr mindestens eine Kollegin sofort hinunterzuschicken, damit sie nicht allein in der Abteilung sei, die ersten Kunden mußten sich ja bald einstellen.

»Bitte schicken Sie mir aber nicht Fräulein Kempt«, sagte Betty, »die Einkäufe ihres Bruders liegen noch hier. Marie hat sie nicht ins Büro hinaufgetragen.«

Als sie im fünften Stock aus dem Aufzug stieg, wartete dort die Meyer auf sie. Die Kempt habe vorhin das Lehrmädchen, sobald es in der Tür des Lagers erschienen war, aufgeregt beiseite genommen, dann seien beide auf den Flur hinaus und schließlich auf die Etagentoilette gegangen. Von dort sei das Lehrmädchen nicht gerade rasch ins Lager zurückgekommen, habe erklärt, sie könne nicht sofort an die Abteilung zurückkehren, sie müsse auf die Kempt warten, der sei es nicht gut. »Ich bin der Sache nachgegangen«, schloß die Meyer, »habe leise die Tür zu dem Vorraum der Toilette aufgemacht und habe aus der einzigen Kabine, die besetzt war, jemanden schluchzen gehört. Das kann nur die Kempt gewesen sein.«

Daß die Mädchen immer die Klodeckel zu ihrem Seufzerbänkchen machten! Aber wo sollten sie auch hingehen, um allein zu sein. »Liebeskummer, Fräulein Meyer«, sagte sie.

»Es fragt sich nur, um wen?«

»So genau wollen wir es nicht wissen, Fräulein Meyer, nicht wahr? Ich bin froh, daß es nicht etwas anderes ist.«

Sie übersah mit Fleiß das böse Aufblitzen in den Augen der Meyer, der sie anmerkte, wie gern diese etwas Abfälliges über die Kempt gesagt hätte, und schickte sie, gegen ihre ursprüngliche Absicht, in die Abteilung hinunter, die Neue sei dort allein.

Die Kempt hatte also etwas mit Lindemann. Ihr sollte es recht sein. Ihr Kollege von Schuhwaren würde der die roten Flausen austreiben. Vielleicht hatte er schon damit begonnen, und der Grund des Kummers der Kempt war dort zu suchen.

Im Lager hielt sie Marie zurück, als diese bei ihrem Eintritt hinunter in die Abteilung zurückkehren wollte. »Helfen Sie hier oben, beim Einordnen der Doubletten, dabei können Sie etwas lernen.«

13.

Seitdem sie den Kassenzettel und den Personalbon für den Kauf Franz Kempts auf ihren Namen ausgeschrieben hatte, fragte sich Betty, ob dieser Dienst, den sie Lenes sympathischem Bruder geleistet hatte, ihr bei dieser das geringste nutzen würde. Meine Gnadenfrist läuft ab, sobald die da oben am Lager fertig sind, sagte sie sich. Dann kommt Lene herunter und wird vorschlagen, die Mittagspause zusammen zu verbringen und dann . . . dann wird es heißen: ›Du hast mir den Lindemann weggeschnappt.‹

Die giftigen Blicke, mit denen ihr Lene gestern abend zugesetzt hatte, die Weigerung, in die Gartenwirtschaft mitzukommen,

das alles waren sichere Anzeichen dafür, daß Lene ihr eine Szene machen würde.
Max hatte ihr die bösen Ahnungen nachts im Hotel ausreden wollen, aber auf der Rückfahrt in die Stadt hatte sie in der Bahn an nichts anderes denken können, als an die Wut, die Lene gegen sie ja haben mußte. ›Auf mich hat sie die, die Wut, aber dir, was will sie dir vorwerfen!‹ so hatte Max gesagt, ›Wer Vorwürfe erheben darf, das bist du. Sie hat dich glauben machen wollen, ich hätte etwas mit ihr. Und dann hat sie dir die Geschichte von ihrem roten Techniker erzählt. Der war übrigens nichts als ein kleiner Fahrstuhlführer und von der großen Rolle, die er in der Politik gespielt haben soll, stand nie etwas in der Zeitung.‹ Max hat gut reden, hatte sie sich unterwegs gesagt, er wird ja nicht dabei sein, wenn Lene ihr eine Szene macht.
Wenn sie nur wüßte, warum das Lehrmädchen sich an die Schuhabteilung fortgeschlichen hat und warum die Chefin es durch sie hat holen lassen, dann so leise mit ihm gesprochen und es gleich darauf zu Lene hinaufgeschickt hat. Wenn sie wenigstens jetzt ein paar Worte mit Max sprechen könnte, aber sie haben es ja ausgemacht, daß er erst nachmittags ins Geschäft kommt. Das war klug. So war ihr Zuspätkommen heute morgen weniger aufgefallen, als wenn sie beide in kurzen Abständen im Geschäft erschienen wären. Und Max hatte ausschlafen können.

Der Meyer sagte sie, als diese herunterkam, sie sei froh, nicht länger allein in der Abteilung zu sein. Sie habe eine Kundin gehabt und sich, solange sie diese bediente, gefragt, was sie machen solle, wenn noch andere Kunden kämen . . .
Die Meyer unterbrach sie: »Was ist eigentlich mit Fräulein Kempt los?«
»Ich bin mehr als eine Stunde zu spät gekommen und habe Lene Kempt überhaupt noch nicht gesehen.«
»Lassen Sie mich als die Erste Verkäuferin der Abteilung und als ältere Kollegin Sie warnen«, sagte die Meyer, »Fräulein Kempt hat versucht, hier eine Rote Zelle aufzubauen. Herr Direktor Grisar sieht das nicht gern, weil die Generaldirektion in der Zentrale das nicht gern sieht. Dort hat die Sache Stunk gemacht. Seien Sie vorsichtig. Sie ist eine Agitatorin. Heute muß wieder etwas in Gang sein wegen ihr. Was, weiß ich nicht. Fräulein Kempt hat sich nämlich oben in den Toiletten eingeschlossen

und heult. Sie war schon den ganzen Morgen ungenießbar. Und als die Chefin das Lehrmädchen ins Lager geschickt hat, ist die Kempt mit dem auf den Flur gegangen und dann hat die Heulerei angefangen. Sehen Sie da einen Zusammenhang? Hier unten muß doch etwas gewesen sein? War Herr Grisar an der Abteilung?«
Die Chefin habe sie einmal dem Lehrmädchen auf Schuhwaren nachgeschickt, um es in die Abteilung zurückzuholen, sagte Betty, mehr wisse sie nicht . . .
Eine Kundin erschien. »Übernehmen Sie die Dame«, sagte die Meyer und ging sofort zur Schuhabteilung hinüber.
Dort stand die Meyer noch immer bei ihrer ranggleichen Kollegin, Lindemanns Erster Verkäuferin, als sie den Kassenzettel für die Kundin ausgeschrieben hatte und diese zur Kassiererin begleitete, um Porto und Versicherung für den Versand des verkauften Kinderkleides ausrechnen zu lassen.
Sie hatte sich soeben von der Kundin verabschiedet, da sah sie Lene aus dem Aufzug kommen, einen Augenblick zu ihr hinüberschauen, auf die Abteilung gehen und dort am ersten Ladentisch sich umdrehen und ihr entgegenstarren.
Sie wollte unbefangen erscheinen und freundlich auf Lene zutreten, aber Lene ließ es nicht einmal zur Begrüßung kommen.
»Betty«, fing sie in schneidendem Ton an, »was nimmst du dir eigentlich heraus. Erst den vierten Tag hier und schon erscheinst du morgens zu spät zum Dienst, direkt aus der Absteige angeschlatzt. ›Mir ist nicht wohl‹, wehklagst du bei der Chefin, damit die glaubt, du hättest deinen Tag. Deine Nacht war es aber, die dich schlapp gemacht hat und der Kerl, der dich geschwächt hat, der hat bestimmt keine Autopanne, das soll der anderen erzählen. Der pennt sich aus, vielleicht mit einer anderen . . .«
»Lene, sei still, drüben steht die Meyer.«
»Was ich sage, kann jeder hören. Weißt du, was du bist: ein richtiger Bettvorleger, jedes Hosenbein macht dich verrückt. Aber hier, hier spielt sich das auf, das verlogene Stück, spioniert meinem Lehrmädchen nach, verpetzt es bei der Chefin und führt es der wie eine Diebin vor, weil es die Firma um fünf Minuten der Arbeitszeit gebracht hat, die es hier auf der Konfektion hätte abschuften sollen, Diebin! Selber Diebin, ja, das bist du.«
»Lene, um Gottes Willen, was sagst du da . . .«
»Hast du gestern geklaut, ja oder nein . . .?«

»Die zwei Pralinen mir vorzuhalten, was bist du gemein!«
»Gemein, ich? Und was bist du, du Knutschhase, eine ganz erbärmliche Kreatur, das bist du. Jedes Wort ist zu schade für dich. Da . . .«
Ehe sie sich wehren konnte, spürte sie eine Ohrfeige im Gesicht. Dann ging alles blitzschnell vor sich. Ein Griff und sie hatte Lene an den Haaren gepackt. Lene wiederum biß ihr in den Arm. Als sie zurückschlagen wollte, hatte die herbeigeeilte Erste Verkäuferin von der Putzabteilung sie und Lene getrennt. Die Meyer kam erst, als alles vorbei war.
Zehn Minuten später wurden sie beide in das Privatkontor gerufen, zu Direktor Grisar.

14.

Im fünften Stock befinden sich, abgesehen von den Reservelagern der großen Abteilungen, die Buchhaltung, die Werbung, die Kalkulation, das mehrere Räume umfassende Privatkontor des Direktors Grisar und das erst vor kurzem eingerichtete kleine Büro des Vizedirektors Florian Blum. Mit dessen Stellung ist, neben anderem, auch das Privileg eines eigenen Rufzeichens verbunden, mit dem er im ganzen Haus an das Telefon jeder Etage gerufen werden kann.
›Blum, knapp vierzig, der erst kürzlich zum Vizedirektor ernannt wurde und derzeit den erkrankten Personalchef vertritt, leitet nach wie vor als Rayonchef die große Abteilung Gardinen, Teppiche, Linoleum, Betten und Dekorationsstoffe. Die Direktion schätzt den Blum, er hat den Umsatz seiner Abteilung in weniger als einem Jahr fast verdoppelt; das Personal haßt ihn, er steckt seine Nase in alle Ecken und ist ein Muster an Taktlosigkeit. Freundlich, zu freundlich ist er nur mit sehr jungen Verkäuferinnen, aber denen ist er zu aufdringlich. Man munkelt auch, er sei falsch und intrigiere gegen die anderen Abteilungsleiter, wobei es ihm auf eine Lüge mehr oder weniger nicht ankomme. Geschwätz dieser Art ist allerdings während der Vesperpausen in der Kantine gang und gäbe.‹ So stand es in einem für die Kommunistische Partei verfaßten Bericht, der in Grisars Schublade lag. Sein Hausspitzel hatte das Dokument in der Garderobe aus dem Mantel eines Angestellten entwendet, abgeschrieben und wieder in den Mantel zurückgesteckt.

Eine halbe Stunde nach dem Zwischenfall auf Damenkonfektion tönt das Rufzeichen für Blum durch das Haus. Er schäkert gerade auf Parfümerie über den Ladentisch hinweg mit einem Lehrmädchen, das sich allein auf der Abteilung befindet. Sofort eilt er an das nächste Haustelefon. »Herr Blum, Sie sollen zu Herrn Grisar kommen«, ruft das Fräulein von der Zentrale. Wütend hängt er den Hörer ein, nicht weil der Direktor nach ihm verlangt, es ist der Ton der Telefonistin, der ihn verletzt. Man will ihn nicht anerkennen, oh, er weiß Bescheid. Die Hetze geht von seinen Kollegen, den Abteilungsleitern aus: Neid, Neid und nochmals Neid, denkt er, während er zum fünften Stock hinauffährt. Sie gönnen ihm den Vorrang nicht und behandeln ihn in Gegenwart der Verkäuferinnen absichtlich wie einen dummen Jungen. Keine Spur von Respekt und Achtung. Der Rayonchef von Schuhwaren ist der Schlimmste. Hat der ihm nicht kürzlich, im Beisein von zwei Abteilungsleitern, erklärt: »Blum, Sie sind ein richtiger Kaffer geworden, seitdem man Sie zu unserem Unteroffizier gemacht hat. Ihr Gesicht hat sich geradezu verändert!« Er hat sich gemerkt, was Lindemann gesagt hat.
Ehe er die Tür zu Grisars Vorzimmer, wo er nicht anklopfen muß, öffnet, zieht er seine Jacke zurecht. Dann tritt er ein und läßt sich melden.

Grisar sitzt vor seinem Schreibtisch, das Gesicht der Tür und damit jedem Eintretenden zugewandt. Die Person, die vor ihm steht, dreht sich um, als Blum eintritt. Es ist Fräulein Lemmel, die Erste Verkäuferin der Putzabteilung, ein altes Fräulein, das schon seine Lehrzeit im Haus gemacht hat. Ohne ihn zum Sitzen aufzufordern, faßt Grisar in Gegenwart der Lemmel für Blum kurz zusammen, was diese ihm soeben ausführlich berichtet hat. »Die Frage ist nun die«, erklärt er, nachdem die Lemmel wieder weggeschickt wurde, »aus welchem Anlaß ist dieser Streit entstanden. Das müssen wir herausbekommen . . .«
Blum fällt ihm ins Wort: »Wenn Pralinen gestohlen worden sind, dann auch andere Waren. Ich will nicht Blum heißen, wenn es nicht so ist . . .«
Grisar unterbricht ihn mit unverhohlener Schärfe: »Herr Blum, langsam bitte. Wir wollen die Geschichte in aller Ruhe untersuchen, es soll niemandem Unrecht getan werden.«
»Da sei Gott vor«, sagt Blum, »wenn bei dem Streit der beiden Verkäuferinnen von gestohlenen Pralinen die Rede war, lassen

wir am besten gleich den Chef von Süßwaren kommen. Diebstähle auf seiner Abteilung muß er doch bemerkt haben.«
»Wenn es große gewesen wären. Und dann hätte er sie gemeldet, Herr Blum, und ich wüßte davon. Die täglichen, kleinen Diebstähle an dieser Abteilung werden von den Verkäuferinnen vertuscht. Darüber haben Sie hoffentlich keine Illusionen. Sie gehen doch sonst mit dem Mißtrauen eher zu weit, für mein Empfinden, warum nicht hier?« Daß Blum selbst diese Bemerkung lächelnd einsteckt! Der hat ein dickes Fell aus seinem Dorf mitgebracht, sagt er sich und hängt ohne weitere Erklärung den Hörer aus: »Zentrale, Fräulein Neuburger sofort zu mir. Haben Sie nicht? Wer das ist? Eine Neue auf Konfektion.«
»Die Damen am Telefon taugen nichts, meine ich«, bemerkt Blum, als Grisar einhängt, »die Namenslisten des Personals sollen doch täglich auf dem neuesten Stand gehalten werden.«
»Sie und kein anderer vertreten den Personalchef, Herr Blum. Der Vorwurf fällt auf Sie zurück, wenn der Telefonzentrale der Name der Neuen noch nicht gegeben worden ist«, sagt Grisar.
»Selbst wenn, die Prinzessinnen der Zentrale taugen nichts. Sie führen private Ferngespräche auf Kosten der Firma. Ich lasse das zur Zeit überwachen.«
Grisar läßt die Unterlippe hängen. Diese Bemerkung verstimmt ihn vollends. Nun erst recht wird er den Blum nicht auffordern, sich zu setzen. Der Mann ist ja tüchtig. Alle Anerkennung, manchen Mißstand hat er aufgedeckt. Aber allzu oft fehlt es ihm an Augenmaß. Kein gutes Haar läßt er an den Leuten, als ob er der einzige Tüchtige unter den Angestellten sei. Als Chef des kleinen Personals nicht tragbar. Überhaupt drängelt Blum sich zu weit vor. Seit einiger Zeit kommt er abends in die Kassenstelle der Buchhaltung und prüft die Losungen. Gut, als Vizedirektor interessiert er sich für die Einnahmen, aber irgend etwas paßt ihm nicht an diesem Eifer. Der Blum soll sich um die Ordnung in den Abteilungen kümmern, Rundgänge durch das Haus machen und ihn bei der Überwachung der Abteilungsleiter entlasten. Wer weiß, was für Gedanken so ein Mann im Kopf hat, wenn er überall herumschnüffelt. Hat er es denn nicht genau so gemacht? Hat er seinem Vorgänger nicht nach und nach alles abgehorcht, abgeguckt, hat er dem nicht langsam die Leitung des Hauses aus den Händen gespielt, bis schließlich zwei Herren da waren und einer weichen mußte . . .
Die Neuburger sei im Vorzimmer, wird ihm gemeldet. Gleich-

zeitig läutet das zweite Telefon. Das Personalbüro fragt an, ob man der Neuburger und der Kempt das volle Monatsgehalt auszahlen solle oder nur das, was bis zu diesem Tag fällig ist.
»Vorläufig ist nur die Kempt entlassen. Fristlos, also nur den fälligen Lohn«, erwidert Grisar, »über die andere ist noch nichts entschieden.«
»Die Kempt, das ist doch die Krakeelerin, die uns neulich die Gesundheitspolizei auf den Hals gehetzt hat«, bemerkt Blum. »Das trifft sich ja gut, einen größeren Gefallen als diesen Skandal zu veranstalten, konnte sie uns gar nicht tun.«
Grisar antwortet ihm nicht. Er drückt auf den roten Knopf, der draußen das Zeichen zum Eintritt gibt und legt eine Zeitung über das Bewerbungsschreiben der Neuburger, das er sich aus dem Personalbüro hat kommen lassen. Wie er es erwartet hatte, hält sie ein Taschentuch in der Hand. Es ist noch zu sehen, daß sie geweint hat.
»Treten Sie näher, Fräulein Neuburger«, sagt er. »Sie machen ja schöne Geschichten.«
»Ich doch nicht«, schon schluchzt sie. »Ich gewiß nicht, wenn die andere angefangen hat.«
»Nun fassen Sie sich zuerst einmal, Fräulein Neuburger, wir wollen die Sache in Ruhe hier besprechen. Erzählen Sie, wie das gekommen ist. Da, setzen Sie sich auf den Stuhl und wischen Sie sich die Augen aus und dann schildern Sie mir, wie es zu dem Streit gekommen ist.«
»Ich bin ja erst den vierten Tag hier«, beginnt sie. »Während der kurzen Zeit bin ich mit Fräulein Kempt gut ausgekommen. Von den Kolleginnen der Abteilung war sie am freundlichsten zu mir und hat mir alles gezeigt, und gesagt, was man als Neue wissen muß. Gestern abend ist sie sogar mit mir ausgegangen. Heute morgen habe ich sie nicht gesehen. Sie war schon oben im Lager, beim Auszeichnen von Kleidern, als ich kam.«
»Dann kamen Sie also zu spät«, wirft Blum hin.
»Herr Blum, bitte«, sagt Grisar streng und fragt Betty: »Und wann sahen Sie Fräulein Kempt?«
»Erst als sie vom Lager herunterkam. Sie beschuldigte mich, ich hätte Marie, eines unserer Lehrmädchen, bei unserer Chefin verpetzt, weil es sich auf der Schuhwarenabteilung aufgehalten hatte. Es war aber ganz anders gewesen. Sie ließ mich gar nicht zu Wort kommen und beschimpfte mich gleich mit so gemeinen Worten, daß man es gar nicht wiedergeben kann. Als sie mich ins

Gesicht schlug, ließ ich mir das nicht länger gefallen und ich habe mich gewehrt. Mehr kann ich Ihnen nicht sagen. Das Ganze ist mir noch jetzt unbegreiflich.«

»Es ist gut«, sagt Grisar, »vorläufig gehen Sie auf Ihre Abteilung. Lassen Sie sich dort aber von niemandem ausfragen. Sie haben bis jetzt nur in Spezialgeschäften gearbeitet, nicht wahr?«

»Da ist jede immer unschuldig«, bemerkte Blum, noch ehe sich die Tür hinter Betty geschlossen hat.

Grisar würdigt ihn keines Blickes und greift zum Telefon: »Fräulein Kempt zu mir!«

»Wo hat denn die Aufsicht gesteckt, als der Skandal war?« fragt Blum.

»Herr Blum«, versetzt Grisar, »die Aufsichtsdamen sind keine Hellseherinnen. Wenn diese eine Vision von dem Zwischenfall gehabt hätten, ehe er sich ereignete, hätten sie ihn verhindert.«

Grisar mustert Lene mit strengen Blicken, als sie eintritt, fordert sie aber auf, sich zu setzen.

»Fräulein Kempt«, beginnt er, »über die möglichen Folgen des Vorfalls, den Sie provoziert haben, sind Sie sich hoffentlich im Klaren. Ohne ersichtlichen Grund eine Kollegin zu ohrfeigen, zu beißen und sie mit so ehrenrührigen Ausdrücken zu beschimpfen! Allein deshalb wären wir schon berechtigt, Sie auf der Stelle zu entlassen! Wir wollen Ihnen aber zunächst Gelegenheit geben, sich zu rechtfertigen – wenn Sie es können.«

»Das kann ich«, erwidert Lene mit fester Stimme, »das kann ich gut.«

»Warum hatten Sie überhaupt diesen Streit?«

»Weil Fräulein Neuburger frech gegen mich gewesen ist, ausgeschämt frech.«

»Das sagt mir nichts, Fräulein Kempt, ich muß auch vieles anhören, was mir nicht paßt. Wenn ich mich da jedesmal zu Tätlichkeiten hinreißen ließe wie Sie, wo kämen wir denn da hin! Erzählen Sie endlich; Einzelheiten will ich wissen.«

»Das hat sich so ergeben. Ich mußte Fräulein Neuburger Vorhaltungen machen. Sie war nicht korrekt mit einem der Lehrmädchen. Da wurde sie schnippisch und ausfallend.«

»Fräulein Neuburger hat es mir anders erzählt. *Sie* hätten sie plötzlich geohrfeigt, und ich traue ihr nicht zu, daß sie das erfindet.«

»Sie trauen ihr das nicht zu! Die erfindet noch ganz anderes, wenn sie ihre Vorgesetzten belügen muß. Kommt sie heute morgen nicht zwei Stunden zu spät und erzählt der Chefin, sie sei nicht wohl. Dabei fehlt ihr nichts.«

»Woher wollen Sie das wissen?«

»So etwas merke ich doch, außerdem weiß ich ja, daß sie die ganze Nacht mit einem Mann zusammen war.«

»Uns hat sie gesagt, sie sei mit Ihnen ausgegangen, gestern abend.«

»Davongelaufen ist sie mir. Da Sie mir nicht glauben: ich kann Ihnen sagen mit wem. Es war ein Herr aus unserer Firma.«

»Das ist keine Auskunft. Wir haben mehr als hundert Herren im Hause.«

»Den Namen sage ich nicht gern, sonst wird noch behauptet, ich sei eifersüchtig.«

»Fräulein Kempt, was hier gesprochen wird, bleibt unter uns. Es liegt in Ihrem eigenen Interesse, helfen Sie, den Vorfall klarzustellen. Das ist sogar ihre Pflicht.«

»Sie kündigen mir ja doch.«

Da schlägt der Direktor mit der Faust auf den Tisch. »Ich verbitte mir diesen Ton, ich verlange, daß Sie endlich Ihre Aussage machen. Wer war der Herr?«

»Er hat ein Auto«, antwortete Lene.

»Schuhwaren, na also!« ruft Blum, »habe ich's mir doch gedacht.«

»Herr Blum, bitte«, entfährt es Grisar heftig. Zustände, Zustände, Zustände sind im Hause . . ., sagt er sich. Oh, es wundert ihn nicht. Er war auch einmal Abteilungsleiter. Und ein Rayonchef ist und bleibt ein Rayonchef für die Verkäuferinnen. Da müßte man ja aus Holz sein, wenn man widerstehen könnte. Der Lindemann wird schwitzen, wenn der nachher vor ihm stehen wird! Auch das hat er schon mitgemacht. Viel schlimmer hatte er damals dagestanden vor dem Direktor, als Lindemann vor ihm stehen wird, in viel, viel schlimmerer Position. Eine Verkäuferin hatte ein Kind von ihm bekommen und ihn bei dem Direktor denunziert. Wie lange ist es her? Zwanzig Jahre. Das Kind wird jetzt erwachsen sein . . .

»Herr Direktor, Sie sagen nichts mehr. Soll ich jetzt gehen«, fragt Lene.

»Ja, was machen wir nun mit Ihnen?« erwidert er. »Was machen wir mit Ihnen? In jeder anderen Firma wären Sie auf der Stelle herausgeflogen. Mir ist ganz unbegreiflich, wie ein erwachsener Mensch sich derart aufführen kann. Die Ausdrücke, die Sie gebraucht haben . . . Was war denn das mit den gestohlenen Pralinen? Da muß doch auch etwas gewesen sein. Beschuldigt man denn mir nichts dir nichts einen Menschen, er habe gestohlen? Oder haben Sie das nur so gesagt. In der Wut?«
Während er dies fragt, behält er Lene fest im Auge. Na? Sie wird rot? Sollte er auf die richtige Taste gedrückt haben? »Nun, wie haben wir's«, fragt er.
»Ich weiß nicht mehr, was ich in der Wut alles gesagt habe«, erwidert sie zögernd.
»Dann kann *ich* es Ihnen sagen, Fräulein Kempt. Sie haben behauptet, die Neuburger hätte gestohlen. Pralinen!«
»Davon weiß ich nichts.«
»Wie kommt es denn, daß Sie gerade auf diese Beschuldigung verfallen sind?« Er hat jetzt keine Zweifel mehr: die Kempt weiß etwas. Er muß nur zuerst herausbekommen, warum sie plötzlich versucht, die Neuburger zu decken.
Da tritt Blum an ihn heran: »Entschuldigen Sie. Die Sache ist mir plötzlich ganz klar.«
Schon wendet Blum sich zu Lene: »Wir werden Sie noch einmal rufen. Helfen Sie solange im Atelier. Sie können doch nähen, denke ich. In Ihre Abteilung dürfen Sie keinesfalls zurückgehen.«

15.

»Sie haben den Streit nicht angefangen, Fräulein Neuburger, das ist erwiesen. Weiter muß ich Ihnen, allerdings nur mangels beiderseitiger Beweismöglichkeit, glauben, daß Herr Lindemann Sie nach dem Besuch der Gartenwirtschaft sogleich nach Hause gefahren hat. Aber da bleibt die Geschichte mit den Pralinen. Warum haben Sie das vorhin in Herrn Grisars Büro verschwiegen? Sie naschen wohl gern, was? Und da hat das Geld nicht gereicht und dann macht man mal einen Griff, so . . .«
»Es waren nur zwei Stück, zwei ganze Stück, mehr nicht, ich kann es beschwören, zwei Stück!«
»Zwei, also zwei«, fährt Blum unbeirrt fort, »zwei, davon wird

man doch nicht satt, waren es nicht vier?«
Betty schüttelt den Kopf: »Nein, nein, zwei!«
»Sagen wir zwei, aber zwei Dutzend.«
»Die Kempt lügt, wenn sie das behauptet hat. Es waren nur zwei«, beteuert Betty. »Die Kempt hat das eine, und das andere habe ich gegessen. Ich habe Ihnen doch alles schon zweimal erzählt. Es war gestern beim Dekorieren. Und sonst habe ich nie etwas mitgenommen an irgendeiner anderen Abteilung. Ich kann Ihnen nicht etwas gestehen, was ich nicht getan habe. Der Herr Grisar würde mich nicht so quälen, wie Sie es tun.«
»Der hat die Anweisungen für Ihre Entlassung schon gegeben. Sie können Ihre Papiere im Nebenzimmer holen, die sind fertig.«

16.

War es ein schlechtes Zeichen, daß die kleine Neuburger so lange in Blums Büro blieb? Bereits über eine Viertelstunde. Wenn sie sich auf diesem Flur nur verstecken könnte! Schon zweimal ist sie, voll Teilnahme von Kolleginnen, die auf dem Weg zu ihren Reservelagern an ihr vorbei mußten, gefragt worden, ob sie auf »Audienz« bei Blum warte. Und der immer so lustige Chef von Herrenhüten, wie hatte der geulkt: ›Was! Fräulein Bertram hat ein Rendezvous mit ihrem Intimfeind!‹ Daß sie vor Blums Tür nur deshalb steht, um die Neuburger abzufangen, das will sie lieber keinem sagen.
Wie gut, daß die Neuburger, obwohl Grisar es dem armen Ding untersagt hatte, sich nach dem ersten Verhör ihr anvertraut und ihr die Hintergründe aufgedeckt hatte, die zu dem Wutausbruch der Kempt geführt hatten. Eifersucht, Eifersucht! Wann immer es zu einem Skandal in diesem Hause kommt, stets sind es Neid und Eifersucht, die zu den bösen Vorfällen oder zu den perfiden Denunziationen führen. Die Solidarität der Angestellten!
Daß Blum, dieser niederträchtige Kerl, die Untersuchung der Angelegenheit an sich gerissen hatte, verhieß, nachdem der Kempt bereits gekündigt wurde, nichts Gutes für die kleine Neuburger.
Endlich. Das verheulte Gesicht, mit dem die Neuburger aus Blums Büro auf den Flur kommt, macht jede Frage überflüssig. »Holen Sie noch nicht Ihre Papiere«, sagt sie. »Ich werde auf der

Stelle mit Direktor Grisar sprechen. Gehen Sie sofort an Ihre Abteilung zurück, auch wenn Herr Blum es Ihnen verboten hat.«

Als Sie bei Grisar vorgelassen wird, will Blum, der neben dem Schreibtisch steht, sofort den Raum verlassen.

»Bleiben Sie nur hier, Herr Blum.« Sie ist außer Atem vor Zorn. »Entschuldigen Sie meine Aufregung, Herr Grisar, aber ich kann es nicht fassen, daß man zwei Verkäuferinnen meiner Abteilung verhört, und wahrscheinlich entlassen will, ohne daß mir ein Sterbenswörtchen davon gesagt wird.«

»Fräulein Bertram, wir hatten Sie gerade rufen wollen«, versetzte Grisar.

»Es ist keinem Abteilungsleiter angenehm, wenn hinter seinem Rücken Verhandlungen geführt werden, die ihn mindestens so viel angehen, wie Herrn Blum zum Beispiel.«

Grisar schlägt auf den Tisch. »Kommen jetzt auch Sie mir so! Das ganze Haus ist hysterisch geworden, ich ziehe Herrn Blum hinzu, wann es mir paßt und richtig erscheint. Ohne ihn hätten wir die Sache gar nicht aufgedeckt.«

»Darf ich wenigstens erfahren, was meine beiden Mädchen angestellt haben?«

Blum lächelt ironisch: »Gestohlen haben sie, die beiden.«

»Wo? Bei mir?«

»Ob auch bei Ihnen, das weiß ich noch nicht. Wenn Sie Ihre Bestände kennen, werden sie das schnell feststellen können. Aber gestohlen haben die beiden. Auf Süßwaren. Pralinen.«

»Waren es viele?«

»Daß sie gestohlen haben, denke ich, genügt«, versetzt Blum, »aber Sie werden mir doch nicht weißmachen wollen, daß Sie über die Affäre nicht längst unterrichtet sind. Das ganze Haus spricht davon. Die beiden Delinquentinnen haben nicht den Mund gehalten.«

Der Blum ist doch die reinste Niedertracht! »Ich finde es kleinlich«, sagt sie, »die Mädchen wegen zwei Pralinen hinauszuwerfen.«

Blum lächelt: »Sehen Sie, Sie wußten sogar, daß es genau zwei Pralinen gewesen sind.«

»Herr Grisar, mit Herrn Blum kann ich nicht mehr über die Sache sprechen. Die Mädchen mußten gestern über Mittag nacharbeiten. Sie hatten nicht gegessen. Ich bitte Sie inständig, die Entlassungen zu annullieren. Und denken Sie an die Ge-

werkschaft, die wird protestieren. Fräulein Kempt ist organisiert.«
»Fräulein Kempt ist sogar Mitglied der Kommunistischen Partei, Fräulein Bertram. Diese wird so wenig den kleinen Finger für Fräulein Kempt rühren wie die Gewerkschaft«, sagt Grisar, »die Partei verurteilt den individuellen Diebstahl und wird sich nicht vor eine Diebin stellen. Damit würde sich der Vorstand der hiesigen Organisation nur kompromittieren. Fräulein Kempt weiß das. Vor einer Viertelstunde hat sie mir im zweiten Verhör selber gesagt, sie werde aus der Partei austreten, um diese nicht bloßzustellen.«
»Zwei Pralinen, Herr Direktor!«
Grisar erhebt sich von seinem Stuhl: »Jedes gute Wort für die beiden ist verloren, Fräulein Bertram. Es geht hier um das Prinzip, nicht um den Fall. Das Faktum, daß jemand stiehlt, ist ausschlaggebend, nicht was und wieviel der Dieb mitnimmt. Hier ist ein Prinzip verletzt worden, auf dessen Respektierung ich bestehe. Wo kämen wir sonst hin. Ich muß die Unterhaltung darüber als beendet ansehen.«
Draußen steigen ihr die Tränen in die Augen. Gehörten die Mädchen zu einer anderen Abteilung, wären die nicht entlassen worden. Das alles wird sie jetzt sofort dem Reff erzählen, Blum hat ja keine erbittertere Feindin im Hause, die wird dafür sorgen, daß die Abteilungsleiter in Zukunft besser gegen Blum zusammenhalten. Der Schuft, wie der sich sogar in Grisars Gegenwart aufspielt. Wenn sie nur wüßte, wie sie seine Stellung bei der Generaldirektion erschüttern könnte.

17.

Kein Zweifel, er ist ein gutes Stück vorangekommen. Grisar würde ihn nicht mehr, wie bei den ersten Verhören der Kempt und der Neuburger, mit Absicht stehen lassen und den Verkäuferinnen einen Stuhl geben. Vorbei auch der zurechtweisende Ton. Gegen die Bertram hat Grisar sogar offen seine Partei ergriffen, aber warum will er jetzt nicht mit der Sprache herausrücken? Die Warnung der Bertram sollte man ernst nehmen. Wenn die Gewerkschaft wegen der Entlassung der beiden Stunk machte, wäre er es, der in die Zeitung käme, nicht Grisar. Da hat Grisar ihm einen Whisky vorgesetzt, schickt ihm den Rauch der

Zigarre ins Gesicht und lächelt nur zu seinen Befürchtungen, ist diese Selbstsicherheit nicht purer Leichtsinn? ›Keine Angst, die Gewerkschaft tut uns nichts, dafür ist gesorgt‹, zweimal hat Grisar ihm das nun versichert. Schön und gut, aber wie Grisar ein solches Stillhalten erreichen will, das soll wohl ein Geheimnis bleiben. Er will nicht Blum heißen, wenn er nicht doch dahinter kommt.

»Unter uns gesagt, Herr Grisar«, beginnt er, »wegen zwei Pralinen! Ist schon ein starkes Stück, und Sie meinen, darauf erfolge nichts?«

»Die Kempt ist nicht entlassen, weil sie ein gestohlenes Praliné gegessen und den Diebstahl der Neuburger verschwiegen hat, der Grund ihrer Entlassung ist der Skandal, den sie in ihrer Abteilung zu verkaufsoffener Stunde in Anwesenheit von Kunden gemacht hat.«

»Kunden waren keine da. Die Lemmel hat es bezeugt. Kein einziger.«

»Aber gleich nebenan, auf Putz, mehrere, und die haben dem Streit zugesehen. Bleibt die Entlassung der Neuburger, werden Sie sagen. Die ist es ja auch, deretwegen ich etwas tun muß.«

»Bei der Gewerkschaft? Das sind ernste Leute. Ich kann mir nicht vorstellen, daß man dort diese zwei Pralinen ohne Protest schlucken wird.«

»Das wird dann die Partei denen beibringen.«

»Die Partei? Die Kommunistische?«

»Sie scheinen ja sehr erpicht darauf, zu wissen, wie man das macht. Ja, wie? Angenehm ist es nicht.«

»Wenn ich es Ihnen abnehmen kann?«

»Und wenn ich Sie beim Wort nähme? Ich warne Sie aber. Angenehm ist es nicht.«

Angenehm! Was für Begriffe hat Grisar! Wenn der wüßte, wie dick die Kröten waren, die er von Kindheit an hat schlucken müssen, um jetzt hier in der Rauchecke von Grisars Büro im Clubsessel zu sitzen. Zum ersten Mal, seit seinem Eintritt in die Firma! »Nehmen Sie mich beim Wort, Herr Grisar.«

»Nun denn. Sie werden übermorgen hier in meinem Büro unter vier Augen einen Mann empfangen, der sich als der Anzeigenakquisiteur des Lokalblattes der Kommunistischen Partei vorstellen wird. In Wirklichkeit hat er eine andere Funktion. Diesen Besuch werde ich noch heute veranlassen. Nicht ich selber, das tut ein Mittelsmann, mit dem ich Sie nicht bekannt machen kann. Der muß sich meiner absoluten Diskretion sicher fühlen, sonst bedient der Mann mich nicht mehr. Und er bedient mich außergewöhnlich gut. Es ist ein Angestellter des Hauses. Dank ihm weiß ich alles, was bei uns vorgeht. Sogar Lappalien wie die: Sie schäkern zuweilen mit einem Lehrmädchen der Parfümerie, Herr Blum, seien Sie da etwas mehr zurückhaltend und werden Sie kein zweiter Lindemann. Dies nur nebenbei. Also, Sie werden den Mann des Kommunistenblattes empfangen und bei ihm eine ganzseitige Anzeige der Firma aufgeben. Vorgang Nummero eins. Dann werden Sie ihm die Geschichte unserer Diebinnen erzählen und ihm zu verstehen geben, daß sein Blatt in drei Wochen wieder eine große Anzeige bekommt, wenn an zuständiger Stelle dafür gesorgt wird, daß die Entlassungen unter Stillschweigen von denen begraben werden, die als erste großes Geschrei darüber erheben müßten.«

Ist Grisar in Watte gepackt großgeworden? Mußte man sich das nicht fragen? »Und was ist das Unangenehme dabei, Herr Grisar?«

»Daß beide Teile dabei ihre Seele verkaufen, der eine mehr, der andere weniger, etwas weniger. Und das Unangenehmste ist das Grinsen des Mannes. Das müssen Sie ertragen, auch wenn Sie Lust haben, ihn vor die Tür zu setzen. Vor den letzten Wahlen habe ich diesen Mann das erste Mal empfangen. Hier, unter vier Augen. Ich habe ihm Geld gegeben, ziemlich viel Geld gegeben für die Wahlkasse der Kommunisten. Die höhnischen, mitleidigen Blicke, die ich mir gefallen lassen mußte! Ob ich das auch mit den anderen Parteien mache, fragte er. Ja, Herr Blum, die Firma hat die Roten bei den Wahlen unterstützt. Andere Häuser sollen es gleichfalls gemacht haben.«

»Und was hat die Firma für das Geld eingehandelt?«

»Keine Streiks mehr bei uns, nie mehr seitdem! Und eben den Schutz vor Übergriffen oder zu großem Eifer der Gewerkschaft bei anderen Gelegenheiten.«

»Die ist aber sozialdemokratisch.«

»Könnte mich deswegen nicht weniger zwiebeln.«

»Und trotz der Feindschaft zwischen den beiden Parteien läßt sich die Gewerkschaft durch einen Kommunisten beeinflussen?«

»Hier beginnt das Geheimnis meiner Hauspolitik. Aber eins kann ich Ihnen verraten: jenem ersten Handel ist inzwischen manch anderer gefolgt. Zum Vorteil beider Seiten. So einigen wir uns jeweils darüber, wie weit Angriffe gegen die Firma bei öffentlichen Veranstaltungen der Partei gehen dürfen. Also . . . werden Sie das Grinsen dieses Mannes ertragen? Seine Verachtung für die Handlanger der Kapitalisten ist grenzenlos. Er sagte es mir einmal, und er meinte Leute wie Sie und mich damit. Wenn dieses Mal nun nicht mehr ich es bin, der ihn hier im Büro empfängt, sondern Sie, dann bedeutet das für ihn, daß es auf der Feindseite einen Mitwisser mehr gibt, der einmal auspacken könnte. Denken Sie nur an die Wut eines Organisierten, wenn der erführe, warum die Gewerkschaft nach seiner Entlassung ihn nicht gegen den Arbeitgeber schützt oder warum das Kommunistenblatt seinen Leserbrief nicht druckt, in dem er sich über Ungerechtigkeiten am Arbeitsplatz beklagt . . .«

Wer hat es denn gesagt! Ist er nicht sogar viel weiter gekommen als er gehofft hatte. Eingeweiht hat man ihn, in gefährliche Geheimnisse der Firma eingeweiht! Daß Grisar ein so schlauer Kopf ist, nie hätte er das gedacht. Wann ist ein Hochmütiger denn auch einmal gescheit! Alles, das letzte hat der Fuchs ihm zwar nicht anvertraut, aber er will nicht Blum heißen, wenn Grisar ihm nicht bald sagt, wer der Mittelsmann und Hausspion ist. Daß Grisar seine Gegenwart bei der Unterredung mit Lindemann nicht wünschte und ihn bat, in sein Büro zurückzukehren, was macht es. Nie würde der Schuhfritze ihn überholen, dafür ist der zu leichtsinnig. Allerdings, vor einem so appetitlichen Ding wie der Neuburger wäre jeder Mann schwach geworden. Eine Gemeinheit, wie die Kempt die beiden verpetzt hat. Auch er muß sich mehr in acht nehmen. Daß er die Lehrmädchen gern sieht, wer mochte das Grisar gemeldet haben. Die Erwähnung seines häufigen Verweilens an der Parfümerie sollte gewiß eine Warnung sein. Es würde keiner zweiten mehr bedürfen. Sich vergnügen oder hochkommen. Und seine Frau, so übel war die schließlich nicht, genau besehen. Wozu also die kleinen Mädchen. Nur kein zweiter Lindemann werden.

18.

»Sie haben nach mir verlangt, Herr Grisar. Wenn es wegen meines Fehlens heute vormittag ist, bitte ich sehr um Entschuldigung. Zu allem Unglück habe ich erst spät meine Abteilung

benachrichtigen können. Bis der Abschlepper kam, saß ich auf der Landstraße, weit und breit kein Telefon.«
»Fehlt nur noch, daß Sie mir den Fahrer des Abschleppers beschreiben, Herr Lindemann. Also ersparen Sie mir das Märchen von der Autopanne. Für die Dame, die in ihrem Wagen saß, hat der Ausflug mit einer Panne anderer Art geendet. Nein, sagen und fragen Sie lieber nichts, Herr Lindemann, jedes Wort würde mich in Verlegenheit bringen, und das wollen Sie doch wohl nicht. In Zukunft bitte ich mir absolute Pünktlichkeit aus. Noch eins: es gibt wahrhaftig genug Mädchen in unserer Stadt, hübsche Mädchen, die nicht bei uns angestellt sind. Warum immer ausgerechnet die aus der Firma? Wenn die Direktion der Zentrale erführe, daß Sie dieses Haus zu Ihrem Jagdgebiet erkoren haben, könnte ich Sie nicht halten. Sie wissen, wie streng der Herr Generaldirektor in dieser Beziehung auf der Hausordnung besteht und wissen auch, daß schon mancher Abteilungsleiter hat gehen müssen, weil er diese nicht ernst nahm. Bei Ihrem Engagement hat man Sie ausdrücklich gebeten, gerade dieses Hausgesetz zu respektieren. Ich erinnere Sie daran und denken Sie an die gute Position, die Sie bei uns haben. Das wäre es.«

Grisar war sehr anständig gewesen, nichts gegen den Mann zu sagen. Doch wie soll er sich die Andeutungen auf die Panne der Dame, die im Auto saß, erklären? Die Tücken des Fahrplans hatten es Betty nicht möglich gemacht, mit der Eisenbahn pünktlich zum Geschäftsbeginn zurück zu sein. Ein Tadel wegen Zuspätkommens, sollte das die Panne sein? Die Bertram müßte es schon dulden, daß er ihre Abteilung beschnuppern geht.

Beide nicht zu erblicken, Betty nicht, die Kempt nicht. Arbeiteten sie im Reservelager? Einfach nach ihnen fragen? Zu auffallend. Die Verkäuferinnen, das klatscht und tratscht sofort. Gerade das, was Betty so sehr fürchtet und wovor auch er sich in acht nehmen muß, nach Grisars Predigt. Wie hat sie ihm mit ihrer Angst vor dem Gerede zugesetzt, bevor sie das Hotel verließ. Von der Tür war sie ans Bett zurückgekommen und hatte ihn noch einmal beschworen, vorsichtig zu sein und sie im Geschäft nicht zu duzen.
Mußte er in den sauren Apfel beißen und die Bertram ansprechen? Dumm, daß sie mit dem Rücken zum Verkaufsraum an

ihrem Pult saß und ihn nicht kommen sah. Besser wäre es, wenn er beiläufig, sozusagen im Vorbeigehen, mit ihr ein paar Worte wechseln könnte, statt an das Pult treten zu müssen.
»Fräulein Bertram, ich will nächste Woche ein besonders schönes Fenster für Sommerschuhe machen, wollen Sie davon profitieren und ein paar ihrer Novitäten zwischen meinen Sachen ausstellen?«
Hatte sie den Vorwand, der ihm plötzlich eingefallen war, wirklich nicht durchschaut? Die Bertram strahlte ja.
Wenn er jetzt Zeit habe, solle er mit ihr zum Lager fahren, dort habe sie gerade die Sommermodelle in Reserve, die ihm für ein kombiniertes Fenster eleganter Kleider und eleganter Schuhe wohl am ehesten gefallen könnten.
Ins Lager hinauffahren! Dann würde er ja sehen, ob Betty und die Kempt dort arbeiteten. Konnte die Bertram ihm überhaupt etwas vorschlagen, was ihm besser paßte?

Nie war er in seiner Jugend von seinen Eltern derart abgekanzelt worden wie eben von der Bertram. Nur um ihrem Zorn gegen ihn freien Lauf lassen zu können war sie mit ihm hinaufgefahren, die hinterlistige Kollegin. Das ärgerlichste: sie hatte ihm gedroht, wenn er Betty, die hilfloser sei als die Kempt, nicht zu einer Stelle verhelfe, werde er etwas erleben, das er, leichtsinnig wie er sei, gewiß nicht für möglich halte. Ob das eine leere Drohung war? Wessen Weiber fähig sind, das hatte die Kempt allerdings gezeigt. Primitivste Weiberrache. Diese Kommunistin, die mit ihrem Marx hausieren ging, denunziert ihre Kollegin bei dem, den sie bei jeder Gelegenheit als Klassenfeind bezeichnet hatte! Was stand ihm jetzt mit Betty bevor? Szenen und Tränen, sie würde ihn bei Geschäftsschluß abfangen, damit mußte er rechnen, Scherereien, Scherereien. Daß er auch so sehr auf die Weiber angewiesen war!

19.

Wenn sie nur wüßte, ob Max mit dem Wagen oder mit der Tram ins Geschäft gefahren war. Er hatte ihr im Hotel versichert, das Märchen von der Autopanne werde geglaubt werden und ihm auch kein Unglück bringen, sie werde doch wohl nicht abergläubisch sein. Ihren Rat, er solle sich ein paar Tage nicht in dem

Wagen zeigen und erzählen, der sei dort zur Reparatur geblieben, wo er die Panne gehabt habe, würde er wohl nicht befolgen. Leichtsinniger als Max konnte man ja nicht sein. Er war vielleicht sogar imstande gewesen, frech mit dem Wagen ins Geschäft zu fahren und ihn in der Garage der Firma unterzustellen.

Wo nun auf ihn warten, hier in der Nähe der Garage oder drüben, in dem Café, gegenüber dem Personalausgang, wo man, hinter den Vorhängen selber ungesehen, die Herauskommenden beobachten konnte? Es war zu dumm, sie hatten nichts ausgemacht.

Was würde er sagen? Daß sie jetzt ohne Stellung war, wie würde er das aufnehmen, wie sich verhalten? Würde er befürchten, sie fiele ihm zur Last, bis sie etwas Neues fände? In den Zeitungen überwogen die Stellengesuche die Stellenangebote. Am Arbeitsamt stand man Schlange. Sprechen mußte sie ihm von ihrer neuen Lage sofort, aber ohne zu jammern. Mehrere Male hatte er des nachts mit Betonung erwähnt, er könne es nicht ausstehen, wenn man in seiner Gegenwart weine. Allerdings hatte er da von seinen Verkäuferinnen gesprochen, daß er die am liebsten hinauswürfe, wenn sie nach einem Tadel oder Anpfiff heulten.

Auf Weichherzigkeit durfte sie bei ihm nicht rechnen, er war ja nicht einmal sonderlich zärtlich. Er hatte sie nicht entkleidet, wie sie es erwartet und wie sie es gern hatte, Stück für Stück, mit Küssen dazwischen. »Zieh dich schon aus«, hatte er ihr zugerufen und war ins Bad verschwunden, und als auch sie gebadet ins Zimmer zurückgekommen war, lag er im Bett und rauchte eine Zigarette zu Ende und dann erst hatte er sie, ohne das Licht vorher auszudrehen, gepackt. Besseres hatte ihr bisher, weiß Gott, keiner geboten. Aber warum hatte er sie hinterher gefragt »Habe ich es dir gut besorgt?« und warum sich gleich wieder eine Zigarette angesteckt? Sie hätte ihn für feinfühliger gehalten, überhaupt, ganz geheuer war es ihr nicht mit ihm. Aber wieviel Kraft hatte er, und die wollte er die ganze Nacht loswerden. So war es dann immer wieder schön gewesen bis zum Morgen und sie hatte sich schließlich mit dem auch immer wieder aufgenommenen Rauchen abgefunden. Nur als er ihr einmal sagte: »Siehst du, mit mir ist kein Mädchen angeschmiert«, da hatte sie es ihm gesteckt, auch er sei doch wohl auf seine Rechnung gekommen. Und daß er sie nicht einmal zum Bahnhof gefahren, sondern ein Taxi bestellt hatte und, obendrein ohne sie zu fragen, ob sie überhaupt Geld bei sich habe, das ebenfalls hatte sie ein wenig enttäuscht.

Wo blieb er nur? Grisar war schon aus der Garage gefahren. Nun konnte sie ja selber nachsehen.
Wie, kein Wagen mehr in der Garage! Ein Unglück? War er überhaupt ins Geschäft gekommen? Man soll kein Unglück vortäuschen, sonst ruft man es herbei, hatte sie es ihm nicht gesagt!
Hätte sie nur in dem Café gewartet. Dort hätte sie wenigstens gesehen, ob er überhaupt im Geschäft gewesen ist. Sie müßte nun, wenn auch ungern, bei ihm anrufen, das Café hatte ja eine Telefonzelle.

20.

Warum war sie so spät hereingekommen? Schon zweimal hatte er Bier nachbestellt. Die Angestellten waren seit langem alle draußen. Drüben hatte der Portier schon den Rolladen vor den Personalausgang heruntergelassen und auch das Seitenpförtchen des Anbaus, wo der Mann wohl wohnte, war längst geschlossen. Seitdem vom Hof des Warenhauses her das erste Schlußgeklingel zu hören gewesen war, hatte er den Fensterplatz nicht verlassen und den Ausgang nicht nur während des Herausströmens des Personals im Auge behalten, auch noch lange danach und dabei unter den letzten die freundliche Rayonchefin gesehen, ein Zeichen, daß auf Damenkonfektion niemand nacharbeitete und daß das Fräulein Neuburger schon viel früher im Café hätte sein können.
Warum war sie erst jetzt gekommen und woher überhaupt? Sie konnte nur von dem, seinem Blickfeld entzogenen Teil der Straße her, wo die Garagen der Firma lagen, an das Café gelangt sein, aber warum war sie dann gleich wie eine Gehetzte, ohne mit einem Blick über die Tische nach ihm auszuschauen, zum Büffet Geld wechseln und dann in die Telefonzelle gegangen? Und die Kleider, die sie mitbringen sollte? Sie hatte kein Paket bei sich. Sollte er sich zu früh auf dieses Treffen gefreut haben? Mit wem telefonierte sie? Daß sie einen Freund haben könnte, wie hatte er nur daran nicht denken können, heute morgen, als er, drüben im

ersten Stock, in der Absicht Lene herbeizuwinken, von der Treppe her den Damenkleiderrayon beobachtet und dabei diesen Schlaganfall von Mädchen entdeckt und obendrein bald festgestellt hatte, daß keine andere Verkäuferin zugegen war. Nach den drei Monaten droben auf der abgelegenen Baustelle im Gebirge, wo das einzige weibliche Geschöpf eine alte Kantinenköchin war, hatte es ihn wie ein Blitzschlag getroffen, als er Lenes Kollegin erblickte. War er nicht wie berauscht gewesen, als ihm der Einfall kam, etwas zu kaufen, um auf diese Weise in ein Gespräch mit ihr zu kommen und sich mit ihr verabreden zu können?
Wie gut hatte das geklappt, der Kauf des schönen schwarzen Kleides für die Mutter und dieses hochfeinen Stückes für Lene – Veloutine hieß der Stoff, klang wie ein Mädchenname –, alles das hatte sich wie in einem Traum abgespielt, das Geplänkel mit der Rayonchefin, die für ihn Mannequin gespielt hatte, einbegriffen . . . und nun, was war nun? Verdächtig spät war sie gekommen. Sie hatte die Verabredung mit ihm offenbar vergessen und er, den ganzen Tag so beschwingt, daß die Mutter ihn beim Mittagessen fragte, ob er beschwipst sei, er hatte an nichts anderes denken können, als an das Treffen in diesem Café und nun saß er hier und starrte zu der Zelle hinüber, in der sie seit einer Ewigkeit – mit wem? – telefonierte.
Wenn er hinginge, und die Tür wie aus Versehen öffnete? Sich zu entschuldigen und sich zurückzuziehen würde dann immer noch möglich sein . . .

Nun hatte er sie wenigstens am Tisch. Ein Glück, daß das Café, offenbar nicht auf die Kundschaft der Angestellten des Warenhauses angewiesen, offenblieb. Daß sie ihm nicht sagen wollte, warum sie in der Telefonzelle geweint hatte! Da saß sie ihm gegenüber, ließ den Kaffee, den er ihr bestellt hatte, kalt werden, blickte ihn, wenn überhaupt, nur unfreundlich an und schien voll Zorn über etwas nachzudenken, das sie zögerte auszusprechen.
»Ich frage Sie noch einmal, können Sie mir wirklich nicht sagen, was Sie bedrückt? Wer steht denn in einer Telefonzelle und heult dort! Wenn Ihnen jemand etwas getan hat, sagen Sie, wer es war, ich kaufe mir den.«
»Den? Es war eine sie!«
»Um so besser, Fräulein Betty.«

»Fräulein Neuburger, gefälligst. Und auf was spekulieren Sie überhaupt? Sie sind ja ganz erleichtert, daß es kein Mann war, der mich in diesen Schlamassel gebracht hat.«
»Wer wäre das nicht an meiner Stelle.«
»Die Erleichterung wird Ihnen vergehen, wenn ich Ihnen sage, wer diese ›sie‹ ist: Ihre eigene Schwester . . .«

Nun hat er sie länger als eine halbe Stunde reden lassen und sie mit keiner Frage unterbrochen. Das, was sie ihm von Lene berichtet hat, kann das wahr sein? Lene ist doch keine bürgerliche Pute, sie hat ihr Klassenbewußtsein. Hatte sie sich nicht geweigert, das Stammlokal der sozialdemokratischen Honoratioren zu betreten! Das Fräulein Neuburger behauptet, sie habe mit keinem Wort das Lehrmädchen bei der Rayonchefin verpetzt. Lene habe den wegen dieses Vorwurfs ausgebrochenen Streit gesucht und geschürt, um einen Anlaß zu haben, sie wegen der Pralinen zu denunzieren. Wenn der Streit nur den Anlaß liefern sollte, was steckte dann in Wirklichkeit dahinter? Spielte Eifersucht um diesen Lindemann dabei eine Rolle? Beim Kaffee morgens hatte die Mutter ihm gesagt, vergangenen Abend habe der Abteilungsleiter Lene nach Geschäftsschluß mit dem Auto nach Hause gebracht. Dann sei sie wieder fortgegangen, sehr spät und vom Regen bis auf die Haut durchnäßt zurückgekommen und habe sich geweigert zu sagen, wo sie bei dem Wetter gewesen war. Und beim Mittagessen hatte die Mutter sich von neuem beklagt, Lene habe beim Bäcker angerufen, und ihr, ohne den Grund zu sagen, ausrichten lassen, sie komme nicht zum Essen.
»Fräulein Neuburger, können Sie mir sagen, hat die Lene etwas mit diesem Herrn Lindemann?«
»Hat! Sie hätte gern. Ganz verknallt ist sie in ihn!«
»Und er?«
»Er hat Besseres zu tun, als sich mit ihr abzugeben.«
»Sie meinen also, Lene sei eifersüchtig gewesen, weil Sie mit dem Herrn in die Gastwirtschaft gefahren sind. Nur deswegen habe sie den Streit angezettelt.«
»Eifersüchtig! Zum Fürchten sah sie aus. Geplatzt ist sie vor Wut. Deswegen hat sie bei dem Vizedirektor behauptet, ich sei die ganze Nacht mit dem Herrn Lindemann zusammengewesen. Der hat es zwar nicht direkt gesagt, mich aber so ausgefragt, daß ich mir ausmalen kann, wie sie mich verleumdet hat. Ja, was

sagen Sie nun zu Ihrer Schwester, Herr Kempt? Mich wegen eines Pralinés als Diebin zu denunzieren und dann mir noch etwas anzuhängen, das dem Rayonchef von Schuhwaren die Stellung kosten kann.«

»Ich werde mit meiner Schwester ein Wörtchen reden, da können Sie beruhigt sein.«

»Was nutzt mir das! Ich sitze jetzt auf der Straße.«

»Und Lene? Ich habe sie nach Geschäftsschluß nicht am Personalausgang gesehen.«

»Die wird sich schon fein herausgeredet haben, der ist sicher nichts passiert. Auch wenn sie es war, die den Krach angefangen hat. Gestern in der Versammlung hatte ich allerhand über sie gehört, daraufhin schon hätte ich mich vor ihr in acht nehmen sollen. Aber so etwas merkt man ja immer zu spät.«

»Und was hat man dort über meine Schwester gesagt?«

»Fragen Sie selber. Sie gehören ja zur hiesigen Ortsgruppe und kennen die Leute.«

Sollte er sich in diesem Mädchen getäuscht haben? Wie sie da saß und sich auf die Lippen biß, war das Verbitterung gegen Lene oder war sie boshaft von Natur? Und das, was sie erzählt hatte, war es die Wahrheit? Seit der Geschichte mit Karl hatte Lene sich gewaltig gebessert. Sie hatte die Broschüren und Bücher, die er zu Hause hatte, großenteils gelesen, war es denkbar, daß sie dem Klassenfeind aus Weiberneid ein Opfer in die Hand spielte? Er mußte mit Lene reden.

»Fräulein Neuburger, was soll ich sagen, ehe ich mit Lene gesprochen habe? Sie sind heute morgen so freundlich gewesen und haben auf Ihren Namen die Kleider für mich gekauft . . .«

»Das Paket liegt seit heute nachmittag dort am Büffet. Ich gehe jetzt. Putzen Sie Ihre Schwester nur richtig zusammen, sie soll zuerst den einfachsten Anstand lernen, ehe sie große politische Töne spuckt, und mir vorwirft, ich hätte nicht das richtige Bewußtsein. ›Wer Marx nicht gelesen hat, ist heute kein Mensch‹, hat sie wahrhaftig zu mir gesagt. Ich habe ja nun gesehen, was das für Leute sind, die den Marx gelesen haben.«

»Darüber wollen wir uns lieber ein ander Mal unterhalten.«

»Ein anderes Mal? Ich kann mir etwas Besseres denken. Leben Sie wohl.«

Die hatte sich ja als ganz gehässige Bürgerliche entpuppt. Eine von der schlimmsten Sorte, eine von denen, die von der Verfehlung eines einzelnen gleich hämisch auf das Ganze schließen. Schön wäre es vielleicht gewesen mit der, wenn auch der Urlaub gewiß nicht gereicht hätte, um die umzuerziehen. Aber schade, war es nicht doch eigentlich schade?

21.

Dieses Weibsstück war imstande, ihm hier einen Skandal zu machen, ähnlich dem, den es am Vormittag auf Konfektion veranstaltet hatte. Diese Kempt schreckte vor nichts zurück. Wenn Leute aus dem Hause jetzt heimkämen und sähen, daß ein junges Mädchen sich ihm in den Weg stellt und ihm den Eingang verwehrt, was würden die denken, zumal ein Koffer neben ihr steht. Wenn er sie anrührte, würde sie schreien, sie hatte es ihm ja gesagt.

»Ich lasse mich nicht hier vor meiner Tür in dieser Weise ankeilen, Fräulein Kempt, jetzt bin ich es leid.«

»Nun kommen Sie *darauf* zurück! Ist doch Nebensache, wo ich sie angesprochen habe. Hätten Sie es vorgezogen, daß ich oben bei Ihnen geschellt hätte und daß mir von Ihrer Frau aufgemacht worden wäre, Herr Lindemann? Also wenn ich Ihnen hier unten an der Haustür, wie Sie sagen, ›aufgelauert‹ habe, dann aus purer Rücksicht.«

»Wissen Sie eigentlich, daß das, was Sie tun, Erpressung ist? Darauf stehen hübsche Strafen.«

»Meine Sorgen. Sie haben schwerere. Und die würden noch schwerer, wenn Sie sich endlich dazu herablassen wollten, den Text zu lesen. Also, Sie geben mir das Geld oder ich gebe den Leserbrief in unsere Zeitung und schicke die Nummer, in der er erscheint, an die Generaldirektion. Dann fallen Sie herein, denn die macht eine Untersuchung. Und daß der Generaldirektor die Zeitung bekommt, dafür wird Ihr Freund Blum sorgen. Der spannt schon lange auf Ihre Abteilung, die möchte er gern zu seinen anderen haben. Verständlich, er hat ja in dem Nest, wo er herkommt, seine Lehrzeit als Schuster gemacht.«

»Sonst noch Belehrungen über die Gefahren, in denen ich schwebe?«

»Die unterschätzen Sie, das ist es ja. Wenn Sie doch lesen wollten, was ich in unserer Zeitung an das Licht des Tages bringe.«

Den Wisch lesen? Nein, damit würde er sich etwas vergeben.
»Ihren Brief, veröffentlichen Sie ihn nur. Was hindert Sie, Fräulein Kempt?«
»In dem Begleitschreiben für die Redaktion sind sieben Verkäuferinnen und vier Lehrmädchen mit Namen aufgeführt. Und sie sind nur ein Teil derer, mit denen Sie es getrieben haben. Immer oben im Reservelager Ihrer Abteilung. Aber von diesen sieben weiß jede es von der anderen. Bedenken Sie, was das für Herrn Blum bedeuten kann. Der wird keine Stunde brauchen, um diese Mädchen so weich zu kochen, daß alle die Wahrheit sagen und die Geständnisse schriftlich bestätigen. Und damit schickt Herr Blum die dann als Zeugen vors Arbeitsgericht, wenn Sie wegen Ihrer Entlassung die Firma verklagen. Und dann ist es für Max Lindemann aus mit der Karriere, kein Warenhaus wird Sie mehr engagieren. Auch nicht die, wo Liebschaften der Abteilungsleiter mit ihrem Personal kein Kündigungsgrund sind.«
Da stand ihm Ärger ins Haus. Dieses Biest wußte ja, mit welch ausfallenden Worten er sich geweigert hatte, der Gewerkschaft beizutreten, als sie ihm einmal den zudringlichen Sekretär geschickt hatte, der so großen Wert darauf legte, daß gerade die Abteilungsleiter von der Gewerkschaft erfaßt würden. Die Presse der Linken würde sich gewiß nicht für ihn einsetzen. Einlenken? Die Bedingung, daß sie in eine andere Stadt ziehen müsse, wenn er ihr Geld gäbe, brauchte er nicht einmal zu stellen. Fort wollte sie. Das war sicher. Sie hatte ja schon einen Koffer dabei.
»Ich hätte Ihnen, ohne auch nur einen Augenblick zu zögern, geholfen, Fräulein Kempt, wenn Sie nicht versucht hätten, mich unter Druck zu setzen. Ich weiß es doch, wie viel Mitschuld bei mir liegt, ich habe Sie gestern abend tief gekränkt. Sie hatten angenommen, Ihretwegen sei ich an die Volkshalle gekommen. Und dann hat sich alles eben so unglücklich wie nur möglich abgespielt und nun haben Sie uns beide in eine ausweglose Situation gebracht.«
»Wieso ausweglos? Geben Sie mir das Geld und ich versperre Ihnen nicht länger den Weg. So viel ist es doch nicht. Einen Monat muß ich davon leben können und natürlich muß auch das Geld für die Reise dabei sein. Seien Sie ehrlich, Ihnen ist es nur recht, wenn ich fortziehe . . und weit. Einige hundert Kilometer zwischen Ihnen und mir, das müßte Ihnen doch diese Kleinigkeit wert sein.«

Soll sie, soll sie wert sein, wenn sie ihn nur endlich durchläßt und verschwindet.
»Also zweihundertundfünfzig, Fräulein Kempt.«
»Dreihundert.«
»Dreihundert, meinetwegen. Hier.«
»Die Neuburger wird sie etwas teuerer zu stehen kommen . . .«

Nein, Betty würde ihn nicht teuer zu stehen kommen. Deren ersten Versuch, ihn unter Druck zu setzen, hatte er ja schon abgewehrt. Und so leicht! Wie naiv mußte sie sein. Telefonierte! Die Kempt wußte besser, wie man einen Mann zum Kapitulieren bringt. Betty wieder in ihrer Branche unterzubringen, das würde nicht so schwer sein wie sie befürchtete. Das Zeugnis, das Grisar ihr hatte ausstellen lassen, war gut, nach dem zu schließen, was sie am Telefon gesagt hatte. Mit dem könnte sie sich sogar in der Stadt um eine Stelle bewerben, es war ihr ja auch versichert worden, es würden bei Anfragen gute Auskünfte gegeben werden. Ein festes Verhältnis mit ihr wäre nicht das schlechteste. In der Firma müßte er ja in den kommenden Monaten vor jeder weiblichen Rundung die Augen niederschlagen.

22.

»Hat sie denn nicht gesagt, wann sie heimkommt, Mutter?«
»Das sagt sie nie. Man weiß ja nicht einmal, wohin sie geht. Deshalb habe ich mit dem Essen nicht länger gewartet. Setz' dich, Franz, und geh' nicht wie ein Tiger im Käfig vor mir hin und her. Das macht mich nervös. Ich bin es schon genug.«
»An deiner Stelle ginge ich ins Bett. Es ist fast Mitternacht. Ich will sowieso mit ihr ein Wörtchen reden. Ich warte auf sie, draußen. Ich gehe ein bißchen vor dem Haus auf und ab. Es ist schon so mild wie im Sommer.«
»Ihr Essen steht auf dem Herd.«
»Und du läßt es dir bieten, daß sie gerade abends nicht zum Bäcker telefoniert, wenn sie nicht heimkommt.«
»Das kann sie mittags, aber nicht abends, beim Bäcker anrufen.«
»Durchwalken sollte man sie.«

»Nanu? Auf einmal! Früher hast du immer zu ihr gehalten, wenn ich etwas gegen sie sagte. Dabei kannst du sie gar nicht so besonders gut leiden. Denk nicht, ich hätte das nie bemerkt. Gute Nacht denn. Und leg dir einen Schal um.«

Die Mutter hatte recht. Wenn er an den Krach zurückdachte, den er am Morgen vor der letzten Wahl mit Lene gehabt hatte! Wie herrisch hatte sie der Mutter, bevor sie zum Wahllokal aufbrachen, den Stimmzettel angekreuzt und ihr im Befehlston gesagt, ›die KP wird gewählt und damit basta, auch wenn du nicht verstehen kannst, warum es die einzige Partei ist, die man wählen kann‹. Als er ihr später unter vier Augen vorhielt, sie dürfe die Mutter nicht so respektlos bevormunden und einen so herrischen Ton anschlagen, hatte sie ihm wahrhaftig geantwortet, sie wisse eben besser als er, was die Pflicht des Kommunisten sei: die nächsten Angehörigen für die Partei zu gewinnen und sie dazu bringen, aus der Kirche auszutreten. Und wie schnippisch hatte sie ihm geantwortet, als er ihr entgegnete, des Kommunisten erste Pflicht sei, vor allem dort, wo die Partei noch nicht die Macht erobert hat, die Lehren von Marx und Lenin gut kennenzulernen, er sehe sie aber immer nur bürgerliche Illustrierte und elegante Modezeitschriften lesen. Das tue sie, um die Verkommenheit der Reichen zu studieren, ob das ein Verbrechen sei, war die Antwort gewesen. Damals hatte er ihr alle seine Bücher gegeben bevor er wieder auf Montage wegfuhr und bei jedem Urlaub hatte er festgestellt, daß sie sich aus einem Schulungsbuch immerhin einige Grundbegriffe angeeignet hatte, die man für Diskussionen mit den Feinden der Partei wissen muß. Aber es befiel ihn immer wieder das größte Unbehagen, wenn er beim Essen sehen und hören mußte, wieviel sie sich darauf zu gute tat, nun etwas zu wissen, das der Mutter unverständlich blieb und daß sie in Gegenwart der eingeschüchterten Frau, als diese einmal von ihm den Ausdruck ›Akkumulation‹ erklärt haben wollte, sagte: ›Das brauchst du ihr nicht auseinanderzulegen, sie wird es ja doch nicht begreifen.‹
Am liebsten hätte er sie auf der Stelle geohrfeigt für dieses Wort. Als er ihr damals, wiederum unter vier Augen, ihren Hochmut vorwarf, hatte sie frech erwidert, die Mutter kenne nur Haus, Herd und Wäsche. Die Unterhaltungen beim Essen seien zu kleinbürgerlich. Da hatte er sie sich vorgeknöpft: wenn die Partei einmal an der Macht wäre, könnten die Chefs froh sein,

wenn unter den Millionen Staatsbürgern viele so ordentliche, pflichtbewußte Menschen wären wie die Mutter. Keine Regierung könne ohne die Tugenden des Kleinbürgers bestehen.

Wo trieb Lene sich nur herum? Er würde ja sehen, ob sie wieder mit einem Auto heimgebracht werden würde, und von wem; den wollte er sich ansehen. Wenn sie nur bald käme. Die Musik, die aus der Gartenwirtschaft herüberklang, ging ihm auf die Nerven.
Wie würde sie den Streit mit dem Fräulein Neuburger darstellen? Schließlich konnte die ihn belogen haben. Was Weiber voneinander berichten, stimmte ja selten genau. Aber er mußte es wissen: war Lene wirklich so perfid gewesen wie das Fräulein es geschildert hatte?

Also mit einem Taxi kam sie. Allein. Die Tram fuhr doch noch.
»Franz, du bist's? Augenblick, ich muß noch zahlen.«
Wie verlegen sie war. Wegen des Koffers, den sie bei sich hatte?
»Den habe ich auf meinen Namen für eine Genossin gekauft, wegen dem Rabatt.«
»Ich habe dich nicht danach gefragt. Aber zu reden hätte ich mit dir.«
»Hier auf der Straße?«
»Nicht in der Küche, da hört uns die Mutter.«
»Was gibt's denn, du machst ja ein Gesicht . . .«
»Ich geh' mit auf dein Zimmer. Paßt dir nicht?«
»Ich wollte gleich schlafen. Gegessen habe ich.«
»Nur eine Viertelstunde.«

»Setz dich aufs Bett, Franz, also was ist?«
»Ich habe heute eine Betty Neuburger kennengelernt.«
»Anders ausgedrückt, du weißt bereits alles. Oder vielmehr, du glaubst alles zu wissen. Das war die mieseste Kollegin, die ich je hatte. Der Chefin kroch sie in den Hintern und bei Blum und Grisar hat sie für meine Entlassung gesorgt.«
»Und die Entlassung deiner Kollegin! Für die hat wer gesorgt?«
»Frag alle in der Abteilung, sie hat mich bis zum Äußersten gereizt. Jetzt hat sie ihre Strafe.«
»Du nicht?«

»Ich habe schon eine neue Stelle. Da schaust du.«
»Ja, da schaue ich, aber auf den Koffer. Der ist gar nicht in deiner Firma gekauft, also auch nicht für eine Genossin. Da hängt das Etikett von dem Ledergeschäft am Rathaus. Also 'raus mit der Sprache.«
»Den Koffer habe ich heute nachmittag gekauft. Ich fahre morgen fort, meine neue Stelle antreten. Franz, ich flehe dich an, weck die Mutter nicht. Es ist besser so. Es gäbe ja nur Aufregung und Geschrei. Ich hatte ihr einen Brief hinterlassen wollen. Nur ein paar Kleider nehme ich mit. Das ist alles. Das Taxi holt mich in einer Stunde ab. Ich übernachte in der Stadt, bei einer Kollegin von der Abteilung, weil der Zug so früh geht. Und weißt du wohin ich ziehe . . .?«
»Ich will es nicht wissen. Ich will nicht belogen werden.«
»Aber eines mußt du mir glauben, Franz, entlassen worden bin ich einzig und allein, weil ich im Betrieb für die Partei agitiert habe. Der Krach mit der Neuburger war dem Grisar ein willkommener Anlaß, um mich 'rauszuschmeißen.«
»Daß du es zu dem Krach hast kommen lassen, war eine Verfehlung gegen die Interessen der Partei. Sie verliert eine Informationsquelle. Du hast immerhin regelmäßig über die Zustände in der Firma berichtet.«
»Nicht als einzige. Die hatten meistens schon Informationen, wenn ich meine abgab.«
»Das erfindest du jetzt. Selbst wenn die Partei bereits im Besitz von hundert Informationen gewesen wäre, dann hätte man dir das noch lange nicht auf die Nase gebunden.«
»Aber man hat es mir zu verstehen gegeben.«
»Jetzt lügst du. Oder aber du hast dich wichtig gemacht, und man hat dir einen Dämpfer geben wollen.«
»Die bin ich ja gewohnt zu bekommen.«
»Von wem?«
»Von dir. Sitzt du nicht schon wieder wie ein Richter vor mir?«
»Nein, es ist die Partei, die dich hier richtet. Ich vertrete die nur. Wie konntest du alle Grundsätze derart vergessen und wegen eines Pralinés deine Kollegin dem Klassenfeind ausliefern! Es war doch wegen eines einzigen Pralinés, oder?«
»Die Neuburger hat dir, da mache ich jede Wette, erzählt, daß noch etwas anderes im Spiel war, und das ist nicht wahr. Ich habe den Karl nie betrogen.«
»Aber betrügen wollen.«

»Wenn du dir das von der Neuburger hast einreden lassen, bitte. Was kann ich dagegen machen?«
»Aber, daß du sie wegen eines einzigen Pralinés als Diebin bezeichnet hast, das streitest du doch nicht ab.«
»Das Wort ist mir 'rausgerutscht. In der Wut. Du warst ja nicht dabei. Du kennst die Neuburger nicht wie ich sie kenne. Daß sie klaut, damit ist doch alles über sie gesagt.«
»Halt den Mund, du hast sie stehlen lassen und mitgegessen!«
»Konnte ich wissen, daß das Zeug gemaust war?«
»Du ekelst mich an. Ich bin froh, daß du aus dem Haus gehst. Pack deine Sachen und komm ja nicht, dich verabschieden. Weißt du, was du bist? Ein richtiges Radieschen bist du. Rot angelackt, aber innen, wie sieht es da bei dir aus!« 1926

DER SCHUSS IM TIERGARTEN

In der Nacht vom Samstag auf Sonntag wurde, zugleich mit einigen anderen Strichjungen, der elternlose, achtzehnjährige Ernst Drewer im Tiergarten verhaftet. Die Polizei behielt ihn bis morgens in Gewahrsam. Dann mußten sie ihn entlassen. Es lag nichts gegen ihn vor. Die Beamten kannten ihn seit langem. Er war jetzt das vierzigste Mal festgenommen und entlassen worden. Drewer machte sich nicht mehr viel daraus. Er hatte eine leichte Ader, wie er es auch nicht allzu schwer nahm, daß er dreihundert Tage des Jahres ohne Arbeit herumlief. Meistens war der Lohn sowieso zu gering, nur auf seiner letzten Arbeitsstelle wäre er gerne geblieben. Da hatte er ganz gut verdient. Aber Pech muß der Mensch haben. Pech muß auch der Ernst Drewer haben. Zwanzig Mann hoch arbeiteten sie auf der Baustelle, ausgerechnet ihm muß ein Gerüstbalken die linke Hand zerquetschen. Wenn es wenigstens etwas Schlimmeres gewesen wäre, dann hätte er sich ein paar gute Wochen im Krankenhaus machen können.

Ernst Drewer hatte nun nichts anderes zu tun, als einmal in der Woche eine winzige Unterstützung abzuholen. Von dieser Rente könnte nicht einmal der größte Rechenkünstler leben, wie erst sollte es Ernst Drewer anstellen, mit so wenig Geld so viel freie Zeit totzuschlagen. Er ging also wieder regelmäßig in den Tiergarten spazieren, abends, um die Zeit, wenn merkwürdige Herren dort auf und ab prominieren und die Jungens um Feuer ansprechen oder sonstwie ein Gespräch einleiten. Er ging auf den Strich, was immer noch besser und weniger aufregend ist als Diebstahl und Einbruch. Lästig sind nur die Polizeistreifen, die dann und wann plötzlich auftauchen und die Jungens ohne Ansehen der Person auf die Wache bringen. Gestern hatten sie ihn, obwohl er den Beamten gut bekannt war, zum vierzigsten Mal verhaftet, und eben verläßt er zum vierzigsten Mal in bescheinigter Unschuld das Polizeigebäude. Er hat nichts auf dem Kerbholz. Er hat nichts gestohlen, keinen Einbruch verübt, er hat niemanden betrogen, keinen Kavalier erpreßt, alles ist in Ordnung, und wenn er jetzt etwas mehr Geld in der Tasche hätte, würde er sich ein feines Frühstück leisten! Aber es langt

nur für ein paar Schrippen, und die sind heute am Sonntag trocken.
Wie lang und wie langweilig ist dieser Sonntagmorgen! Die Straßen sind leer, nirgendwo passiert etwas, die wenigen Zigaretten hat er verraucht. Seine Schlafstelle kann er nicht aufsuchen: er hat der Wirtin am Sonntag die Miete nicht bezahlt. Hoffentlich gelingt es heute abend, etwas Geld aufzutreiben. Er verbringt den Tag im Wartesaal eines Bahnhofs. Es ist das reinste Fegefeuer: Ununterbrochen strömen die Reisenden an das Büfett: »Ein Helles«, »Eine Wurst mit Kartoffelsalat«, »Ein Schinkenbrot«, »Zehn à Sechs«, »Zwei Zigarren«, »Eine Tafel Schokolade«, »Einen Kognak«!! Das muß er sich anhören.
Drewer bettelt nicht. Er bettelt ganz einfach nicht, er bittet nicht einmal die dicke Bäuerin an dem Tisch gegenüber, ihm eines von ihren belegten Broten abzugeben. Dabei schaut sie ihn so gutmütig und mütterlich an, wie ihm seine Wirtin niemals einen Blick gönnen würde.
Von den Kollegen ist auch keiner zu erblicken. Er könnte ja in den Kneipen nachsehen, aber jetzt sitzt er einmal fest und sieht der Bäuerin zu, wie sie kaut und schmatzt, sieht Hunderte ein- und ausgehen, erkennt Dutzende von Zigarettenmarken, die in seiner Nachbarschaft geraucht werden, hört das fortwährende Geklapper aus der Spülküche hinter dem Büfett und die Züge auf den Bahnsteigen ein- und auslaufen, bis es dunkel wird. Jetzt macht er sich auf den Weg. Er muß Geld herbeischaffen. Die Wirtin weist ihn von der Tür, wenn er heute nichts mitbringt . . .
Es sind nur ein paar Schritte bis zum Tiergarten. Er biegt sofort in einen der gewohnten Seitenpfade ein. Nach einer halben Stunde hat er den ersten Kavalier gefunden. Es ist ein Unbekannter. Im allgemeinen hält er auf Stammkundschaft. Heute wird nicht lange gefragt. Der Herr scheint Geld zu haben. Am Hauptweg hält er ein Taxi an: »Fahren Sie bitte langsam«, erklärt er dem Chauffeur . . . und sie fahren langsam durch den Tiergarten.
Nach einer Stunde kommt Drewer zu Fuß an seinen Platz zurück. Jetzt fehlen ihm nur noch zwei Mark für die Miete. Bei dem Herrn hatte er sich allerdings verrechnet. Er hatte mit dem Preis heruntergehen müssen. Zum Glück herrscht großer Betrieb. Die Kollegen sind alle auch schon zum zweiten Mal da . . .

Bald spricht ihn ein Herr an. Er lädt Drewer sogar in eine Wirtschaft ein.

Gegen Mitternacht zieht ein junger Mann torkelnd und singend zu dem Treffpunkt im Tiergarten. Drewer hat zuviel getrunken, er klimpert mit dem Geld in der Tasche und belästigt die Passanten mit ausgelassenen Redensarten. Er ist in bester Stimmung. Jetzt wird er mit den Kollegen noch ein Glas Bier ausgeben. Der zweite Herr war ein Kavalier vom Scheitel bis zur Sohle. Das muß man ihm lassen.
»Nicht wahr, Fräulein«, ruft er einem Mädchen, das mit einem jungen Mann vorüberkommt, zu, »alles, was recht ist, Kavalier bleibt Kavalier, zehn Mark.«
In demselben Augenblick erhält er einen Faustschlag mitten ins Gesicht. Ehe er zur Besinnung kommt, einen zweiten, indes das Mädchen nach der Polizei schreit. – Drewer liegt am Boden, als die Beamten kommen. Sie helfen ihm nicht auf die Beine, sie knüppeln ihn in das Polizeiauto hinein. Dann fesseln sie ihm mit Bindfaden die Hände.
Drewer ist auf einmal vollkommen nüchtern. Er unterbricht den Beamten, der die Namen des Pärchens feststellen will, mit lauten Zurufen. Man glaubt ihm nicht. »Wir werden Ihnen Mißverständnis geben«, droht der Polizist, »Sie haben der Dame doch zehn Mark angeboten, wenn sie mit Ihnen ginge.« Er läßt Drewer nicht zu Wort kommen und schwingt sich zu ihm auf das Auto. Drewer kennt die Richtung, die der Wagen einschlägt. Nein, heute geht er nicht mit. Er hat die letzte Nacht dort verbracht. Er weiß auch, wie man ihm dort den Mund stopfen wird, nichts wird man ihm glauben, aber ein paar Wochen werden sie ihm aufbrummen. Und er hat seine Miete so schön beisammen! Bis jetzt hat er den Beamten, wenn sie ihn mitnahmen, nie Schwierigkeiten gemacht: sie kennen ihn auch alle. Deswegen wohl hat man ihm keine Handschellen angelegt, sondern mit einem dünnen Bindfaden der Form genügt. Den Faden könnte er sicher durchbeißen, wenn der Begleitbeamte sich noch ein Stück Weges länger so wenig um ihn kümmert und in seinem Notizbuch offenbar etwas sucht.
Drewer ist der Dümmste nicht. »Herr Wachtmeister, putzen Sie mir bitte die Nase«, fängt er an, »in der linken Tasche ist das Taschentuch.«

»Wisch sie dir doch am Ärmel ab.« Der Beamte hebt nicht einmal den Kopf von seinem Notizbuch.
Drewer schwitzt vor Aufregung, während er sich die Nase wischt und den Bindfaden durchbeißt. Dann spielt sich alles blitzschnell ab.
Drewer gibt dem Beamten einen Stoß, springt ab und rennt in den Tiergarten zurück. Eine halbe Minute nach ihm springt der Wachtmeister aus dem noch fahrenden Wagen, jagt ihm nach, er ist schneller und kräftiger als der unterernährte und durch Ausschweifungen geschwächte Drewer, holt ihn ein, packt ihn und wirft ihn unter sich. Die beiden wälzen sich in einem ungleichen Kampf auf dem Boden. Drewer versucht hochzukommen, wird aber wieder niedergeboxt. Passanten laufen hinzu, betrachten diesen beinahe erheiternden Kampf, ohne einzugreifen. Es kann sich ja nicht um etwas allzu Ernsthaftes handeln, sonst hätte der Beamte um Hilfe gepfiffen oder gerufen, – da ertönt ein Knall, ein zweiter, der Polizist hat den Drewer ins Herz geschossen. Mit so viel Geld in der Tasche hat er sterben müssen.
Der Polizeibericht, den die Zeitungen in der Nacht und am anderen Tag in großer Aufmachung brachten, besagte, daß es einer Polizeistreife gelungen sei, des lange gesuchten Schwerverbrechers Ernst Drewer im Tiergarten habhaft zu werden. Es sei ein Kampf auf Leben und Tod gewesen, und Drewer habe bei seinem tätlichen Widerstand gegen die Beamten den Tod gefunden.
Dies geschah am 13. Januar 1929 in Berlin.

1930

EDUCATION SENTIMENTALE

An dem Tag, als die amerikanischen Besatzungstruppen im Winter 1918 in Koblenz zum erstenmal den Rhein sahen, stand Pitter Bünger vor Gericht. Er hatte ein Wasserleitungsrohr gestohlen und es unglücklicherweise an denselben Klempner verkaufen wollen, der es dem bestohlenen Klosettbesitzer geliefert hatte. In Anbetracht seiner Jugend und der Not, in der er mit seiner Mutter und den elf Geschwistern seit dem Kriege lebte, vielleicht aber auch dank der allgemeinen Verwirrung, die die Ankunft der fremden Armee in der Stadt hervorgerufen hatte, wurde er, obwohl dies der dritte aufgedeckte Diebstahl des siebzehnjährigen war, nur zu drei Tagen leichter Gefängnishaft verurteilt und sofort abgeführt.

So sah er die Kakiuniformen der Soldaten aus der Neuen Welt erst drei Tage später als seine Brüder, die, als er wieder in die Küche seiner Mutter trat, dort längst Schokolade, Reis, Fett, Konservengemüse und andere, vier Jahre entbehrte Habe aus dem Fuhrpark der reichen und sorglosen Armee aufgespeichert hatten.

Die Büngerjungens, alle schöne, schwarze, in der ganzen Stadt als Diebe und Taugenichtse verrufene Burschen, standen an diesem Tag mal wieder in einem bestimmten Verdacht. Ihre Etagennachbarn von links und rechts in der vollbesetzten Mietskaserne hatten sich seit achtundvierzig Stunden aufs heftigste über sie zu beschweren: Sie nahmen ununterbrochen den primitiven Abort, der mehr als dreißig Menschen Zuflucht gab, für sich in Anspruch. Den Gerüchen aus ihrer Küche nach mußten sie sich an fetten Speisen, unkontrollierbarer, jedenfalls nicht ehrlicher Herkunft, überfressen haben. Die Folge davon war, daß sie es auf ihren Stühlen nicht aushalten konnten. Pitter machte sich also, von allen gewarnt, sehr vorsichtig an die außerordentliche, ihm zur Heimkehr bereitete Mahlzeit heran und ließ sich, während er langsam aß, erzählen, wo und wie man Reis und Konserven finden konnte.

Die Amerikaner waren also gekommen; vom Hörensagen wußte er, daß die Kriegsmächte einen Waffenstillstand ge-

schlossen hatten und Koblenz den Amerikanern als Besatzungszone zugewiesen war.
Kakifarbene Uniformen trugen sie also, und alles sollte nur so in Fett und Reis schwimmen, wahrscheinlich auch in Geld, denn Kontrolle, wie bei dem deutschen Militär, wo es zuletzt nichts zu beißen, also auch nichts zu stehlen gab, sei so gut wie nicht vorhanden.
So gingen sie noch in dieser Nacht aus. Pitter brachte aber nur ein Loch in seiner Mütze nach Hause. Die Wache in dem Lebensmitteldepot hatte hinter ihnen hergeschossen. Ein zweiter Versuch, in der folgenden Nacht unternommen, endete noch kläglicher: Pitter rannte, als sie bei der Flucht alle auseinanderstoben, einer Streife Militärpolizei geradewegs in die Arme. Diese Polizisten machten sich ihr Handwerk sehr leicht.
Sie leuchteten ihm, als er, schon außer Atem, eine abschüssige Straße hinunterrannte, mit scharfen elektrischen Taschenlampen in die Augen. Er stolperte, fiel, wurde mit einem Kinnhaken wieder auf die Beine geboxt und stand vor drei unflätig grinsenden Kerlen, die ihr Kinn wie wiederkäuende Tiere ohne Unterlaß bewegten und ihn fast, hätte er über ihren Fragen nicht so angestrengt die Ohren spitzen müssen, zu lautem Lachen gereizt hätten.
Die wollten ja gar nicht wissen, was und ob er gestohlen hätte, die wollten etwas ganz anderes von ihm. Und als einige Minuten später ein Trupp Soldaten bei ihnen halt machte, ob sie niemanden gesehen hätten, ein paar Burschen wahrscheinlich, schauten sich die Kerle nicht zuerst in die Augen, sondern erklärten sofort, dieser junge Mann da sei auch, wahrscheinlich von derselben Bande, angefallen und von ihnen eben aufgefunden worden. Einer verdeutschte diese Erklärung dem vor Angst zitternden Pitter, wobei er ihm fest und mit Absicht auf den Fuß trat.
Es handelte sich, nachdem der lästige Trupp seinen Weg fortgesetz hatte, also darum, den Soldaten zu verraten, wo und ob es überhaupt Mädchen in diesem verdammten Nest gebe. Sie holten aus ihren Hosentaschen Schokolade, Zigaretten und Geldstücke, während sie einige sehr deutliche Fragen stellten.
Ja, das konnte Pitter ihnen verraten. Eine kleine Gasse, Häuschen mit dem roten Licht über der Tür, eins neben dem andern. Als er den Ort näher beschrieb, stießen sie enttäuscht Flüche aus, deren Sinn er trotz der fremden Sprache erriet: Gesperrt für

Militär, diese Gasse sei ihnen selber bekannt. Etwas anderes!! –
Um Mädchen hatte Pitter sich noch nie gekümmert. Die Fußtritte und Faustschläge, mit denen die drei ihn verabschiedeten, sorgten dafür, daß er sich endlich auch in dieser Welt umtat. Er kam bald auf den richtigen Weg.
An einem der nächsten Abende schon verabschiedete ein Sergeant ihn mit Schokolade, Zigaretten, Kaugummi und einem Rasierapparat, Marke Gillette. Er hatte dafür in den buschigen Anlagen am Rhein eine halbe Stunde Schmiere stehen müssen, während der Amerikaner auf dem feuchten Rasen mit einer Kellnerin seine Gesundheit aufs Spiel setzte.
Den Soldaten war der Verkehr mit den deutschen Mädchen zunächst streng untersagt. Die Absteigequartiere waren grotesken Kontrollen ausgesetzt, die Gefängnisse füllten sich und Pitter wurde eine unentbehrliche Persönlichkeit. Zwei Wochen nach dem Einzug der Amerikaner ließ er den Schlossermeister, bei dem er in der Lehre war, im Stich und warf sich ganz auf das neue Gewerbe. Er tat sich mit einem Freund zusammen, dessen Vater Pedell und Verwalter einer Volksschule von sechzehn Klassen war. Pitter brachte abends die Kunden, der Pedellssohn öffnete die Klassentüren. Licht durften die Pärchen nicht machen. Die Taxe wurde von Fall zu Fall vereinbart und ehrlich zwischen den beiden geteilt, bis das Schulhaus bei den Huren so bekannt war, daß sie sich von selber dort einfanden und Pitter überflüssig wurde. Der Pedellssohn konnte die Türen allein öffnen und hielt, um Pitt, wie er sich jetzt unter Anpassung an die amerikanische Sprache nannte, dies begreiflich zu machen, ihm eines Abends einen Gummiknüppel, den er einem betrunkenen Besatzungspolizisten gestohlen hatte, unter die Nase, als es Zeit war, die Einnahmen zu zählen und zu teilen.
Pitt war so töricht, seinen Teilhaber der Polizei zu denunzieren. Er wurde zwei Tage später von einer Rotte Soldaten, früheren Kunden, in einer hochanständigen Bar angepöbelt, in dem Augenblick, als er mit dem Besitzer einer Autogarage um die Überlassung eines Wagens ohne Chauffeur verhandelte. Er konnte diese Verhandlungen erst einige Wochen später mit verbundenem Kopf zu Ende führen und vermietete dann mit Hilfe der Hure Rosa, die ihn ohne Entgelt, aus reiner Verliebtheit in ihrem Gewerbe unterwiesen hatte, abends stundenweise, an einem verlassenen Bauplatz jenes Auto, das am frühen

Morgen von dem Besitzer gegen Rückgabe der gestellten Kaution und Abzug einer erpresserischen Miete wieder abgeholt wurde.

Pitt trug jetzt elegante Anzüge und Popelinehemden. Unglücklicherweise hielt die Liebe der Rosa zu ihm mit dem Kundenzuwachs gleichen Schritt. Ihn ekelte bald vor ihren Zärtlichkeiten. Er war ein feiner Herr geworden.

Als er sie zu sehr fühlen ließ, daß er nur ihre geschäftliche Seite schätzte, erschien sie eines Abends mit einem kräftigen Kerl, der seinen Uniformkragen aufgeknöpft trug, und bedeutete Pitt energisch, er möge sich nicht weiter bemühen, Jimmy, ihr Begleiter könne fahren und im übrigen sei wohl glatte Rechnung. Jimmy spuckte kräftig aus – und zwar traf er dabei Pitts Lackschuhe – ehe er sich neben Rosa an das Steuer setzte und den Blicken Pitts entschwand.

Seit diesem Ereignis haßten Pitt, der Besitzer des Autos und Jimmy und Rosa einander. Jimmy und Rosa fragten den Autobesitzer, als er ihnen mit dem lästigen Gerede, »sie seien jetzt lange genug in seinem Wagen gefahren«, immer mehr auf die Nerven ging, ob er geradewegs ins Gefängnis marschieren wolle; Pitt gab dem armen Mann ebenfalls zu verstehen, daß auf Kuppelei hohe Strafen stünden, denen sie beide sich doch lieber nicht aussetzen sollten, er, Pitt, sei ein Opfer seines Berufes geworden, während ein Autobesitzer niemals soviel verlieren könne, daß er nichts mehr zum Leben habe, er erinnere nur an die hohe Miete und die zurückbehaltene, letzte Kaution, die er ihm habe entrichten müssen.

Schließlich konnte Pitt nicht von diesen schönen Reden leben, die Wohnung seiner Mutter betrat er nicht mehr und mit seinen Brüdern, die kleine, schlecht angezogene Diebe geblieben waren, konnte er sich nicht auf der Straße sehen lassen. So ließ er sich die gefühlvolle Bekanntschaft eines alten, amerikanischen Majors, dem die Frauen nichts zu sagen hatten, gefallen.

Er wohnte auf dessen Kosten in einem luxuriösen Dreizimmerappartement, dessen Aussicht auf den Rhein das Entzücken seiner Freundin Kitty war, die er, Pitt, wiederum mit dem Gelde des Majors, aber ohne dessen Wissen, aushielt.

Bis sich die deutsche Polizei für ihn interessierte und ihn auf ihr Bureau, Abteilung »Sitte«, beorderte. Man empfahl ihm dort, dem schamlosen Gewerbe Lebewohl zu sagen und an die Drehbank zurückzukehren, andernfalls man ihn den amerikanischen Polizeibehörden zur Ausweisung aus dem besetzten Gebiet übergeben werde.

Am nächsten Morgen schon hatte Pitt eine Anstellung als Privatdolmetscher des Majors nach einer sehr heftigen Unterhaltung durchgesetzt. Er genoß jetzt den Schutz der Besatzung, bekam einen besonderen Paß und scherte sich nicht mehr um die heimischen Behörden. Die besorgten und zornigen Einwände seines alten Freundes hatte er damit zerstreut, daß er ihm die Zunge herausstreckte und ihm klar machte, diese habe ihm der liebe Gott zum Sprechen und nicht zum Schweigen gegeben, auch, wenn seine Kenntnisse im Englischen noch mangelhaft seien.

Dies mußte er dem liebenswürdigen, alten Militär noch einmal ins Gedächtnis rufen, als dieser ihm »zu nahe« Beziehungen mit einem kriegsfreiwilligen Leutnant unterschob, dessen sagenhafter Reichtum schon manchen hübschen Jungen auf die schiefe Bahn gebracht hatte.

Pitt bezog jetzt ein Gehalt als Dolmetscher des Majors, als Freund des Majors und als Freund des jungen Leutnants. In seinem Schrank häuften sich die Anzüge und Seidenhemden, in seinem Schlafzimmer, das er mit Kitty und den beiden Amerikanern abwechselnd teilte, lagen Lackschuhe wie Zigarettenstummel umher. Da er niemanden liebte, gedieh er bei diesem Leben aufs beste und seine Schönheit, besonders der Glanz seiner dunklen Augen, nahm mit der Eleganz seiner äußeren Erscheinung immer mehr zu. Um diese Zeit hatte er ebensoviel Mühe, die Anträge, die ihm von Frauen, Mädchen und Angehörigen der Armee gemacht wurden, höflich abzulehnen, wie seine Geldgeber um keinen Preis zusammentreffen zu lassen. Kitty bewunderte ihn restlos.

An dem Jahrestag des Waffenstillstandes, der von den Besatzungsmächten ausschweifend gefeiert wurde, geschah es nun, daß er im Grand Hotel »Traube« einen betrunkenen Offizier, der sich seiner allzu zärtlich annahm, heftig in die Grenzen des Schicklichen zurückwies. Es entstand ein toller Lärm um die beiden, ein Streit, in dessen Verlauf die Namen der beiden Freunde Pitts und der seiner Freundin Kitty mit eindeutigem Hinweis fielen. Der Klatsch machte noch an demselben Abend durch die Militärtelephone seinen Weg und Pitt traf am nächsten Abend Kitty, den Major und den Leutnant in seiner Woh-

nung. Es war aber nur mit Kitty ein Zusammensein verabredet.
Der Major und der Leutnant hatten sich, im Zusammenklang ihres abseitigen Geschmacks und auch wohl der höheren Gewalt des gefürchteten Skandals weichend, gefunden – und das Tribunal bereits gebildet, als Pitt noch in Wohlgerüche gehüllt vom Friseur in sein Appartement zurückkam. Dort tat er fürs erste den Mund nicht auf. Er ließ Schimpf und Schande in brutalen, von seiten des Leutnants, und wehmütig-vorwurfsvollen Worten von seiten des Majors über sich ergehen, ohne die beleidigten Liebhaber zu unterbrechen. Als ihre Stimmen endlich heiser wurden und zu Fistelstimmen anstiegen, bat er sie, wenn schon nicht auf ihn, so doch wenigstens auf die anwesende Dame Rücksicht zu nehmen – und schlug ihnen damit die Waffen aus der Hand. Der taktvolle Pitt zündete sich eine Zigarette an und machte, auf dem daumendicken Teppich hin und her spazierend, den Herren in aller Ruhe Vorschläge zu der neuen Lage, die ein unglücklicher, absolut überflüssiger Zwischenfall heraufbeschworen habe. Vor allem aber möge man sich beruhigen und seinen Weisungen fügen. »Sie«, wandte er sich an den Leutnant, »sind so stark kompromittiert, daß wir noch zusehen müssen, was man mit Ihnen anfangen wird, bitte bleiben Sie sitzen«, und »Sie, lieber Major, sind schließlich in dem Alter, das ein Zurückziehen von den Geschäften und der Liebe sowieso fordert. Ihnen beiden steht ein anständiger Skandal bevor; im Gegensatz zu mir, können Sie dem nicht gleichgültig entgegensehen. Ich bin der einzige, der ihn abwenden kann. Sie, lieber Major, haben mir in einer schwachen Stunde die Höhe Ihres Vermögens verraten, und der Reichtum des Leutnants ist öffentlich bekannt. Es steht Ihnen also nichts im Wege, meine Existenz so zu legitimieren, daß ich in der Lage bin, dem Beleidiger Ihrer Ehre einen Prozeß anzudrohen . . .«
Der Leutnant meldete sich wie in der Schule zum Wort, er hob den Finger. Ob er seinen Gedankengängen nicht habe folgen können, fragte Pitt höflich. Doch! Dann möge er ihn gefälligst zu Ende sprechen lassen.
Er schlage also folgendes vor: Da man dem Skandal nicht mit der Flucht aus Koblenz begegnen könne, sei es das beste, man telephoniere sofort an die lokalen deutschen Zeitungen und an das amerikanische Armeeblatt eine Anzeige, nach der er, Pitt, sich mit der anwesenden Kitty morgen verlobe. Kein Empfang.

»Zugleich werde ich durch geeignete Leute das Gerücht zirkulieren lassen, jener Offizier, der schon seit langem meine Braut mit Anträgen verfolge, habe meine Ehre und die meiner Freunde, Sie, in diesem Falle, meine Herren, beschmutzen wollen, um auf diese niederträchtige Weise den Bruch mit meiner Verlobten herbeizuführen und wahrscheinlich auch das bürgerliche Ansehen des Herren Pitt Bünger zu untergraben, der im Begriff sei, ein Autogeschäft am Platz zu eröffnen . . .«

Der Leutnant brach in Lachen aus. Jeder in den Besatzungskreisen wisse doch, aus welchem Dunkel er stamme, daß er kein Geld habe, um ein Geschäft zu gründen, und überhaupt . . . »Das nötige Geld«, überschrie Pitt den Spötter, »weisen Sie und der Major mir jetzt an, das habe ich von Ihnen beiden, sagen wir, einem alten Onkel aus Amerika, geerbt. Auf eine Berliner Bank die Schecks. Keep smiling, s'il vous plaît . . .«

Die widerwärtige Konversation, die sich jetzt entspann, schloß Pitt, indem er ein Fenster öffnete und die Vorhänge hochzog. »Feilschen Sie doch nicht«, rief er, »in Anwesenheit dieser Zeugin, liebe Freunde, man hört Sie ja bis auf die Straße.« Der Leutnant fuchtelte wild mit einem Revolver, er wolle diese Bagage über den Haufen schießen, schrie er, schwieg aber bald, als Pitt ein zweites Fenster öffnete, »damit man ihn noch besser unten höre«. Im übrigen sei die Drohung mit der Waffe eine ganz gewöhnliche Erpressung, auf die, bitte, er, Pitt, doch kaum hereinfallen könne. Die zärtlichen Briefe, die beide Herren unvorsichtigerweise ihm des öfteren geschrieben hatten, würden Ihnen, sobald die Schecks ausgeschrieben seien, gerne ausgehändigt. Es handele sich hier um ein ganz loyales Geschäft, wenigstens seinerseits, wenn die Herren sich doch nur auch, möglichst bald, zu seiner Auffassung der Dinge bekennen möchten.

Als die Schecks endlich ausgeschrieben waren, versicherte er jedem der beiden, wie sehr er das Ende ihrer köstlichen Freundschaft bedaure, aber angesichts des drohenden Skandals schlage er Ihnen als Mann von Welt vor, sich einmal wöchentlich in dem ersten Dancing der Stadt zu treffen, um allen Gerüchten auf diese Weise entgegenzutreten. Seine Frau Kitty sehne sich schon seit langem danach, die Herren näher kennenzulernen, denen sie Glück und, hoffentlich auch, dauernden Wohlstand verdanke.

Der Major stöhnte, pflichtete ihm aber bei.

Einige Wochen später wurde mit einem großen Aufwand an Blumen und Zeitungsreklame das Autogeschäft Pitt Bünger eröffnet. Die Offiziere und Verwaltungsbeamte der Besatzung drängten sich in den Verkaufsräumen. Es war ein Fest, dessen Glanz, wie die »Ameroc News«, das offizielle Organ der Armee, schrieb, durch die Anwesenheit der reizenden Gattin des smarten, jungen Geschäftsmannes eine besondere Note erhielt. Diese Notiz verdankte Pitt dem Einfluß seiner ehemaligen Freunde, die mit dem Ehepaar Bünger jeden Sonntag im Tanzsaal der »Traube« zu kostspieligen Champagnergelagen zusammenkamen. Die deutschen lokalen Zeitungen brachten trotz der großen Anzeigenaufträge, die sie von Pitt erhielten, nur eine karge Notiz, als hätten sie geahnt, daß Pitt sein Geschäft in kurzer Zeit zugrunde richten würde. Nach einem halben Jahr erklärte er auch schon kaltblütig seine Zahlungsunfähigkeit. Jetzt mußte Kitty ihn ernähren. Wie? das war seine geringste Sorge.
Er lebt noch und raucht nur die teuersten Zigaretten.

1928

CLEMENS

Ein Fragment

Für René Janin

»Clemens, noch eine Station, dann sind wir da. Wenn ich bei deinem Vater ein Wort für dich einlegen soll, mußt du mir jetzt die Wahrheit sagen.«
»Glauben Sie mir doch endlich, Herr Wachtmeister! Es ist so, wie ich es Ihnen erzählt habe!«
Der Gendarm sah ihn noch immer ungläubig an. Clemens schlug die Hände klatschend auf die Knie: »Wie oft soll ich es Ihnen denn sagen! Ich hab' nichts gestohlen daheim. Einzig und allein wegen der frommen Luft bei uns bin ich durchgebrannt, und weil mein Vater gerade in dem Punkt so streng gegen mich war.« Mit einem Ruck des Kopfs warf er das Haar zurück, das ihm schon wieder über Stirn und Ohren gefallen war. »Achtzehn werde ich bald! Aber sonntags mußte ich noch immer den Meßdiener machen, in dem lächerlichen Engelskittel, und bei den Prozessionen das große Kruzifix durch die Stadt tragen! Überhaupt, wie einen Schuljungen hat er mich behandelt! Das war nicht zum Aushalten. Hat der Wärter, der mich Ihnen übergeben hat, denn etwas anderes gesagt?«
»Der hat deine Akten sowenig gesehen wie ich; ich habe nur deinen Transport und deine Ablieferung auszuführen. Du kostest den Staat einen Haufen Geld.«
»Der Staat! Ungefragt hat der sich um mich gekümmert, aber zum Friseur läßt er mich nicht gehen! Und daß ich mit dieser Künstlermähne und in diesen Lumpen reisen muß, das schert ihn nicht. Schauen Sie sich meine Hose an und diese Jacke! Der Dickwanst, der die dem Wohlfahrtsamt geschenkt hat! Die haben sie mir bei der Entlassung gestern gegeben; ich bin der beste Turner bei uns, aber in dem Zeug da, alles ist doch zu weit und zu lang für mich, wie sehe ich darin aus? Wie einer, der nicht einmal einen Klimmzug fertigbringt! Und Sie, für Sie ist das doch auch nicht angenehm, mit einem zu fahren, der wie ein Clown daherkommt. Nur die Schminke fehlt!«
»Deswegen bin ich auch in Uniform, kein Vergnügen bei der

Hitze! Wärst du besser in Kluft, hätte ich Zivil angelegt, und alles wäre unauffälliger vonstatten gegangen.«
»Unauffällig!« stieß Clemens aus. Wie war er auf dem Mainzer Bahnhof, wo sie hatten umsteigen müssen, von den Reisenden, die mit ihnen auf den Bummelzug warteten, begafft worden. Gewiß hatten all diese Leute gedacht, er werde ins Gefängnis gebracht. »Wenn ich den Empfang zu Hause nur schon hinter mir hätte«, sagte er und sah zum Fenster hinaus, wo das Flußtal verbeiflog.
»Es geht alles vorüber, Junge, und es wird gewiß nicht so schlimm werden. Dein Vater ist doch ein frommer Mann. So ein Küster, ist das nicht ein halber Pfarrer? Da wird er christlich und nachsichtig sein, und gerade, weil du ihm einen so großen Schrecken eingejagt hast. So etwas macht die Menschen milde!«
»Der und mild!«
Der Gendarm klopfte ihm auf die Knie. »Jetzt sind wir gleich da. Kopf hoch, Clemens!«
Schon knirschten die Bremsen der Lokomotive, die Häuser von Bantolf erschienen, der Wachtmeister schnallte sich den Gürtel um, holte die Schirmmütze aus dem Gepäcknetz und stieg, als der Zug hielt, als erster aus. »Mein Gott, bist du blaß«, sagte er.
Clemens hatte zwischen den lärmenden Sommerfrischlern und Marktleuten, die aus- und einstiegen, den Vater erblickt. »Dort, der Große, der Hüne mit dem roten Bart, das ist er«; er berührte des Gendarmen Arm. »Dort an der Treppe, der Mann im schwarzen Hut und schwarzen Anzug.« Er bat den Wachtmeister, vor dem Abteil zu warten, er wolle keine Bekannten auf dem Bahnsteig treffen.
Als der Schwarm der Ausgestiegenen sich verlaufen hatte, ging er, aus den Fenstern des noch haltenden Zuges neugierig betrachtet, hinter dem Gendarmen auf den Vater zu, der ihnen unbewegt entgegensah. Der Wachtmeister führte die Hand an die Mütze.
»Herr Wirg?«
»Der bin ich.«
»Ich bringe Ihnen also Ihren Jungen zurück, er hat sich gut aufgeführt und mir keinen Anlaß zu Klagen gegeben.«
»Herr Wachtmeister, Sie haben Befehl, mir den Kerl ins Haus zu bringen. Er soll Ihnen den Weg zeigen.«
Oh, die Gemeinheit vom Herrn Küster, dachte Clemens voll Zorn. Er wollte etwas sagen, aber schon war der Vater auf der

Treppe, die vom Bahnsteig zu dem tiefergelegenen Stationsgebäude hinabführte.

»Donnerwetter!« stieß der Gendarm aus. »Allerdings, mit dem ist nicht gut Kirschen essen. Und diese Stimme. So einen rauhen Baß habe ich doch noch nie gehört. Und wie er dich übersehen hat! Luft warst du für ihn, Luft!«

»Ich habe es Ihnen ja gesagt! Er will nur, daß die Leute sehen, in welchem Zustand ich zurückkomme. Ich weiß aber jetzt, was mir blüht.«

»Wohnt ihr mitten in der Stadt?«

»Nein, oben auf dem Kirchberg, da ist nur das Pfarrhaus und unseres, aber wir müssen ein gutes Stück durch die Stadt gehen.«

»Hm! Hast du Geld im Sack?«

Clemens sah ihn nur an.

»Also keins. Da kann nun nichts helfen, du mußt in den sauren Apfel beißen. Ich hätt' dir sonst vorgeschlagen, eine Taxe zu nehmen. Jetzt in der Fremdensaison wird es wohl welche geben in eurem Nest.«

»Es stehen immer zwei vor dem Bahnhof, ich könnte Ihnen das Geld später zurückschicken, wenn Sie es für mich auslegen wollten.«

Der Gendarm hörte jedoch nicht auf diesem Ohr, und Clemens sah voll Mißmut den Zug entlang, dessen Fenster noch immer von Neugierigen besetzt waren. Wenn schon diese Reisenden ihn so lästig musterten, wie erst würde es nachher in den Straßen sein, wo ihn alle Leute kannten! »Ich verspreche Ihnen hoch und heilig, Sie bekommen Ihr Geld zurück.«

»Kennst du den Bahnmeister? Vielleicht streckt der dir etwas vor. Da oben steht er.«

Clemens wandte sich um. Im nächsten Augenblick pfiff und winkte er in der Richtung des Packwagens. Er war gerettet! Dort drüben am Ende des Bahnsteigs stand der Lorenz mit dem Herrn Kalter bei dem Bahnmeister. Schon winkte Lorenz zurück.

»Das ist ein Kamerad vom Sportverein, der kann mir sicher borgen«, erklärte er. »Schauen Sie, er kommt auch.«

»Ich hab' dich schon die ganze Zeit gesehen, Clem«, sagte Lorenz. »Na, da bist du ja wieder . . .«

Lorenz hatte kein Geld bei sich. »Ich pump' den Herrn Kalter an«, sagte er, »wir wollten einen Eisschrank holen, der als Passagiergut aufgegeben war, aber die Kiste war nicht im Pack-

wagen. Deswegen hat der Zug so lange gehalten. Ich bin gleich wieder da.«
Clemens sah Lorenz nach und beobachtete, wie er mit Kalter sprach. »Der Herr, den mein Kamerad anpumpt«, erklärte er dem Gendarmen, »besitzt die besten Weinberge und den ersten Gasthof im Ort, der ist der spendabelste Gönner des Sportvereins – da . . . Gott sei Dank.« Er sah, wie der Wirt in die Hose langte und dem Lorenz etwas gab, der gleich darauf mit einem Geldschein winkend im Laufschritt zurückkam. »Erledigt«, sagte Lorenz strahlend und reichte ihm das Geld. »Ich muß noch auf dem Bahnhof bleiben und wegen dem Eisschrank telefonieren. Ich pfeife heute abend bei euch am Garten. Wenn du nicht fortgehen darfst, komm an die Mauer . . .«
»Jetzt keine langen Geschichten«, fuhr der Gendarm dazwischen und drängte zum Aufbruch.
Im Hinabgehen sah Clemens von der Treppe zu Lorenz hinauf, der ihm über das Geländer gebeugt nachblickte. Beim Einbiegen in die Unterführung zog der Wachtmeister die Fahrkarten aus der Manschette seines Rocks und wies auf die Sperre. »Gib dein Billett selber ab, fällt weniger auf.«
Clemens sah dem Beamten, der die Karten entgegennahm, nicht ins Gesicht und hob den Kopf erst, als sie aus dem Bahnhof traten. Zu seiner Enttäuschung war keine Droschke da, der kleine Platz lag verlassen in der Sonne.
»Fünf Minuten gebe ich dir, bis eine kommt, aber nicht mehr«, erklärte der Gendarm.
Clemens sah zur Bahnhofsuhr. Es ging gegen Mittag. Nun verstand er, warum die beiden Mietwagen, wenn die eben Fahrgäste gehabt, nicht zurückgekommen waren. Sie warteten unten am Rhein auf den Dampfer, der um diese Stunde von Koblenz her eintraf. Es konnte dauern, bis sie wieder an ihren Standplatz kämen.
»Euer Bahnhof liegt aber schwer abseits der Stadt«, bemerkte der Gendarm, »kein Vergnügen bei der Hitze, wenn wir zu Fuß gehen müssen.«
»Es kann nicht mehr lange dauern. Die Taxen kommen ja an jeden Zug.«
»Geh hinein und frag, wann der nächste fällig ist.«
»Gucken Sie doch.« Clemens wies auf seine zerfranste Hose und die übergroße Jacke. »Und dann, Ihnen gibt der Beamte doch bessere Auskunft als mir!«

»Damit du mir indessen über alle Berge gehst!« Aber der Wachtmeister fügte versöhnlich hinzu: »Ist ja verständlich.« Eben wollte er sich fügen und hineingehen, da kam Kalter aus dem Gebäude.

Clemens wandte sich rasch um und kehrte dem Wirt den Rücken zu. Zu spät. Kalter trat vor ihn und streckte ihm die Hand entgegen. »Na, Clemens, kennst du die Leute nicht mehr? Wer wird sich denn so genieren! Kannst mir ruhig guten Tag sagen.«

Clemens stotterte sogleich ein paar Worte des Danks für das Geld. »Jetzt muß nur aber eine Taxe kommen.«

Da sprach Kalter den Gendarmen an. »Sie finden jetzt keine Taxe, Herr Wachtmeister. Wenn Ihnen mein Lieferwagen recht ist, er steht dort drüben an der Güterrampe. Ich muß sowieso leer heimfahren.«

Clemens zog sogleich das Geld aus der Tasche. »Dann brauche ich es ja nicht.«

»Wie wäre es, wenn du es behieltest, kannst es mir ja später zurückgeben«, versetzte der Wirt mit einem prüfenden Blick. »Na, die paar Wochen in der anderen Welt scheinen dir ja gar nicht schlecht bekommen zu sein, nur im Gesicht bist du ein bißchen hager, und dann dein Haar! Aber sonst . . . ! Also, dann fahren wir am besten gleich.«

Der Gendarm nahm vorn auf der Steuerbank Platz neben dem Wirt. Clemens bat, sich in den Kasten des Wagens setzen zu dürfen. Das Plantuch würde ihn vor der Neugier der Leute schützen. Wie er es erwartet hatte, flüsterten Kalter und der Wachtmeister miteinander, sobald sie fuhren. Er horchte nicht hin. Über wen sie redeten, konnte er sich nur zu gut denken.

Schon waren sie an den ersten Häusern, schon war der Markt überquert, schon ratterte der Wagen das steile Gäßchen hinauf, an dessen Ende sie aussteigen mußten. Dort begann der Fußweg, der zum Kirchberg führte und ihn mit jedem Schritt dem Vater nähern würde.

Als sie hielten, sagte Kalter dem Wachtmeister: »Bringen Sie den Jungen heim, ich warte hier auf Sie. Sie sollen ein gutes Mittagessen bei mir bekommen, weil Sie menschlich mit ihm umgegangen sind.«

Clemens dankte dem Wirt.

»Soll ich mitgehen?« fragte Kalter. »Hast du Angst?«

»Die Schläge kriege ich, auch wenn die ganze Stadt mitkommt;

ich hätte nur eine Bitte: Sagen Sie niemandem, daß mich die Polizei heimgebracht hat.«
Kalter versprach zu schweigen. »Ich habe das auch schon dem Lorenz gesagt. Er erzählt keinem, mit wem du zurückgekommen bist.«
Dann stieg Clemens mit dem Gendarmen zur Küsterei hinauf. Dort fand er die Tür verschlossen. Er läutete. Niemand öffnete.
»Dein Vater ist noch nicht von der Bahn zurück«, sagte der Gendarm, »ist denn sonst niemand bei euch im Hause? Deine Mutter?«
»Die ist vor zwei Jahren gestorben. Aber die Schwester meines Vaters, die Tante Bebbi, muß doch da sein und die anderen, meine Geschwister, wir sind sieben.« Und da der Gendarm auf die geschlossenen Fensterläden wies, fügte er hinzu: »Nein, das ist wegen der Hitze.« Er zog noch einmal an der Glocke, aber nichts rührte sich. »Sie sind vielleicht im Garten hinter dem Haus, der geht weit in den Berg. Da hören sie das Bimmeln nicht.«
»Ja, dann ruf doch! Oder soll ich den Wirt, wo der so freundlich mit dir war, unnötig warten lassen?«
Clemens zeigte auf das Pfarrhaus. »Sollen die alle ans Fenster kommen, wo ich eh nicht der Liebling des Hochwürdigen bin?«
Da zog der Gendarm selber ein paarmal die Glocke.
Clemens hatte sich auf die Stufen vor der Tür gesetzt; die anderen waren gewiß nicht zu Hause. Warum? Hatte der Vater sie fortgeschickt, um ihn ungestört prügeln zu können? Denn Prügel, furchtbare Prügel standen ihm bevor, und vielleicht noch Schlimmeres.
»Es scheint niemand dazusein.« Der Wachtmeister öffnete den Haken des Kragens. »Steh auf, ich habe keine Lust, hier in der Sonne zu braten, wir gehen auf die Bank da drüben unter den Akazien.«
Vor der Bank blieb er stehen und bewunderte die Aussicht. Er sagte das gleiche, was Clemens schon hundertemal gehört hatte, wenn die Ausflügler hier standen und über die Dächer und Gäßchen der Stadt hinweg zum Rhein und dem Flußtal blickten. »So schön wie ihr möchte ich auch einmal wohnen«, erklärte er am Schluß und setzte sich.
»Ja, ja«, brummte Clemens. Wärst du in meiner Haut, wär dir

nicht nach schöner Aussicht zumute, dachte er.
Der Wachtmeister hatte sich wieder erhoben und schaute sich auf dem Platz um. »Also nur die Kirche, das Pfarrhaus und eures! Da merkt ihr hier oben über der Stadt nichts von den lausigen Autos mit ihrem Gestank und Gehupe. Aber niedrig sind eure Berge, in meiner Heimat, da haben wir ganz andere, Tausende Meter hoch, mit Schnee auf der Spitze.«
Meinetwegen, ich schenke sie dir mitsamt dem Schnee, dachte Clemens. Er war froh, daß der Gendarm über die kleine Mauer, die den Platz gegen den Abhang schloß, auf die Häuser und Höfe schaute, aus denen das Klappern von Deckeln und Löffeln und andere Küchengeräusche heraufdrangen.
Aber schon fragte der lästige Mann von neuem: »Ist da unten eine zweite Kirche?«
»Ach wo«, warf Clemens gereizt hin. Er spürte plötzlich Hunger.
»Komm her, was ist denn das da unten, direkt unter uns?«
Clemens erhob sich. Kaum daß er hinuntergeblickt, fuhr er zurück. »Die Kirchenbänke da in dem Hof? Das ist die Werkstatt des Schreiners Klopp. Bei dem war ich in der Lehre. Er arbeitet fast nur für Klöster und Kirchen.«
»Das muß ihm viel einbringen. Wie die futtern, und Wein dazu!«
Clemens setzte sich auf die Bank zurück. Er wollte von den Klopps nicht gesehen werden.
»Warst du in Kost bei denen?«
Clemens antwortet nicht.
»Wieviel Gesellen der hat!« Der Gendarm zählte: »Eins, zwei, drei, und der Jüngere ist wohl ein Lehrling?«
Da sprang Clemens auf. »Hat er also einen neuen eingestellt!« Er äugte, nun äußerst neugierig, in Klopps Hof hinunter. »Der? Das ist nur sein Sohn. Der Alte hat ihn wohl heimgeholt, weil ich fort war.« Alle in Hemdsärmeln, saßen der Schreinermeister und seine Leute, von der Hauswand beschattet, im Hofe beim Mittagessen. An der Küchentür stand Frau Klopp, ein Kätzchen auf dem Arm, und sah, wie immer, den Essenden zu.
Die Miez, die habe ich der Meisterin geschenkt«, erklärte er, »die ist in den zwei Monaten gehörig gewachsen.«
»Trinken die nun alle Tage Wein?« fragte der Wachtmeister.
»Wein! Der wächst doch hier. Das ist nichts Besonderes. Bei euch trinkt man Bier, weil ihr keine Weinberge habt.«

»Dann wird mir dieser Wirt nachher einen guten Schoppen spendieren?«
»Sehen Sie, das haben Sie mir zu verdanken. Sie werden fein essen und trinken, während ich die Prügelsuppe löffeln muß.« Er berührte den Gendarmen am Arm: »Hand aufs Herz, Herr Wachtmeister, Sie sind froh, wenn Sie mich los sind . . .« Er schwieg plötzlich, er hatte den Vater erblickt. »Da kommt er. Machen Sie es kurz.«
»Mein armer Jung, jetzt ist es soweit. Ja, ich will keine Unterhaltung mit dem Mann«, sagte der Gendarm und drückte ihm die Hand. »Leb denn wohl, und denk daran: alles geht vorüber.« Dann führte er ihn dem sich Nähernden entgegen. »Sind Sie jetzt zufrieden, Herr Wirg? Oder muß die Übergabe in Ihrem Haus stattfinden?«
»Bin ich Ihnen etwas schuldig? Fahrgeld?« erhielt er zur Antwort.
»Die Unkostenrechnung schicken Ihnen die Behörden schon. Ich übergebe Ihnen hiermit also Ihren Sohn. Seien Sie nicht zu streng mit ihm. Es war ja nur ein Jugendstreich. Ich habe schon manchen heimtransportiert und habe ein Auge dafür, wer wirklich schlecht ist; der hier nicht!« Er hob die Hand an die Mütze und entfernte sich eilig.
Clemens erwartete jetzt die erste Ohrfeige. Aber warum rührte der Mann sich nicht und starrte zu Boden? »Vater«, sagte er, »ich weiß, du kannst mir nicht verzeihen. Laß mich fortgehen. Wir werden uns ja nie vertragen . . .«
»Ins Haus!« Mehr sagte der Küster nicht, ging, ohne ihn angesehen zu haben, dem Hause zu, schloß auf, hieß ihn in den Flur treten, riegelte ab und verschwand in die Küche.
Clemens wußte nicht, wie sich verhalten, und blieb stehen. Da gewahrte er etwas, das ihn aufs höchste verwunderte: Am Ende des Ganges stand auf der Treppe eines der Pulte, die beim Dreiherrenamt für die Lesung der Liturgie benutzt werden, und . . . darauf angenagelt ein großes buntes Papier mit dem Aufdruck »Willkommen«. Was bedeutete dies? Willkommen! Warum aber hatte der Vater ihm nicht einmal einen Blick gegönnt? Kannte der das Schild oder hatte er es nur nicht bemerkt, als er so schnell in die Küche gegangen war? Clemens hörte jetzt, wie er dort ein Schlüsselbund vom Nagel nahm. Doch im nächsten Augenblick verriet ein Rasseln und Krachen, daß er die Schlüssel auf den Tisch geworfen hatte, »Bebbi!«

hallte es gleichzeitig, zornig gerufen, auf den Flur; in der Küche ward die Tür zum Garten aufgerissen, und als Clemens sich vorwagte, sah er den Vater schon draußen bei den Kaninchenställen. »Bebbi, Bebbi!« Gleich darauf begriff er den Grund dieses Zorns: der Küchentisch war mit einem Strauß Nelken geschmückt, es war für zwei Personen gedeckt, ein goldkrustiger Braten, Kartoffelsalat und eine Flasche Wein standen zwischen den Tellern, und von der Anrichte duftete ein Kuchen, der den Ofen noch nicht lange verlassen haben konnte. Über einem Stuhl aber hing sein Anzug, jener Anzug . . .! Er fuhr sich mit der Hand über die Stirn. Hatte sie also seine Kleider aufgehoben, die Tante Bebbi! Das Essen, für ihn hatte sie es bereitet, und die Blumen und das Schild im Flur! Gewiß war der Vater zur Bahn gegangen, ohne diese Vorbereitungen zu ahnen, nur deshalb rief der Mann so zornig im Garten nach der Tante. Sah es nicht so aus, als sei sie mit den anderen aus dem Hause gegangen, damit der Vater und er sich unter vier Augen versöhnten? Der gedeckte Tisch sollte zeigen, daß sie selber alles verziehen hatte. – Damit hat sie nun was Schönes angestellt, überlegte er, der Mann wird jetzt um so wütender sein, und auf das Schlimmste gefaßt, zog er sich in den Flur zurück.

Das Herz klopfte ihm, als er Schritte im Garten und den Vater die Schlüssel vom Küchentisch nehmen hörte und jetzt auf den Gang kommen sah. Wenn der Mann nur nicht das Willkommen-Schild entdeckt, dachte er mit steigender Angst, aber der Vater schritt daran vorbei und schloß den Palmensaal auf. Jetzt wird dort die Bank zurechtgerückt, sagte er sich, die Bank, auf die er so oft befohlen worden war, um Schläge, erbarmungslose, zu empfangen: in dem Saal, wo doch nicht nur die Palmen und Fahnen für die Kirchenfeste aufbewahrt wurden, sondern auch geweihte Gegenstände wie das große Kruzifix für die Prozessionen, Kelche und eine Monstranz. Die hatten den frommen Herrn Küster nie gestört, wenn der ihn über die Bank legte und auf das nackte Fleisch schlug, dieses Fleisch, dessen Anblick doch schon eine Sünde sein sollte. Was bereitete sich da drinnen vor? Es war dort so still, so unheimlich still!

Endlich kam der Vater heraus. Jetzt! dachte Clemens, jetzt kommt die Abrechnung . . .

Der Vater ging jedoch wiederum an ihm vorbei, dieses Mal erblickte er aber das Willkommen-Schild. »Was!« rief er, stürzte an das Pult und riß das Papier herunter. Fetzen davon blieben

unter den Reißnägeln am Holze haften. »Dreh dich zur Wand, Lump!« schrie er.
Clemens hörte, wie er mit den Fingern die Nägel herauszog und dann in die Küche ging. Offenbar suchte er etwas, Schubladen flogen auf und zu; schließlich erschien er wieder im Flur und verschwand von neuem in den Palmensaal. Gleich darauf war von dort ein Klopfen zu hören, als würden Nägel eingeschlagen. Clemens zuckte bei jedem Hammerschlag zusammen. Diese Vorbereitungen, ihm, nur ihm konnten sie gelten! Was hatte der Mann sich ausgedacht? Sollte er als Strafe auf einem mit Nägeln gespicktem Brett sitzen? In einem Abenteuerbuch hatte er einmal gelesen, daß die Mexikaner ihre Gefangenen auf solche Bretter setzen, um ihnen Geständnisse abzupressen. Aber er, was hatte er denn zu gestehen! Alles, alles war dem Vater bekannt, wenigstens das Wichtigste, und fiebrig bedachte er zum nicht mehr zu zählenden Male den Umfang seiner Missetat. Als man ihn zu München nach dem Steckbrief erkannt und festgenommen, hatte er sich in sein Geschick gefunden. Die schmachvolle Heimkehr, die Vorwürfe Martins und der Tante, der Zorn des Vaters und nie erlebte Schläge, er würde es aushalten und später von neuem davonlaufen und Martin mitnehmen, so hatte er sich gesagt. Aber jetzt, dieses Hämmern war zu unheimlich, und auch das verbissene Schweigen des Mannes war ein Zeichen, daß er etwas Schlimmeres vorhatte als ihn zu schlagen.
Endlich ward es still im Palmensaal. Der Vater kam heraus, mit leeren Händen, ging an ihm vorbei in die Küche zurück. Und jetzt lief dort das Wasser. Er hat ein Gefäß gefüllt, erriet Clemens. Und jetzt? Jetzt war er am Brotschrank, jetzt an der Schublade, wo das Brotmesser lag. Dann das Rücken eines Stuhls, Clemens fühlte es so deutlich, als sähe er es: Der Mann saß am Tisch und fing an zu essen!
Soll dir der Braten im Halse steckenbleiben, dachte er. Missetat hin, Missetat her, und wenn er dem Mann hundertmal Kummer bereitet, das, dieses Essen jetzt, das war die reine Niedertracht! Der freundliche Polizist hatte ihm bei der Entlassung Vorwürfe gemacht und eingeredet, der Vater sei ein gebrochener Mann von all der erlittenen Aufregung. Und er, er war so dumm gewesen, hatte es geglaubt und Reue empfunden. Aber der ein gebrochener Mann? Das war zum Lachen! Schlag dir nur den Bauch voll, du gebrochener Mann, dachte er, und wenn ich dir

ein Kreuz gewesen bin, seit eh und je, dann hast du es verdient, und rückgängig machen kannst du deinen Kummer nicht, auch wenn du mich auf ein Nagelbrett setzt. Und schon entfuhr es ihm, schon rief er: »Guten Appetit auch!«
Ein Stöhnen und ein schweres Seufzen kam aus der Küche und dann . . . hörte er recht? Diese zittrige, verschleierte Stimme, war es die des Vaters? »Clemens, komm her, komm essen.«
Und was, was sah er? Was tat der Mann am Tisch? Nur ein Glas Wasser stand vor ihm, und auf seinem Teller lag nichts als ein Stück trockenes Brot, angebissen. Der Braten, die Kartoffeln, der Wein waren an das Ende des Tisches geschoben.

»Setz dich, Clemens, zu essen gibt es nur Brot und Wasser, drei Tage lang«, sagte er ruhig, »für uns beide.«
Für uns beide? Für uns beide? Was sollte das heißen?
»Hol dir Wasser.«
Clemens rührte sich nicht von der Schwelle.
»Wenn du Angst hast? Ich schlage dich nicht.«
Er blieb an der Tür stehen. Wasser und Brot für uns beide? Fastete der wieder einmal, um dem lieben Gott zu gefallen, und verlangte das gleiche von ihm? Ausgerechnet wo er so hungrig war!
»Setz dich und iß. Wir beide bekommen nichts anderes bis heute abend.«
Er fastet ja nur aus Wut gegen die Tante, dachte Clemens, und das will ein frommer Mann sein! Der Vater des Verlorenen Sohns, ein Kalb hat er geschlachtet, als sein Junge heimkam, und der da gönnt mir nicht einmal den Braten und den Kuchen! »Ich habe keinen Hunger«, sagte er und lehnte sich, die Beine überkreuzt, an den Pfosten der Tür. Er blickte sich in der Küche um; es war noch alles beim alten. Über dem Herd summten wie immer die Fliegen. Die Pfannen und Töpfe glänzten vom Gestell, kein Möbel war verrückt. Die Uhr tickte und tackte zwischen den Bildern der Mutter Gottes und des Herzens Jesu, auf der Kommode lagen die Gesang- und Gebetbücher unter dem Kruzifix, und gleich in Höhe seines Kopfes steckte der bereits vergilbte Palmzweig hinter dem kleinen Weihwasserkessel. Wo man hinguckt: Frömmigkeit, Gotteskram, dachte er angewidert und sah durch die offenen Fenster nach dem Garten hinüber, wo die Kästen von Martins Kaninchen standen. Wie? Die Drahtgitter alle geöffnet? Und nun sah er auch, daß die Ställe ohne Streu

waren, also leer! Hatte man Martin die Tiere, an denen der Junge doch so hing, weggenommen? Als Strafe für schlechte Noten im Katechismus? Das war kaum möglich, denn die Kaninchenzucht ersparte ihnen viel Geld, das sonst zum Metzger gegangen wäre. Wo war denn Martin? Er mußte um diese Zeit doch heimkommen aus der Schule, und mit welchem Hunger! Unwillkürlich sah er fragend zu dem Vater hinüber – aber da, im gleichen Augenblick entdeckte er etwas, das ihm das Blut erstarren ließ. Er täuschte sich nicht, es war kein Zweifel: Der Vater trug einen Trauerflor am Ärmel! Und dort – was war das für ein Frauenhut dort auf dem Kleiderhaken, ein Hut aus schwarzem Krepp, die Tante und Christine durften doch nur dunkelblaue tragen?
»Vater!« schrie er, »wer ist bei uns gestorben?«
»Hättest du uns Nachricht von dir gegeben, dann wüßtest du es.«
Da sank er auf einen Stuhl und bedeckte sich das Gesicht. »Es ist unser Martin«, rief er schluchzend, »die Kaninchen sind ja nicht mehr da!«
»Nein, nicht Martin.« Der Vater stand neben ihm und zog ihm die Hände vom Gesicht. »Steh auf und komm mit, der Sarg ist noch nicht in der Erde, du kannst ihn sehen.«
Clemens ließ sich führen. Die Gedanken jagten sich in seinem Kopf. Wer ist es, wer? Der Andres? Im Flur klammerte er sich an den Arm des Vaters. »Im Palmensaal?«
Dort stand der Sarg. »Unsere Tina!« Er blieb schaudernd an der Tür. Es konnte ja nur Christine sein, für jedes andere der Geschwister wäre der Sarg zu groß gewesen.
Der Vater zog ihn in den Saal und stieß ihn roh in den Rücken. »Marsch, und den Totenzettel gelesen!«
Clemens schrie auf. »Vater!«
Vorn am Fußende des Sarges war der Totenzettel befestigt. Clemens blickte sich nach dem Vater um, aber der streckte den Arm gegen ihn aus. »Willst du wohl den Totenzettel lesen!«
Jetzt erst fiel es ihm auf, daß der Sarg auf dem bloßen Boden stand und daß ein Hammer daneben lag und nicht weit davon eine Schachtel Nägel. Auch fehlten Kerzen und Blumen, und während er von einer lähmenden Ahnung gewürgt vorwärtstaumelte, erriet er bereits den Wortlaut des Zettels.
»Der Zettel bleibt für immer daran«, kam es hart von der Tür, »knie dich, knie dich nur und lies mir vor!«
Und er kniete sich vor den Sarg. Die Buchstaben tanzten ihm vor

den Augen, aber schon befahl die Stimme hinter ihm: »Wird's bald! Lies vor, und laut und deutlich!«
Mit heiserer Stimme las er:

»Gottes unerforschlichem Ratschluß hat es gefallen, unseren innigst geliebten Sohn, Bruder und Neffen, den wohlachtbaren Schreinerlehrling

CLEMENS WIRG

im blühenden Alter von 17 Jahren zu sich in die Ewigkeit zu rufen. Er ertrank beim Baden im Rhein. Da es nicht gelungen ist, den Körper des Verstorbenen zu länden, findet lediglich ein Seelenamt statt. Die feierlichen Exequien werden gehalten . . .«

»Das Seelenamt! Das habe ich nicht gewollt, Vater!« rief er aufspringend. »Ich hatt' mich erkundigt, so schnell darf man nicht für tot erklärt werden, ich wollt' ja . . .«
»Schweig, schweig, sonst vergreif' ich mich an dir! Du hältst den Mund, bis ich dich frage.«
Clemens senkte den Kopf. Jetzt ist alles gefehlt, dachte er. Die Totenmesse ist diesem Mann schrecklicher, als wenn ich einen Mord begangen hätte. Nun sah er Strafen entgegen, schlimmeren als allen, die er je erlebt hatte.
Der Vater stand aber noch immer an der Tür. Er hatte die Tafel in der Hand, auf der die Bestellungen des Pfarrers vermerkt wurden, und wischte mit dem Schwämmchen den Schiefer ab. Er tat es umständlich und offenbar nur, um seinen Zorn zu bändigen, seine Hände zitterten so stark, daß der an den Rahmen gebundene Griffel hin und her pendelte. Endlich hielt er sie, als wolle er sich überzeugen, daß sie rein sei, vors Gesicht, so nahe, daß sein roter Bart den Schiefer berührte. »So«, sagte er, »so, bring mir den Sessel.« Der Sitz, auf den er wies, war aber der mit dem Diözesanwappen bestickte Sessel, der hier auf die Firmungsbesuche des Bischofs wartete.
Auf den wollte der Mann sich setzen? »Den Bischofssessel?« fragte Clemens.
Der Vater antwortete nicht und zog nun selber aus dem aufgeschichteten Kirchengestühl eine Bank herbei, ließ sich darauf nieder und nahm die Tafel auf die Knie. »Für jede Lüge mache ich einen Strich«, sagte er, mit dem Griffel auf den Schiefer klopfend, »jede Lüge verschärft deine Strafe, und ich ziehe ebenfalls

einen Strich, wenn du mit deinen Antworten zögerst. – Also an jenem Sonntag bist du, ohne die heilige Messe gehört zu haben, während des Hochamts an den Rhein gegangen. Was hast du dann gemacht?«
Clemens fühlte, daß er sich verfärbte. Er hatte andere Fragen erwartet. Auf diese, die gefährlichste, war er nicht gefaßt.
»Bist du taub? Ich mache zwei Striche. Was die bedeuten, wirst du nachher erfahren. Ist dir der Gedanke, deinen Tod vorzutäuschen, erst unten am Wasser gekommen, oder hast du deine verbrecherische Tat, für die dich auch die weltlichen Behörden noch strafen werden, vorher überlegt?«
»Das habe ich dir ja schon vorher gesagt!« brach Clemens aus; er war entrüstet. »Hau mich lieber gleich, du weißt ja alles!«
»Einen Strich.« Schon wieder kratzte der Griffel.
»Ich kann jetzt nicht antworten, ich bin kaputt, die Reise, nichts gegessen und die Aufregung.«
»Wenn du nicht antworten willst, gut, dann übergebe ich dich noch heute der Gendarmerie, und du kommst in die Besserungsanstalt, bis du großjährig bist. Dort wirst du eingesperrt, wie in einem Gefängnis. Überlege es dir also.«
Clemens schloß die Augen. Vier Jahre eingesperrt? Nein, lieber die Schläge, in ein paar Tagen würde er schon sehen. »Ja, ich hatte einen blauen Arbeitsanzug unter dem guten an, das andere, Hemd, Strümpfe, Sandalen, alles heimlich gekauft, hatte ich im Badetuch versteckt. Ich habe diese Sachen am Wasser angezogen und meine guten Kleider mit dem Badetuch und den Schuhen am Ufer gelassen und bin davongegangen.«
»Ein Strich!«
»Das ist nicht gelogen, Vater.«
»Noch einen Strich! Du bist nicht gleich davon gegangen, du hast dich nicht weit von deinen Kleidern auf die Lauer gelegt.«
Also das wußte man auch! »Ja, zunächst«, gab er zu, »hinter dem Garten von Frau Ebertz.«
»Und von dort aus hast du auf deine Kleider aufgepaßt, aber da kam ein Walzbruder, der machte sich daran zu schaffen, und da bist du hingelaufen und mit ihm einig geworden, und mit dem bist du fortgezogen. Aber diesen Menschen hat eines Tages das Gewissen gepackt, und er schrieb mir, und ich konnte nach dir fahnden lassen.«
»Das Gewissen! Ganz andere Gründe hat der Schuft gehabt!«
»Schuft!« kam es zornig zurück, »ein Schuft war der, der damals

noch gewartet hat, bis Leute kamen und deine Kleider entdeckten und die Gendarmerie alarmierten! Ein Schuft, der gefühllos zugesehen hat, wie Christine und Martin vor deinen Sachen weinten, ein Schuft, der kaltherzig zugehört hat, wie der Martin verzweifelt deinen Namen über das Wasser schrie . . .«
»Vater, da war ich schon fort, so wahr ich lebe.«
»Ist das auch wahr?« Die unerbittliche Stimme war wieder ruhig geworden. »Und dann bist du wie ein Fechtbruder durchs Land gezogen. Wovon hast du während der ganzen Zeit gelebt?«
Clemens zuckte die Achseln, die Frage war zu lächerlich.
»Wovon du gelebt hast, will ich wissen.«
»Du sagst es ja selber: vom Fechten an den Türen, wovon denn sonst!«
Der Griffel zog einen neuen Strich. »Als ob ich nicht wüßte, daß du gestohlen hast, Obst zum Beispiel.«
»Die paar Kirschen und Aprikosen! Die Polizei kann dir nicht von wegen Diebstahl berichtet haben. Ich war auch nicht im Gefängnis. Nur im Gewahrsam für Jugendliche.«
»Bist du an den Sonntagen in der Messe gewesen?«
»Nein!« Clemens brüllte es. Er war außer sich. »Mach doch endlich kurzen Prozeß! Da . . .«, er riß den Hosengürtel auf und sah sich um nach einer Bank, über die sich legen. Sollten die Schläge doch auf ihn niedersausen, auf das bloße Fleisch, damit der Mann zu seiner Rache kam.
»Schnall deinen Gürtel wieder zu. Ich schlage dich nicht. Du hast mit dem Tod gespielt, du hast den Herrgott zum besten gehalten, für einen Lebenden ist eine Seelenmesse gelesen worden, meinst du, da könntest du dich so leicht loskaufen, indem du dich hinlegst und dich durchhauen läßt? Morgen werde ich dir sagen, welche Buße dir auferlegt ist und welche ich mit dir gemeinsam trage. Denn auch mich wird Gott für das, was du getan, zur Verantwortung ziehen. Ich bin dein Vater. Aber nicht nur Buße, auch Strafe muß sein. Sieh auf das Kruzifix, das du so oft bei der Prozession getragen hast. Sechsmal hast du eben gelogen, und das unter dem Bild des Gekreuzigten. Jeder Strich bedeutet eine Strafe, welche, das wirst du noch erfahren. Jetzt tragen wir den Sarg hinauf.«
»Hinauf?«
»Von nun an darfst du keine Fragen stellen. Pack an.«
Und hinaus ging es mit dem schweren Sarg, über den Gang zur Treppe.

Soll mich wundern, wenn wir auf den Speicher gehen, sagte sich Clemens. Der ist imstande, mir das Ding in unsere Schlafkammer zu stellen, damit ich nur ja nicht vergesse, daß ich seinen Herrgott gekränkt habe. Martin wird Augen machen. Fein ausgedacht hatte der Mann seine Rache und auch diesen Zuschlag von Strafen neben der Buße. War es nicht eine Niedertracht?
»Stell ab.«
Wie? Schon hier im ersten Stock? In welches Zimmer wollte er das Ding denn stellen? In sein eigenes doch nicht! Und sicher nicht in das der Tante oder das Christines.
»Ab heute schlaft ihr nicht mehr zusammen, Martin und du. Du kommst in das Zimmer neben meinem. Schieb jetzt den Sarg hinein, denn da ist sein Platz.«
Also doch, sagte sich Clemens, und den Büßer gratis dazu, als Nachbar und Aufsicht. Ein schöner Ersatz für Martin! Das war wohl die Strafe Numero eins? Wenn der Mann jetzt auf Kniefälle rechnet, soll er sich täuschen. »Der Sarg in mein Zimmer?« fragte er. »Gern. Sofort.« – Doch als er die Tür öffnete, prallte er zurück. Kein Möbel war in dem Raum. Nur zwei Decken lagen gefaltet auf dem Boden und neben diesen sein Gebetbuch und ein Rosenkranz. Wo sollte er hier denn schlafen?
»Du bekommst zwei Monate lang kein anderes Bett als dieses, das du dir so gotteslästerlich bestellt hast. Und jetzt gehst du mit mir zum Herrn Pastor. Der liegt im Krankenhaus, so hat dein Verbrechen ihm zugesetzt.«
»Dann hole ich meinen Sonntagsanzug. Wir müssen doch durch die Stadt gehen . . .«
»Und an all den Leuten vorbei, die im Seelenamt für dich gebetet und Kränze in die Kirche geschickt haben. Bei vielen mußt du dich persönlich entschuldigen und die Kränze bezahlen. Mit deiner Beliebtheit im Ort ist es aus. Der Sportverein hat dich schon von seiner Mitgliedsliste gestrichen. Gott ist langmütig und verzeiht, wenn man bereut. Die Menschen aber, die rächen sich gleich, wenn man sie kränkt.«
Clemens faßte sich an die Stirn. An all das, das ja gar nicht anders sein konnte, hatte er nicht ein einziges Mal gedacht! Sollte es wahr sein, was der Vater ihm so oft gesagt? War er denn wirklich so unreif und dumm?

1937

DIE RABENSCHLACHT

So verging die erste Woche, bis zum Samstagabend, ohne Reibungen mit Frau Herter, obwohl sie meine Leistungen, besonders die im Garten, allzu häufig schroff, ja, kränkend tadelte. Sie hatte mich an diesem Tag, als letzte Arbeit vor dem Abendessen, die Küken füttern lassen. Bislang hatte sie dies immer selbst getan. Als ich später, nachdem gespült war, unter ihrer Aufsicht bügelte, fragte sie, ob ich sicher sei, alle Kükenzwinger richtig zugemacht zu haben. Wenn sie in der Frühe einen Auslauf – so nannte sie die Drahtverschläge, worin die Gluckenhäuschen standen – offen fände, bekäme ich statt Kuchen trockenes Brot zum Sonntagsfrühstück. Auf meine etwas ungeduldige Versicherung, sie könne sich auf mich verlassen, malte sie mir wieder die Gefährlichkeit der Raben aus. Die sähen selbst von weitem, ob die Drahtumspannung eines Kükenauslaufs dicht sei oder nicht. Wenn diese schlauen Räuber beim Morgengrauen, solange die Hähne noch im Hauptstall eingeschlossen seien, einen Auslauf offen fänden, flögen sie hinein. Die Flucht ins Gluckenhäuschen würde denn den Küken sicherer zum Verhängnis werden als die Flucht ins Freie. Ich solle nicht vergessen, daß ein solches Häuschen, wie die Hundehütten, türlos sei, also nichts als eine Falle bilde, aus der es kein Entrinnen gebe, wenn die Raben, einmal in den Zwinger eingedrungen, es belagerten. Ob nach kurzem oder langem Kampf, die Glucke würde immer unterliegen, wenn die Hähne nicht zu Hilfe kommen könnten.
Schließlich lachte ich: diese Raben seien doch nur Krähen, die es gar nicht wagen würden, ein Huhn, das Küken habe, anzugreifen.
Siw wurde heftig. Ich sei ein grüner Besserwisser. Es seien Raben und ganz gefährliche. Ich hätte keine Ahnung, wie kräftig diese Lumpen seien und wie listig. Sie vor die Flinte zu bekommen, sei nur gewiegten und geduldigen Schützen möglich. Sie habe manchen Sonntagnachmittag damit verbracht, den Raben aufzulauern und sie noch jedesmal verfehlt.
Unterdessen hatte ich das heiße Bügeleisen auf dem Kragen einer Bluse stehen lassen. Ein böser brauner Flecken war ent-

standen. Zu meiner Überraschung gab es nicht den kleinsten Tadel. Sie lächelte sogar, als freue sie der Schaden an dem schönen Stoff. Die Sache sei nicht schlimm, warf sie hin, das Weibsbild, dem das Stück gehöre, habe viele Kleider, wenn auch nur alte. So verriet sie mir, daß die Wäsche, an der sie mich das Plätten lehrte, nicht immer ihre war. Vermutet hatte ich es schon. Nur konnte ich mir nicht erklären, wann sie die Sachen dieser fremden Eigentümerin, der sie offenbar nicht sonderlich gewogen war, holte oder bringen ließ. Für die Besorgungen beim Krämer oder Metzger nahm sie nämlich nichts als eine kleine Einkaufstasche mit, worin kein Platz gewesen wäre für die Menge Wäsche, die ich schon gebügelt hatte. Und der einzige Besucher, den ich in der ganzen Woche bei ihr gesehen hatte, ein Eier- und Gemüsehändler, war gerade tags zuvor mit einem leeren Korb erschienen und fortgefahren, ohne diesen Korb für den Samstagsmarkt, mit dem erhofften Frühsalat gefüllt zu haben. Selbst in den glasbedeckten Beeten war noch kein Blättchen reif. Sie hatte mich, bevor er kam, die zum Verkauf bestimmten Eier in gefächerte Kartons verpacken lassen und mir dabei erklärt, der Händler sei ihr bester Kunde, aber so geschwätzig und verklatscht, daß man gezwungen sei, den sonst nicht üblen Mann mit zugenähtem Munde abzufertigen. Sie rate mir, auf seine Redelust nicht einzugehen. Ein überflüssiger Hinweis. Der Händler hatte, als ich ihm die Eier in den Wagen reichte, kaum ein Wort an mich gerichtet. Also dieser Mann war es nicht, der das Zeug für meine Bügelstunden brachte. Natürlich hütete ich mich, zu fragen, auf wessen Wäsche ich mein Eisen losließ. Ich fragte aber, ob die Eigentümerin der Bluse keine Männersachen zur Verfügung stellen könne; in der Plätterei, an die sie mich empfehlen wolle, müsse ich doch sicher auch mit Herrenhemden fertig werden.

Sie sagte streng, ich solle nicht so ungeduldig sein, Männersachen würde ich bekommen, sie habe schon dafür gesorgt, wie auch für Kinderwäsche.

An den vorangegangenen Abenden hatte sie mich immer eine gute Stunde bügeln lassen. An diesem bat sie mich schon bald, Schluß zu machen, sie falle um vor Müdigkeit, obwohl sie eigentlich den ganzen Tag nicht viel geleistet habe.

Über das hinaus, was täglich bei den Hühnern zu verrichten war, hatten wir uns nicht gerade überanstrengt: des Morgens hatten wir ein Dutzend Gluckenhäuschen ausgekalkt und nachmittags

das Treibhaus aufgeräumt, alles leichte Arbeit.
Mir war es lieb, daß ich so zeitig auf mein Zimmer gehen konnte; ich wollte an den Pfarrer schreiben und Monika versteckter Weise dabei zu verstehen geben, wie enttäuscht ich war, noch immer keine Post von ihr zu haben. In der Nacht zuvor war ich lange wachgelegen, weil ich Monologe an sie richtete.
Auch diesmal fand ich, aus demselben Grunde, nicht sofort den Schlaf. Ich lag schon eine gute Weile, noch immer wach, im Dunkeln, da machten mich Geräusche unter meinem Fenster stutzig. Mir war, als habe jemand mit dem Hund gesprochen und ihm Kusch geboten.
Ohne Licht zu machen, tappte ich zum Fenster: in der hellen Nacht sah ich Frau Herter auf dem Pfad zum Tor; der Hund, von ihr am Halsband festgehalten, ging neben ihr. Sie ließ ihn auch nicht los, als sie den einen Flügel öffnete und auf die Straße trat. Das Tor schloß sich fast geräuschlos hinter ihr. Da ich das Tier, um ihm Bewegung zu verschaffen, wie an den vorangegangenen Abenden, nachdem die Hühner eingeschlossen waren, eine Viertelstunde auf der Wiese hatte laufen lassen, fand ich diesen späten Ausgang um so sonderbarer, als sie von ihrer Müdigkeit gesprochen hatte und obendrein den Hund auch draußen vor dem Tor, wo sie stehen mußte, offenbar nicht losließ. Ich hörte, daß er ungeduldig jaunerte, wie immer, wenn man ihn am Halsband führte und festhielt, was er nicht vertrug, aber oft erdulden mußte, weil er, der bestellten Beete wegen, sich im Garten niemals frei bewegen durfte.
Ich sagte mir: da sie draußen Posten steht und bei der hellen Nacht doch nicht aus Ängstlichkeit den Hund, der ihr obendrein nur lästig sein kann, mitgenommen hat, ist es sicher, daß sie jemanden erwartet, dessen Kommen weder durch den Klopfer noch durch das Gebell des Hundes angekündigt werden soll. Ich rechnete damit, daß sie, um mit dem erwarteten Besucher ungehört hereinzukommen, das Tor noch leiser öffnen und noch vorsichtiger wieder schließen würde, als sie es beim Hinausgehen schon getan. Um dann nicht von ihr gesehen zu werden, hielt ich mich in einiger Entfernung von dem Fenster, aber so, daß nicht allein das Tor in meinem Blickfeld blieb, sondern auch ein großes Stück des Gartens. Ich wollte wissen, wessentwegen sie, um mich loszuwerden, so früh das Bügeln abgebrochen hatte. Ich dachte an die erste unter ihrem Dach verbrachte Nacht.

Ich war gewiß, daß Frau Herter vor dem Tor stand. Trotz der Entfernung war zu hören, wie sie zuweilen hustete oder zu dem Hund sprach. Aus der Ortschaft drangen kaum Geräusche bis zur Gärtnerei; höchstens dann und wann das Hupen eines Autos, das Klatschen einer zugeworfenen Haustür. Es war die Stunde, wo, was nicht zu Haus hockt, im Kino oder in der Kneipe sitzt. Aber bald wurde mir dieses Warten zu dumm und ich legte mich nieder.
Einige Stunden später wurde ich so roh geweckt, daß ich, obwohl noch schlafbenommen, unwillkürlich zur Verteidigung den Arm vor meinen Kopf hielt. Als ich, endlich richtig wach, begriff, wer mich gestoßen und gerüttelt hatte und die Frau vor meinem Bett erblickte, sah ich gleich, daß sie nicht gekämmt war, daß der Morgen eben graute, daß also etwas Ungewöhnliches sie an mein Bett getrieben haben mußte. Auf meine Frage, was denn vorgefallen sei, warf sie eisig hin: »Zieh dich an. Dann siehst du, was passiert ist.« Die Heftigkeit, mit der sie die Tür ins Schloß warf, verriet noch mehr als ihre Worte, daß sie mir die Schuld an etwas Schlimmem zuschrieb.
Während ich mich anzog, zerbrach ich mir den Kopf, womit nur ich die Frau geschädigt haben mochte, daß sie so zornig war.
Als ich die Tür zur Küche öffnete, war ich mir sicher, nichts so Schwerwiegendes versäumt zu haben, daß es gerechtfertigt war, mich vor Tagesanbruch, dazu am Sonntag, aus dem Bett zu zerren. Das schien mir übertrieben.
Sie beachtete mich nicht. Schließlich fragte ich, ob ich noch an diesem Morgen gewürdigt werde, zu erfahren, wessen ich beschuldigt sei. Ich hatte diesen Ton absichtlich angeschlagen. Sie wandte sich auch prompt mit unverhohlener Gereiztheit um. Ich triebe ihr die Galle hoch! Da herum zu stehen und noch immer nicht zu ahnen, warum wohl sie zu halber Nachtzeit aufgestanden sei!
Ihr das an der Nase abzulesen, hätte ich noch nicht gelernt.
»Dann denk ein bißchen nach. Deine Arbeit gestern, war die ordentlich gemacht?« warf sie hämisch hin und war auch schon hinaus.
Ich rief mir ins Gedächtnis, ob ich, nachmittags beim Aufräumen im Treibhaus, etwas an den falschen Platz gestellt oder einen Auftrag nicht ausgeführt haben könnte, nachdem sie mich, um das Abendessen zu bereiten, allein die Arbeit hatte fertig machen lassen. Ich erinnerte mich auch, daß ich vor dem

Nachtmahl den Glucken in den Zwingern Mais gestreut und dann den Hund ein Viertelstündchen auf der Wiese hatte springen lassen. Ich fragte mich vergebens, was überhaupt falsch zu machen gewesen wäre, wo das alles doch die reinste Kinderarbeit war.
Ich hörte, wie sie draußen an der Pumpe einen Eimer reinigte und sich dann zum Ziegenstall entfernte. Also ging sie melken. Ich war außer mir. Eine so verächtliche Behandlung wollte ich mir nicht gefallen lassen. Ich war entschlossen, auf die Gefahr mit ihr zu brechen, sie zu biegen.
Sie saß schon auf dem Melkschemel und beachtete mich nicht, nicht einmal, als ich bis zur Raufe kam und am Kopf der Ziege stand. Ich schmetterte ihr hin: wenn sie nicht sofort erkläre, was mir vorzuwerfen sei, würde ich das Haus verlassen haben, bevor sie ausgemolken hätte.
»Heute morgen ist ein Unglück passiert. Und die Schuld daran trägst einzig du. Du allein . . .« Sie hatte plötzlich abgebrochen und den Kopf gehoben. »Sei mal still«, sagte sie, »horch, die Glucken.«
Bis zu uns herein drang, von der großen Wiese her, aus den Kükenzwingern der Zorn- und Warnlaut, den Hühner von sich geben, wenn ein Bussard oder Sperber über ihnen kreist. Fast zugleich war auch vom großen Hühnerstall am Haus ein Gegakker und Geflatter der noch eingeschlossenen Tiere zu vernehmen, als flögen sie voller Panik in dem Stall zwischen ihren Stangen herum. Es war ein toller Lärm, den die starken Hahnenstimmen, wie um Ruhe zu befehlen, übertönten.
Die Frau war aufgestanden und vor die kleine, dem Hühneranger zugelegene Hintertür des Stalls gelaufen, die am Tage immer offenstand, damit die Ziegen nach Belieben grasen gehen konnten. Ohne ein Geräusch zu machen, schob sie den Riegel von dem Türchen, öffnete um einen Spalt, sah kurz hinaus und rief mir zu: »Rasch, rasch! Es ist ein ganzer Schwarm, sie fliegen alle über demselben Auslauf. Hol die Flinte! Gib aber acht, sie ist geladen . . .«
Ich begriff. Schon flitzte ich hinaus. Sie wußte, daß ich schießen konnte und daß ich das Versteck der Waffe im Schrank der Stube kannte. Zu ihrem Ärger war die Flinte einmal, als wir beim Essen saßen, umgekippt und mit Gepolter an die Tür des Schranks geschlagen. Damals hatte sie mich wegen meiner Neugier für die Waffe unwirsch angefahren und mir ihr Verbot, vom Krieg zu

sprechen, heftig in Erinnerung gebracht, als ich von den Übungen erzählen wollte, die im letzten Jahr des Krieges, selbst von den Jüngeren der Schule auf dem Schießgelände eines nahen Truppenplatzes hatten abgeleistet werden müssen.
In wenigen Augenblicken war ich wieder im Stall. »Es ist fast nicht zu glauben«, rief sie mir entgegen, »sind sie doch zurückgekommen, es ist ein gutes Dutzend, wenn nicht mehr!«
Was heißt: zurückgekommen, fragte ich mich flüchtig und schob sie von dem Türchen weg. Aber als ich durch den Spalt zur Wiese schaute, fiel es mir wie Schuppen von den Augen. Zu spät, zu spät! Ich fühlte, daß meine Hand nicht ruhig war. Ich legte dennoch an, nahm Ziel und drückte auf den Abzug.
Nach dem zweiten, dem ersten nicht rasch genug gefolgten Schuß, senkte ich voll Wut die Flinte. Ein drittes Mal zu zielen hatte keine Sinn; der aufgeflogene schwarze Schwarm war lautlos im Gezweig des viel zu nahen Waldes verschwunden. Hinter mir stand stumm die Frau, und ihr Verzicht auf jeden Vorwurf war mir unerträglich.
Ich starrte, gleichfalls stumm, hinaus auf einen Kükenzwinger. Dessen Drahttür stand halb offen! Die hatte niemand anderes als ich des abends nach dem Füttern aufgelassen. Ich, der dann beim Bügeln der besorgten Frau auf ihre mir so lästige Frage unfreundlich versichert hatte, ich hätte alles gut geschlossen, sie könne sich auf mich verlassen. So war es einzig meine Schuld, daß die Krähen in den Auslauf hatten dringen können. Die tote Glucke lag mit blutig aufgerissener Brust vor ihrem Häuschen, das sie, weil die Küken dort hineingeflohen waren, zäh verteidigt haben mußte. Von der Heftigkeit des Kampfes in dem Zwinger zeugten auch die vielen weißen Federn, die sich überall im Drahtgeflecht des Schutzgestells verfangen hatten. Die Krähen hatten ihr die Augen ausgehackt. Dank meiner guten Sehkraft stellte ich es fest, ich schlechter Schütze! Da kein Küken in dem Auslauf zu entdecken war, nahm ich an, daß sie im Innern des Häuschens, dessen offene Seite mir nicht zugekehrt war, totgehackt und zu den Krähennestern fortgetragen worden waren. Daß der Angriff längst beendet war, als die Frau mich wachgerüttelt hatte, schien mir gewiß. Denn während ich mich angezogen hatte, war im großen Hühnerstall und in den Gluckenhäusern auf dem Anger alles still gewesen, sonst hätte ich doch gleich begriffen, was vorgefallen war. Bei der den Hühnern eigenen Empfindlichkeit für Laute ihrer Artgenossen und bei

ihrem nicht aufs Auge angewiesenen Spürsinn für Gefahr, mußten, als die überfallene Glucke schrie und sich verzweifelt wehrte, alle anderen Hühner und besonders die im Hauptstall eingeschlossenen Hähne doch noch kräftiger Alarm geschlagen haben, als bei dem zweiten Einflug in den Zwinger, der, ja nicht mehr von Geschrei des angegriffenen Mutterhuhns begleitet, geringere Erregungen im Hühnerstall verursacht haben mochte. Der Krähen Rückkehr auf den Schauplatz ihres Beutezuges mußte dem noch warmen Fleisch gegolten haben, das sie bei dem ersten Einflug dem Leib der hingemachten Glucke nicht entreißen hatten können. Es kränkte mich, daß meine beiden Schüsse fehlgegangen waren. Schrot in einen solchen Haufen, der sich obendrein zur Flucht aus diesem Drahtverschlag nicht einfach hatte in die Luft erheben können! Die Krähen hatten sich mit ihren immerhin nicht kleinen Schwingen doch durch eine schmale Tür, die zum Überfluß – o Schande für mich Schützen – nur zur Hälfte offenstand, hinaus ins Freie drängen müssen. Ich hatte das Gefühl, daß die Frau mir die verfehlten Schüsse mehr verübelte als das, was ich mir selbst am meisten vorwarf. Sie hatte noch kein Wort gesagt. Da ich mich zuvor so unbedacht ihr gegenüber aufgeblasen hatte, empfand ich es als feige, ihr den Rücken zugekehrt, das Unglück sozusagen anzustarren, als sei nicht meine Schuld im Spiel gewesen, sondern ein Verhängnis. »Nun schimpfen Sie doch endlich, ich habe es verdient.« Diese Worte über mich gebracht zu haben, tat mir gut. Dann erst wandte ich mich um. Sie war nicht da. Sie mußte leise fortgegangen sein.

In der Küche, wohin ich ihr gefolgt war, schnitt sie mir sogleich das Wort ab und wies mich an den schon gedeckten Tisch, auf dem die Kaffeekanne und ein Kuchen stand. Also doch kein trockenes Brot! Es habe keinen Sinn, die Sache zu besprechen. Geschehen sei geschehen. Für den Verlust der Glucke und der Küken würde sie sich schadlos halten; sie habe ja ein Pfand.

Das besaß sie. Ich hatte ihr, um nicht versucht zu sein es auszugeben, schon am zweiten Tag mein Geld zur Aufbewahrung anvertraut und glaubte nun, da sie sich selbst entschädigen wollte, quitt mit ihr zu sein und atmete erleichtert auf. Doch als sie dann beim Kaffeetrinken düster vor sich hinschwieg und von dem Kuchen, dem ich kräftig zusprach, nur ein kleines Stück hinunterwürgte, plötzlich sogar weinte und auf die »Raben« fluchte, schloß ich daraus, daß sie sich, aus einem mir nicht ganz

verständlichen und mich bei ihrer sonst so trockenen Art auch überraschenden Gefühl, mit dem Verlust der Glucke doch nicht abgefunden hatte, und daß das Geld, mit dem sie sich entschädigen wollte, ihr kein Trost war.
Da versprach ich ihr, den Krähen mit der Flinte aufzulauern, selbst wenn mein ganzer Sonntag darauf ginge; sie werde ihre Rache haben.
Ich solle nicht mehr von der Sache reden! Ob ich denn nicht sähe, wie ihr zumute sei, sagte sie in einem weinerlichen Ton, der schlimmer als ein Vorwurf war. Gleich darauf erhob sie sich, öffnete den Schrank, nahm ein paar Kartuschen Schrot aus einer Schachtel und warf sie auf den Tisch. »Da hast du, was du brauchst!« Dann ging sie, wieder Tränen in den Augen, aus der Küche.
Ich war betroffen, sie derart weich zu sehen. Beim Besitz von einigen hundert Hühnern, dieser einen Glucke nachzuweinen, die doch nicht das Liebenswerte eines schönen oder treuen Hundes hatte, das war für mich ein Rätsel an Empfindsamkeit. Da ich aber daran schuld war, daß sie diesen Kummer hatte, wollte ich die Rache an den Krähen, nach der es sie so offenbar verlangte, gründlich und vor allem schnell vollstrecken. In welchem Maße sie die Krähen haßte, das hatte ich ja schon gesehen, als sie mich zum erstenmal zur Hühnerwiese mitgenommen hatte. An jenem Morgen freilich war es mir nur komisch vorgekommen, daß ein reifer Mensch Vögeln, die jenseits einer hohen Mauer auf noch höheren Bäumen saßen, Drohungen und Flüche zurief.
Wie schwer es ist, die schlauen Krähen vor die Flinte zu bekommen, wußte ich. Deshalb hatte ich mir etwas Listiges ausgedacht: ich wollte mich der auf der ganzen Wiese alle fünfzig Meter im Rechteck angelegten »Himbeerhecken«, wie Frau Herter diese kleinen Pflanzenfelder nannte, als Versteck bedienen. Ihre biegsamen, durch Zucht sehr hochgetriebenen Stauden standen dicht genug für meinen Zweck. Die Hecke, die dem Haus am fernsten und dem Wald am nächsten lag, schien mir die geeignetste zu sein. Denn hinter ihr endete die Wiese an dem breiten Wassergraben, der sich inseits längs vor der Quadermauer hinzog, wo diese, auf einer mehr als hundert Meter langen Strecke, dem Wald so nah entlang verlief, daß einige besonders hohe Buchen dort die Mauer und den Wassergraben mit den der Wiese zugewandten Ästen überschatteten. Am

Tage, als Frau Herter mir vorgeschlagen hatte, während meiner Ferien bei ihr zu arbeiten, hatte sie mich beim Rundgang durch das große Anwesen, an diesen Wassergraben geführt und mir erklärt, daß er das Reststück eines ehemals längeren Grabens war, der, zur Zeit der Strafanstalt, vor der ganzen Quadermauer angelegt gewesen, später aber zur Verbreiterung der Zuchthausäcker, bis auf diese eine Strecke zugeschüttet worden war, lange bevor ihr Mann bei der Versteigerung der aufgegebenen Strafanstalt deren abgetrennten, jenseits der Straße gelegenen und vollständig ummauerten Gartenteil erstanden hatte.
Auf dem Graben lag ein kleiner Nachen. Den hatte ich im Kopf. Zunächst jedoch ging ich in den Ziegenstall und umwickelte die Flinte, die ich dort gelassen hatte, mit dem Fetzen eines Wagentuchs, damit die Vögel sie nicht sähen, nahm den Melkschemel, brachte beides in die Hecke und machte, einen knappen Meter vor dem Wassergraben, zwischen den noch blätterlosen Stauden, ein Versteck, worin ich sitzen konnte, ohne mir die Beine zu verkrampfen. Aus dem Tuch entstand das Wichtigste: ein Dach, das ich, wiederum zur Tarnung, mit einander zugebogenen Zweigen überwölbte. Von oben, aus der Luft, war ich also, wenn ich auf dem Schemel saß, nicht mehr sichtbar, hatte selber aber zwischen dem Gesträuch genügend Durchblick auf das Wasser, auf die Mauer und über die hinaus auch auf die ersten Bäume, woher die Krähen, die bei meinem Kommen von der Wiese aufgeflogen waren, meine Vorbereitungen gewiß verfolgten. Aber damit hatte ich gerechnet. Zuletzt zog ich den Nachen an den Rand des Grabens vor die Hecke und kürzte seine Kette, damit er später nicht wieder bis zur anderen Seite an die Mauer treibe, wo er gelegen hatte.
Dann kehrte ich ins Haus zurück, rief die Frau herunter und sagte ihr, ich bräuchte eine große Nadel, eine Schere, starke, aber nicht zu dicke Kordel und zwei Wäscheklammern.
»Wofür?«
»Für meine Vorbereitungen.« Mit dieser Antwort gab sie sich zufrieden. Die Wahrheit hätte ich ihr ohnedies verheimlicht, um ihr den Hauptpunkt meiner List nicht zu verraten. Denn da war ich ihres Einverständnisses nicht sicher.
Sie habe mir vom Hinterfenster ihres Zimmers zugesehen, sagte sie und lobte, daß ich die Flinte mit dem Tuch umwickelt hatte.
Zur Vorsicht ließ ich mir von ihr versprechen, daß sie, selbst wenn ich bis zum Mittagessen in der Hecke säße, die Wiese nicht

betrete und keines der hinteren Fenster öffne. Ich sagte ihr, den Glucken in den Zwingern würde ich, bevor ich mein Versteck bezöge, Futter geben, aber nicht den Hühnern. Diese solle sie versorgen, doch im Stall, sie also ausnahmsweise nicht im Freien füttern und im Stall erst dann den Auslaß auf die Wiese öffnen, wenn ich schon eine Weile in der Hecke säße, also nicht vor einer Stunde.

Warum ich diesen Aufschub wünschte, verriet ich gleichfalls nicht.

Ich war schon an der Tür, da sagte sie, für jeden abgeschossenen »Raben« bekäme ich den Geldwert eines Kükens.

»Dann sind Sie heute abend ruiniert«, rief ich zuversichtlich und machte mich hinaus. Ich war mit meinen Vorbereitungen noch nicht zu Ende. Vor allem mußte ich im Schuppen, wo die abgelegten Sachen lagen, zwei wichtige Gegenstände finden: einen Korb, der gar nicht hoch genug sein konnte und eine kleine Decke oder sonst ein dickes Tuch.

Erst eine Stunde später stand die Falle für die Krähen im Nachen auf dem Wasser. Es war ein hoher Korb, bis oben zum Rand rundherum mit Stroh ausgepolstert. Ich konnte mein Versteck beziehen. Ehe ich mich auf den Melkschemel setzte, vergewisserte ich mich aber, daß aus dem Korb kein Laut mehr drang: das war geglückt, nichts war zu hören! In dem Korb hatte ich sechs drei Wochen alte Küken – der Köder für die Krähen – unter einer Decke versteckt, die ich oben ringsum ans Geflecht genäht hatte. Nur an einer nicht angenähten Stelle lag sie lose auf dem Korbrand. An dieses Stück der Decke hatte ich zwei Wäscheklammern gesteckt und an die Klammern eine Schnur gebunden, deren Ende ich an einem Fuß des Schemels festgeknotet hatte, damit sie nicht ins Wasser rutschen konnte. Ohne an den Graben treten und den Nachen ans Ufer ziehen zu müssen, war es mir nun mit Hilfe dieser Schnur möglich, den Korb dort, wo er nicht zugenäht war, aufzudecken, und so die Krähen , wann es mir am besten schien, mit dem nun nach außen dringenden Gepiep der Küken auf den Korb zu locken.

Meinen Plan, dann erst an der Schnur zu ziehen, wenn ich hörte, daß die von Frau Herter herausgelassenen Hühner auf der Wiese waren, gab ich aber auf, sobald ich unter meinem Dach von Tuch und Zweigen saß und auf die Mauer vor mir und in die Bäume jenseits dieser blickte. Denn einige Krähen, die mir von dort zugesehen hatten, als ich, zuallerletzt, den Nachen vom Ufer

abstieß, waren, ohne daß ich es bemerkt hatte, inzwischen fortgeflogen. Also gerade das, was ich wünschte. Nicht eine einzige Krähe war mehr in den Buchen zu entdecken. Wohin sie waren, konnte ich mir denken. Denn als ich die Glucken in den Drahtgehäusen gefüttert hatte, war mir schon aufgefallen, daß nur ein Teil der Krähen vor mir in den Wald geflohen war, die meisten aber, als könnten sie sich von dem Schauplatz ihres frühen Beutezuges nicht trennen, weiter in geringer Höhe über der Wiese kreisten.
Mir war klar, daß ich diesen günstigen Umstand nutzen und die Küken schnellstens aufdecken mußte. Vorher aber prüfte ich die Bäume doch noch einmal, Ast für Ast. Dann erst zog ich an der Schnur. Es klappte! Das lose Stück der Decke faltete sich um und durch die entstandene Öffnung drang das spitze, klagende Gepiep der Küken gut hörbar heraus.
Ich erwartete, daß die Krähen, schnell von dem Gepiep herbeigelockt, schon in wenigen Minuten den Nachen überfliegen würden und hielt die Flinte schußbereit. Fürs erste freilich rechnete ich nur mit einigen, den Korb bespähenden Patrouillen, indes der Hauptschwarm auf der Mauer oder in den nächsten Bäumen sich zum Angriff sammeln würde.
Ich war sehr stolz auf meine List. Ich hatte nämlich einen Korb genommen, der so hoch war, daß die Krähen nicht vom Rand aus auf die Küken hacken konnten. Zu diesen konnten sie, da der von mir aufgezogene Einschlupf schmal war, nur einzeln gelangen und unvermeidlich mußte auf dem solide festgenähten Teil der Decke vor dem Loch ein Gedränge entstehen, das mir den Abschuß möglichst vieler Krähen sichern sollte. Schon sah ich vor mir, wie sie, getroffen, in den Nachen oder ins Wasser purzeln würden, zumal die nahe Mauer wegen ihrer Höhe ihnen die Flucht im flachen Flug, wenigstens in Richtung auf den Wald unmöglich machte.
Doch meine Zuversicht schlug bald in Ungeduld, ja Wut, um. Denn die Krähen schienen das Piepen der Küken nicht zu hören. Aber über der Wiese, also hinter mir, war die Luft erfüllt von ihrem hämischen Gekrächze. Dieses schwoll von Zeit zu Zeit zu solcher Stärke an, daß ich schließlich mein Versteck verließ, wo mir die Aussicht durch das Dach beschnitten war. Ich kroch mit größter Vorsicht unter den zwar dicht gepflanzten, aber doch noch kahlen Himbeerbüschen von meinem Schemel weg, bis ich zwischen dem Gezweig genügend Ausblick fand. Da sah ich

ganze Schwärme Krähen im Tiefflug über die noch unbelebte Wiese streichen, wo nur die Glucken mit den Küken, aber innerhalb der Drahtgehäuse, ihren Tag bereits begonnen hatten. Daß die Krähen nach dem so geglückten Raubzug wieder um die Kükenzwinger strichen, wunderte mich nicht. Sie hatten ja die Hähne nicht zu fürchten; die und die Hühner waren noch im Stall. Daß sie aber derart wütend krächzten, wie sonst nur, wenn sie hinter einem Habicht her sind, konnte ich mir nicht erklären, wußte ich doch, wie lautlos sie die Zwinger immer überflogen, kamen sie mit Raubabsichten. Noch weniger erklärlich war es mir, daß einige besonders aufgeregt und gleichfalls in geringer Höhe, kleine Kreise über einer Stelle zogen, die in einer Mulde lag. So konnte ich nicht sehen, was es dort am Boden war, das sie derart aufzuregen schien.

Ich kroch zu meinem Schemel zurück; der Uhr nach konnte jeden Augenblick der Auslaß des großen Hühnerstalls aufgeschoben werden. Dann war es sicher, daß die Krähen in die Buchen flohen und daß sie dort die Küken endlich hören mußten.

Sie kamen auch; sobald ich das Gekakel und Gegacker hörte, mit dem die Hühner aus dem Stall ins Freie strömten, besetzten sie die Buchen. Wie groß war mein Erstaunen: das Gepiep der Küken, das sie doch nicht überhören konnten, schien sie nicht zu fesseln. Keine überflog den Nachen. Und es dauerte nicht lange, da schwangen sie sich wieder fort.

Das Krächzen, das sie gleich bei ihrem Abflug angestimmt, ließ mich glauben, sie hätten mich entdeckt. Doch plötzlich tönte in das Knarren ihrer Rufe, die noch immer nahe waren, ein Tumult, der einzig aus den Kehlen aufgebrachter Hühner kommen konnte. Mit ähnlichem Protestgezeter hatten sie den Hund verjagen wollen, als dieser mir an einem Abend in den Hühnerstall gefolgt war. Ich fragte mich, wem nur die immer schriller werdende Empörung auf der Wiese gelten mochte. Als dann aber schließlich auch das heisere Zorngekakel, mit welchem Hähne aufeinander losgehen, sich in das Gegroll der Hühner mischte und zugleich die Krähen das Gekratze ihrer Bässe noch verstärkten, war ich sicher, daß sich etwas Ungewöhnliches dort tat.

Ich wollte sehen was. Die Flinte nahm ich mit.

Da die riesige Wiese durch die Wellungen des Bodens nicht von einem Ende bis zum anderen überblickbar war, mußte ich ein Stückchen gehen, bis ich die Hühner sah: sie hatten eine Beerenhecke, die sich nahe dem ausgeraubten Gluckenzwinger hinzog, von allen Seiten eingeschlossen, ohne aber in sie einzudringen. Ihre weißen Federn wogten wie ein heller Rahmen um das dicht bestrauchte Rechteck, worin Frau Herter als in dem einzigen der Wiese, Johannisbeeren zog. Darüber flogen die Krähen in geringer Höhe und in jähen Stößen hin und her, als hätten sie die Hecke zu verteidigen. Das nicht endenwollende Gekrächze oben über dem Gesträuch und das Gezeter unten vor der Hecke waren Zeichen, daß für beide Lager der Anlaß dieser Wut nicht etwas schon Geschehenes war, sondern etwas, das erst drohte. Aber was? Da der Grollruf eines Hahns, ja, manchmal schon nur sein Erscheinen in der Ferne, die Krähen sonst sofort verjagte oder wenigstens in größere Höhen trieb, schien mir ihr Verhalten ebenso verwunderlich wie das der Hühner. Noch rätselhafter war es mir, daß diese, sonst so schnell in Panik vor den Krähen, nicht von der Hecke wichen, allerdings auch nicht, so wenig wie die Hähne, in sie einzudringen wagten.

Ich fragte mich nicht lange, was dort los sei. Dafür fand ich die Gelegenheit zu günstig, in diesen dichten Krähenschwarm zu schießen. Ich pirschte mich, die Flinte unbequem hinter meinem Rücken haltend, geduldig Schritt für Schritt näher an mein Ziel heran. An jeder Beerenhecke hielt ich einen Augenblick. Das sonderbare Schauspiel und Konzert der feindlichen Parteien brach nicht ab. Dummerweise lagen immer fünfzig Meter freie Wiese zwischen allen Hecken und keine war so breit, wie es die Wiese war, so daß sie mir nur wenig Deckung boten . . . und so wurde ich von den Krähen schließlich doch gesehen. Sie flogen plötzlich auseinander und flohen, bevor ich meine Waffe nur in Anschlag bringen konnte.

Im nächsten Augenblick geschah etwas Verblüffendes: mit Geschrei und mit gespreizten Flügeln stürzten aus dem Hühnerhaufen von verschiedenen Seiten einige Hähne in die Hecke; ein kleiner Teil der Hühner ihnen hinterdrein; der größere lief draußen aufgeregt herum.

Da rannte ich dorthin, die Sache war zu sonderbar.

Im Laufen sah ich schon, daß die Hähne in der Beerenhecke auf etwas losgegangen waren, das am Boden liegen mußte. Was es war, konnte ich nicht sehen, weil die Hähne es umgaben. Ich rief und klatschte in die Hände, um sie zu vertreiben. Sie stoben aber erst davon, als ich vor der Hecke angelangt war.

Da sah ich zwischen dem Gesträuch in einer Furche eine Krähe ungeschickte Sprünge machen, um zu fliehen. Als ich nach ihr faßte, hackte sie mir überraschend mit dem Schnabel eine tiefe Schramme in die Hand. Da Krähen auch Verwestes fressen, sog ich an der Wunde, bis kein Blut mehr kam. Dann packte ich geschickter zu. Sie war bei ihrer unbeholfenen Flucht nicht weit gekommen, versuchte aber wieder, mich zu hacken, als ich sie aufhob. Sie war am Ansatz eines Flügels und an einem Bein verletzt.

Getroffen! Aus meiner Flinte, als ich aus dem Ziegenstall geschossen hatte. Das stand fest. Später war sie, wohl Deckung suchend, unter das Gesträuch gelangt; dort hatten sie die Hühner dann entdeckt. So war es mit den Krähen, die ihre Artgenossin hatten schützen wollen, zu dem Streit gekommen, der aus gegenseitiger Furcht nicht ausgetragen worden war.

Das Tier war ziemlich fett und hatte schon die braunen Augen der erwachsenen Exemplare. Ich sah es mir genauer an. Sein Schwanz war breit, fast rundlich. Das wenig glänzende Gefieder locker und am Hals ganz glatt . . . es war natürlich eine Krähe, eine Rabenkrähe zwar, aber eben doch kein richtiger Rabe. Kolkraben wiederholen ihr Gekrächze nicht so häufig wie die Krähen, auch gehen sie am Boden besser, gravitätischer als diese Hüpfer. Weil mir das bekannt gewesen war, hatte ich Frau Herter immer widersprochen, wenn sie von den »Raben« sprach.

Es hob mein Selbstgefühl, daß ich recht gehabt in diesem Punkt und vor allem, daß ich doch ein weniger lächerlicher Schütze war, als es geschienen hatte. Ich hielt die Krähe hoch und rief zum Haus hinüber, um sie der Frau zu zeigen, so sicher war ich, daß diese, alarmiert von dem Gezeter auf der Wiese, hinter dem geschlossenen Fenster ihres Zimmers stehe und alles gesehen habe.

Die Gardinen waren nicht einmal zurückgezogen. Da fiel mir ein, daß sie, als sie die Hühner ausgelassen hatte, gewiß längst angekleidet und nicht von ihrem Zimmer her in den Stall gekommen war, sondern von der Küche und dorthin dann wohl auch zurückgekehrt sein mußte. Im vorderen Teil des Hauses war aber nicht zu hören, was auf der Wiese vorging.

So machte ich mich mit der Krähe auf zum Haus. Dreihundert Meter. Ich lief sie. Es war kindisch, doch mein Wunsch, wieder etwas vor der Frau zu gelten, war mit einemmal gebieterisch geworden.

Sie war ausgegangen. Neben Brot und Butter lag ein Zettel auf

dem Küchentisch. Man würde später als gewöhnlich Mittag halten. Wenn ich gar zu hungrig sei, solle ich mir in der Speis' auch Schinken holen.
Ich schloß aus diesem Zettel, daß sie annahm, ich würde schon vor Mittag entweder einige Krähen erlegt oder die Geduld verloren und die Sache aufgegeben haben. Ich fragte mich, ob es, als wir an der Tür des Ziegenstalls gestanden hatten, auch ihr entgangen war, daß ich diese Krähe abgeschossen hatte, oder ob sie meinen Treffer zwar bemerkt, doch nichts Besonderes darin gesehen und geschwiegen hatte, weil ihr nur ein Abschuß mit der Kugel Eindruck machen konnte. Denn später, in der Küche, hatte sie mir schließlich die Kartuschen ausgehändigt, immerhin ein Zeichen, daß sie keinen völlig hoffnungslosen Schützen in mir sehen mochte, der das Schrot für nichts verschwenden würde. Aber da es mir doch möglich schien, daß sie, wie ich, die Krähe nur nicht hatte fallen sehen, kam mir, ich weiß nicht wie, die Idee, ihr einen Streich zu spielen, um ihr zu zeigen, daß der eine meiner beiden Schüsse aus dem Stall nicht fehlgegangen war. Ich leerte, als ich mein Schinkenbrot gegessen hatte, in der Speis' den Korb, worin sie die Kartoffeln für den täglichen Verbrauch, die sie morgens aus dem Keller holte, aufhob. Darin sollte sie, wenn sie die Kartoffeln für das Mittagessen schälen wollte, etwas anderes finden. Doch als ich dann die Krähe in dem Korb verstecken wollte und mich nach einem Deckel umsah, fiel mir mit Schrecken ein, daß ich einen anderen Korb, den im Nachen, aufgedeckt gelassen hatte . . .
Sieben Hektar war die Wiese groß! Als ich, außer Atem, an den Wassergraben kam, wußte ich bereits, daß das Unglück schon geschehen war. Denn kein Huhn, kein Hahn war in der Nachbarschaft des Grabens auf Futtersuche.
Der Korb lag umgeworfen in dem Nachen. Die Strohumpolsterung war aufgerissen, das Wasser war bedeckt mit Halmen. Der so gründlich angenähte Teil der Decke hing in Fetzen! Das zeigte, wie die Krähen vorgegangen waren. Von den Küken selber waren ein paar Federchen im Geflecht des Korbes hängengeblieben und auf dem Boden einige Spritzer Blut.
Was ich in der nächsten Stunde tat, war schändlich.
Ohne zu bedenken, daß ich das Unglück selbst verschuldet hatte, lief ich besinnungslos vor Wut ins Haus zurück. Die eine Krähe, die in meiner Hand war, sollte mir dafür büßen, was geschehen war.

Ich fand sie in der Küche unter einem kleinen Schrank verkrochen. Als ich sie hervorzog, hackte sie mich wieder in die Hand. Ich schlug sie auf den Kopf. Da sie keinen Laut des Schmerzes von sich gab, wurde ich nur wütender; ich war versucht, sie auf der Stelle zu erwürgen, trug sie aber schließlich in den Schuppen. Langsam, unter Qualen sollte sie verenden, das war mein Wunsch.
Ich band sie auf ein Brett. Einfach war das nicht, sie wehrte sich und hackte um sich. Als ich fertig war, stellte ich mich hinter sie, um zu sehen, ob sie sich auch nicht befreien könnte.
Sie versuchte es nach einer Weile. Aber rücklings auf das Holz geschnürt, war es ihr nicht möglich, die Kordel aufzubeißen; denn diese lag so eng an ihrer Kehle, daß sie den Hals, als sie den zum erstenmal nach vorn bewegte, gleich zurückzog.
So an das Brett geschnürt sollte sie im Nachen auf dem Wassergraben liegen und Hungers sterben.
Die arme Krähe wäre wohl zu guter Letzt doch vielleicht noch mit dem Schreck davon gekommen; denn auf dem Weg zum Wassergraben wich die schon im Schuppen etwas abgeflaute Wut der Überlegung, daß diese Strafe an der einen Krähe keine Wirkung auf die anderen habe und unnütz grausam sei. Ja, ich fragte mich sogar, was die Frau wohl sagen würde, wenn ich die Krähe, da sie mir nun einmal lebend in die Hand gefallen war, zähmte und behielte. Ich dachte an den aus einem Horst geraubten Raben, den der Gärtner unserer Schule sich als witzigen Hausgenossen abgerichtet hatte und sah die Krähe schon in meinem Zimmer humpeln oder gar vielleicht gesund gepflegt, dort auf und ab stolzieren.
Doch da wollte es der Zufall oder das Verhängnis, daß mir auf der Wiese die taumelnden Bewegungen eines Huhns auffielen. Ich sah genauer hin. Sein Hals war mit Blut befleckt. Ein Auge fehlte. Ausgehackt! Von wem anderen als von der Krähe; denn sie hatte sich ja unter dem Johannisbeergesträuch gewehrt, als die Hühner sie von dort verjagen wollten. Es war ein schönes, ausgewachsenes Huhn. Für die Krähe war das ein verhängnisvoller Umstand. Ich lief in meiner neu entfachten Wut zur Futterkammer und kam mit einem Eimer Mais zurück. Doch nicht mit dem allein. Ich brachte auch das Brett, auf dem die Krähe festgeschnürt war, wieder mit heraus. Dieses trug ich auf der Schulter. Den Eimer kannte jedes Huhn. Ich brauchte nicht zu rufen. In einigen Minuten flatterte und lief herbei, was mich

hatte kommen sehen. Als ein gutes Hundert beieinander war, stellte ich den Eimer zwischen meine Beine, hielt das Brett in Höhe meiner Brust schräg gegen mich, damit die Krähe für sie noch nicht sichtbar wurde und kippte plötzlich mit dem Fuß den Eimer um. Bevor die Hühner, die erschreckt durch das Geklirr des Eimers einen Augenblick zurückgewichen waren, an den Mais gelangten, lag das Brett schon auf dem Körnerhaufen und die Krähe wehrlos zwischen ihren Feinden . . . auf deren Futter.

Nach einem Augenblick des Stutzens erhob sich der Tumult, den ich erwartet hatte; dann aber stürzten sich die Hüher auf die Krähe.

Schön anzusehen war es nicht, besonders nicht, als sie begonnen hatten, dem Tier, noch ehe es verendet war, aus der aufgerissenen Brust das Fleisch zu picken und in gegenseitigem Neid es mit den Schnäbeln hin und her zu zerren, so daß das immerhin beträchtliche Gewicht des Bretts, an das es noch gefesselt war, auch von unten an ihm zerren mußte. Die von dem Schmausen ausgeschlossenen Hühner zeterten vor Gier und Ungeduld; eins stieg auf das andere, um in den Mittelpunkt des wogenden Gewimmels zu gelangen, aus dem zuweilen eine schwarze Feder aufflog und den Hühnern auf den weißen Rücken fiel, wo sie eine kurze Weile im Gefieder stecken blieb. Jedesmal, wenn ein Hahn mit vollem Schnabel aus dem Haufen drängte, um draußen das dem Rumpf der Krähe ausgehackte Fleisch am Boden zu zerkleinern, sprangen ihn zu Dutzenden die Hühner an und suchten ihm den Happen zu entreißen. Am Ende war der ganze Haufen in den tollsten Kampf geraten, bei dem die Hühner nicht nur miteinander, sondern auch mit den Hähnen zankten, was ich noch nie gesehen hatte.

Schließlich trieb ich sie auseinander und sah mir an, was von der Krähe übrig war: Kopf und Hals, und am Gerippe hier und da noch einige Fetzen Fleisch. Die Augen hatten sie ihr ausgehackt. Der Kadaver lag in einiger Entfernung von dem blutbefleckten Brett. Ekel überkam mich. Ich schob die Reste mit dem Fuß aufs Brett. Die Hühner, kaum auseinandergestoben, kamen wieder nahe an mich heran und wichen, wenn ich sie verscheuchte, nur um weniges zurück. Sie folgten mir, als ich das Brett zum Schuppen bringen wollte. Ich trat nach ihnen; am liebsten hätte ich sie alle abgeschossen, so sehr war ich mit mir zerfallen.

1959

BIBLIOGRAPHIE

In der Gärtnerei: Geschrieben 1959. Kapitel aus dem noch unveröffentlichten Roman ›Frau Berta‹. – Dieses Kapitel erschien im ›Insel-Almanach auf das Jahr 1964‹. Insel Verlag, Frankfurt am Main 1963.

Brief des Pharisäers: Geschrieben 1965. Erschienen in: ›Kürbiskern‹, München, Nummer 3/1966; in: ›Außerdem. Deutsche Literatur minus Gruppe 47 gleich wieviel?‹ Herausgeber Hans Dollinger. München: Scherz Verlag 1967; in: ›Neue Literatur‹. Zeitschrift des Schriftstellerverbandes der Sozialistischen Republik Rumänien. (Zeitschrift der deutschsprachigen Minderheit). 19. Jg., H. 10, Bukarest, Oktober 1968.

Rot gegen Rot: Geschrieben 1924; überarbeitet 1973. Zuerst 1928 erschienen in Moskau in russischer Übersetzung. – Deutsch 1929 bei der Deutschen Verlagsanstalt, Stuttgart, erschienen.

Das Radieschen: Geschrieben 1926; überarbeitet 1973. Erstveröffentlichung: Deutsche Verlagsanstalt, Stuttgart 1929.

Der Schuß im Tiergarten: Geschrieben 1930. Erschienen in: ›Simplizissimus‹, München, 35. Jg., Nr. 11, 9. Juni 1930.

Education Sentimentale: Geschrieben 1928. Erstveröffentlichung in: ›24 Neue Deutsche Erzähler‹. Herausgeber Hermann Kesten. Gustav Kiepenheuer Verlag, Berlin 1929.

Clemens: Geschrieben 1937. Unter dem Titel ›Die Rückkehr‹ erschienen in: ›Maß und Wert‹, Zürich, 1. Jg., H. 1, September/Oktober 1937; unter dem Titel ›Clemens. Ein Fragment‹ in: ›Merkur‹, Stuttgart, VII. Jg., Nr. 62, 1953; unter dem Titel ›Clemens‹ in: ›Unsere Zeit‹. Anthologie, herausgegeben von Hermann Kesten. Kiepenheuer & Witsch, Köln 1956. – Einzelausgabe: ›Clemens‹. Mit einem Nachwort von Jean Schlumberger. Insel-Verlag, Frankfurt am Main 1963. ›Clemens‹ ist das einzige, durch den Vorabdruck in ›Maß und Wert‹ gerettete Kapitel des 1940 von der Gestapo beschlagnahmten und verlorengegangenen Romans ›Clemens‹.

Die Rabenschlacht: Geschrieben 1959. Kapitel aus dem noch unveröffentlichten Roman ›Frau Berta‹. – Dieses Kapitel erschien, von der Redaktion verstümmelt, unter dem Titel ›Die Raben‹ in: ›Akzente‹, München 1960, Nr. 4.

Bitte umblättern:

auf den nächsten Seiten informieren wir Sie über weitere interessante Fischer Taschenbücher.

Theatertexte

Edward Albee
Wer hat Angst vor Virginia Woolf...? (7015)
Alles im Garten. Alles vorbei (7014)

Samuel Beckett
Fünf Spiele
Endspiel. Das letzte Band. Spiel. Spiel ohne Worte 1 und 2. Glückliche Tage (7001)

Günter Grass
Die Plebejer proben den Aufstand (7011)

Hörspiele
Ilse Aichinger/Ingeborg Bachmann/Heinrich Böll/ Günter Eich/Wolfgang Hildesheimer/Jan Rys
Nachw.: Ernst Schnabel
Originalausgabe (7010)

Hugo von Hofmannsthal
Der Schwierige. Der Unbestechliche. (7016)
Jedermann (7021)

Arthur Miller
Hexenjagd. Der Tod des Handlungsreisenden (7008)

Oskar Panizza
Das Liebeskonzil
Eine Himmelstragödie in 5 Aufzügen (7024)

Arthur Schnitzler
Liebelei. Reigen
Nachw. v. Richard Alewyn (7009)

Carl Sternheim
Die Hose. Der Snob (7003)

Franz Werfel
Jacobowski und der Oberst
Komödie einer Tragödie (7025)

Thornton Wilder
Unsere kleine Stadt (7022)

Tennessee Williams
Endstation Sehnsucht.
Die Glasmenagerie (7004)

Carl Zuckmayer
Der Hauptmann von Köpenick (7002)
Der fröhliche Weinberg
Schinderhannes (7007)
Des Teufels General (7019)
Der Rattenfänger (7023)